Segunda Época

Uma Nova Chance de Vida

Francisca Suriano

Segunda Época

Uma Nova Chance de Vida

MADRAS®

Editor:
Wagner Veneziani Costa

Produção e Capa:
Equipe Técnica Madras

Revisão:
Ana Paula Luccisano
Jaci Albuquerque de Paula
Neuza Rosa

Dados Internacionais de Catalogação na Publicação (CIP)
(Câmara Brasileira do Livro, SP, Brasil

Suriano, Francisca
Segunda época: uma nova chance de vida/Francisca Suriano. – São Paulo: Madras, 2017.

ISBN: 978-85-370-1077-8

1. Ficção brasileira I. Título.

17-06023 CDD-869.3

Índices para catálogo sistemático:
1. Ficção: Literatura brasileira 869.3

MADRAS EDITORA LTDA.
Rua Paulo Gonçalves, 88 – Santana
CEP: 02403-020 – São Paulo/SP
Caixa Postal: 12183 – CEP: 02013-970
Tel. : (11) 2281-5555 – Fax: (11) 2959-3090
www. madras. com. br

Agradecimentos

Eternamente grata ao grande amigo Guido, *in memoriam*, que dizia ser a melhor justiça aquela que devolve o homem à condição primitiva da vida.

Agradeço ao meu filho Rudy Gatta, que sempre acreditou e torceu pelo meu sucesso, e traz o riso fácil de homem honrado e alma aventureira.

A todos que passaram pela minha vida e de alguma forma contribuíram para que esta obra se tornasse realidade.

Índice

Introdução

Segunda Época é um livro que fala da justiça que todos gostaríamos de ver de fato acontecendo. Nas páginas que seguem, o leitor se identificará nas vezes em que diante de uma injustiça falou: "Ah, se fosse comigo. Ah, se eu pego esse cara".

É um enaltecimento à justiça extraterrena, um mergulho em águas limpas e mansas de onde emerge em paz a alma do povo cansado e saturado de violências e impunidades que assolam nosso dia a dia. Um mergulho no imaginário de um planeta justo, no qual a justiça de fato existe e nos ajuda limpando o planeta dos seres nefastos, que como ervas daninhas brotam em todos os segmentos da sociedade. Deixemos nossas casas-gaiolas e abandonemos nossos medos para receber alegremente a energia invisível e sábia dos seres de MAAME, que vivem entre os humanos, tiram os transgressores e os levam para uma Segunda Época, na qual terão a chance de evoluir e vivenciar a paz que trazemos codificadas em nossos DNA.

Divirtam-se com o novo mundo de paz e harmonia que *Segunda Época* nos presenteia por meio dos seres benfeitores de MAAME, que sempre estiveram ao nosso lado, sem que jamais tenhamos percebido. Reféns da impunidade e sem a quem recorrer, no silêncio das noites sombrias, reclusos em nossas casas, juntamos as mãos em orações desejosos de que a paz esteja conosco.

Nossos clamores armazenados nos registros akásticos da biblioteca universal do éter, guardiã dos registros de todas as almas habitantes do planeta Terra, foram alcançados pelos justiceiros interplanetários. E sem que soubéssemos ou ao menos desconfiássemos, chegaram para interromper o fluxo de violência salvando nosso planeta e seus habitantes.

Entre nós, há algum tempo, só se permitiram serem vistos por aqueles que enxergam com os olhos da inteligência superior. Aceite que eles existem e o fluxo de harmonia se fará presente em sua vida.

Silvana e Milton: O Mendigo e a Esposa Luiza

Juliana, de nove anos, chegou da escola e entrando esbaforida em casa chamou pela mãe:

– Mãe, mãe, tem um mendigo pelado no nosso portão.

Silvana olhou para a filha corada e duvidou do que ouviu, sabendo que a menina tinha imaginação fértil e sempre contava uma história mirabolante quando queria chamar a atenção.

– Mãe, é verdade, ele está muito sujo com uma barba grande e os cabelos enormes muito amassados.

Diante dos detalhes relatados, Silvana resolveu conferir o que a filha dizia e, abrindo a porta da sala, foi na direção do portão; antes mesmo de alcançá-lo viu atrás do muro um homem em pé olhando para dentro do seu quintal.

Chegando ao portão, assustou-se com o que viu, de fato o homem estava nu e suas condições físicas eram assustadoras, era um amontoado de cabelos e pelos sob um corpo nu e magro. Aparentava ter aproximadamente 60 anos ou um pouco mais, dava a impressão de nunca ter tomado banho e seus cabelos e barba pareciam estar ali desde que nasceu. Era uma figura bizarra e a julgar pelo olhar atônito estava diante de uma pessoa mentalmente desequilibrada.

– Senhor, saia do meu portão senão chamo a polícia, o senhor está nu e as crianças não podem ser expostas a sua presença – disse Silvana.

– Dona, eu moro aqui, essa casa é minha. Deixaram-me aqui porque era aqui que eu morava com minha mulher e meus filhos.

– Senhor, eu moro aqui há 15 anos, comprei esta casa de uma senhora viúva que se mudou para outra cidade com os filhos. Saia daqui, senão chamo a polícia.

– Senhora, eu saí da prisão e fui deixado aqui. Há muitos anos fui enviado para a prisão da floresta, bem longe, para pagar minha pena e consegui sobreviver e voltar, agora retornei a minha casa e quero ver minha família.

Preocupada com a nudez do mendigo, Silvana entrou em casa apressada, recomendando à filha que não saísse, e voltou com uma calça e um blusão de moletom, que entregou ao homem que cheirava mal, pedindo-lhe que vestisse.

Parecendo não se incomodar com sua nudez e com as pessoas curiosas que se juntavam na rua para vê-lo, o homem vestiu-se lentamente e, quando terminou, fez alguns movimentos com o corpo parecendo bastante incomodado com a roupa, mas deixou Silvana mais confortável para conversar, tentar entendê-lo e obter mais informações.

Por mais que afirmasse que era a dona da casa, o homem insistia em dizer que morava ali e também era dono da propriedade e se mostrou determinado a ficar, insistindo que chamassem sua esposa e seus filhos. Parecia louco, mas falava com tanta convicção que a convenceu a ajudar.

– Senhor, vou acompanhá-lo à delegacia e lá o senhor explica para o delegado quem é e, quem sabe, eles o ajudam a localizar sua família.

Mantendo uma boa distância do homem, pediu que a acompanhasse até o posto policial do bairro e o deixou aos cuidados dos policiais, antes informando às autoridades que a casa que ele afirmava ser dele havia sido comprada há 15 anos e que se necessário traria a documentação.

Voltou para casa e acalmou a filha, que tinha ficado sozinha enquanto cuidava do mendigo.

Logo que o marido chegou do trabalho, relatou o fato e entre risadas se esqueceram do episódio.

Na manhã seguinte, acordou cedo e preparou a filha Juliana para ir à escola primária que ficava a um quarteirão da sua casa. Como o bairro era tranquilo, a menina sempre fazia o curto percurso a pé e sozinha, apenas a acompanhava até o portão, onde recebia um beijo na testa e seguia feliz, alcançando as coleguinhas que também se dirigiam à escola.

– Vamos filha, está atrasada, eu a acompanho até o portão e espero chegar à escola para entrar. Vai ter que correr, está muito atrasada e pode até perder a primeira aula.

Silvana abriu o portão para Juliana sair e quase desmaiou de espanto quando viu deitado na calçada, ao lado do seu portão, o mendigo do dia anterior ainda vestido com as roupas doadas, que pertenciam ao seu marido.

– O que o senhor está fazendo aqui? O delegado não o ajudou?

– Não, senhora, eu moro nessa casa, ela é minha e da minha esposa Luzia e meus filhos – disse o miserável.

– Espere, o senhor disse Luzia? Esse é o nome da senhora de quem comprei esta casa, mas ela era viúva e apresentou o atestado de óbito do marido, não me recordo do nome dele, mas certamente consta da escritura do imóvel.

– Milton, senhora, eu me chamo Milton e não morri, fiquei preso por 30 anos e fui solto ontem como disse à senhora.

– Mas o senhor estava preso onde, para ser libertado nesse estado tão deplorável? – perguntou Silvana.

– Estive preso em uma floresta juntamente com outros criminosos, quase todos morreram, mas eu sobrevivi e voltei para rever minha esposa e meus filhos.

Silvana não entendeu nada e preferiu pensar que o homem era louco; ainda que tivesse dado informações valiosas como o nome da esposa e dos filhos, não podia fazer nada, pois era a dona da casa comprada legalmente e documentada em cartório. Desistiu de convencê-lo que era a dona da propriedade e entrou para cuidar dos seus afazeres.

Milton permaneceu sentado na calçada com seus pouquíssimos pertences; sensível com sua situação, a vizinhança trouxe alimentos e algumas roupas, no fim da tarde apareceram cobertores, colchonete, travesseiro e marmitas.

Semanas depois, o mendigo continuava morando na calçada em frente da casa de Silvana, sempre afirmando que era o dono da casa, havia acumulado uma quantidade considerável de pertences na calçada, que mais parecia um amontoado de lixo e, como se não bastasse, adotou um cachorro de rua, ocasionando muito desconforto e sujeira na calçada em frente às casas da vizinhança.

Todos os moradores da rua e boa parte do bairro conheciam sua história e alguns mais idosos diziam que o conheciam e que, de fato, ele morou naquela casa que afirmava ser o dono, porém achavam que havia morrido há muitos anos, pois seu corpo nunca foi encontrado pela esposa, que o procurou por anos a fio. Falava-se que o antigo morador daquela casa não era um homem muito honesto e comentava-se até que era bandido e havia assassinatos na sua ficha policial.

Ainda que os comentários a seu respeito não fossem os mais recomendados, as pessoas sentiam-se confortáveis e seguras na sua presença, para todos era apenas um mendigo idoso assustado com a mudança do bairro e o crescimento da cidade.

O morador de rua não tinha a menor ideia do que fosse um celular e ria assustado quando um pedestre passava por ele na calçada usando um aparelho. Não acreditava que era possível os carros moderníssimos andarem com álcool no tanque e quando ouvia alguém dizendo que iria colocar álcool no carro, escancarava a boca desdentada e a gargalhada contagiava todos que o ouviam; tinha o riso fácil que divertia quem estivesse por perto; só acreditou na existência do carro a álcool quando acompanhou um morador da casa vizinha até um posto de combustível e viu, com os próprios olhos, o tanque do carro ser abastecido com o combustível. Cabisbaixo, voltou para sua casa na calçada lamentando o quanto havia perdido nas três décadas em que esteve em reclusão.

Os moradores do bairro traziam novidades sempre que podiam, somente para verem sua cara de espanto e ouvir relatos de objetos antigos e obsoletos.

– Por onde andará minha mulher e meus filhos? Não fui um bom homem e os joguei na lama da vergonha, os abandonei pela farra e pela malandragem, mas não devo mais nada à sociedade, paguei pelos meus erros e cá estou de volta trazido pelos homens-gafanhotos conforme prometeram. Sofri o pão que o capeta amassou, mas tive mais sorte que muitos camaradas que não suportaram as doenças e por lá ficaram. Vi milhares de vidas perdidas, vidas que não valiam nada, mas que se tivessem sobrevivido talvez certamente se tornassem homens melhores e poderiam ter a oportunidade que estou tendo. Nesses 30 anos cruzei com muitos e infelizmente acompanhei o suspiro final de alguns que não resistiram à selva bruta, vi alguns se entregarem por desespero e também tirarem a própria vida. Mas eu estou de volta e vou achar minha Luzia.

Ninguém entendia a conversa desconexa e quanto mais as pessoas ouviam seus relatos, mais acreditavam que ele tivesse problemas mentais.

– A minha roupa está muito suja, mas as pessoas não me ignoram, passam por mim e, mesmo sendo um morador de rua, me enxergam e me cumprimentam me chamando pelo nome. Sinto-me reintegrado à sociedade, paguei pelos meus erros e hoje posso sentir o sabor de um pão com manteiga, experimentar com alegria arroz e feijão e me comprazer com o sal depois de anos de comida insossa. Na floresta, fui um morador livre desejando as sobras do fim da feira, mas hoje, como mendigo, o abençoado alimento chega às minhas mãos sem que eu peça, sinto harmonia ao meu redor e sou bem-vindo entre todos que têm um teto, ainda que o meu seja o céu e as estrelas. Quero trabalhar e reconstruir minha vida para ser digno de ter de volta a minha Luzia. Luzia, por onda andará com meus filhos?

Acostumado a ter respostas rápidas, esperou em vão que a voz respondesse dentro da sua cabeça, como aconteceram tantas outras vezes, mas infelizmente seus apelos não foram ouvidos pelos seres de cabeça e olhos grandes, que sabia estarem entre os homens.

– Sim, eles estão entre nós. A minha evolução se deu a um preço altíssimo, à custa de muito sofrimento, mas essa lapidação me tornou um ser humano inteiro. Perdi mulher e filhos e toda minha família em troca de prazeres fúteis da vida fácil do crime, apesar dos muitos ensinamentos e conselhos que ignorei; minha alma chora e meu corpo traz as marcas da pena sofrida por não ter ouvido àqueles que me amavam.

Provoquei muito sofrimento a minha mãe, e não viverei o suficiente para me arrepender, já não a tenho aqui, partiu antes que eu pudesse voltar e pedir perdão.

Foi-me dado o livre-arbítrio, fui dono do meu caminho e livre para traçar minha trajetória de vida, escolhi o que determinou quem eu fui e escolhi percorrer o caminho errado, levado pelos amigos tortos na torta jornada.

Quão bem-sucedido eu seria dependia somente das minhas escolhas, e quão covarde fui nas minhas ações foi uma escolha consciente, seguro estava da justiça do homem nunca me alcançar, desconhecia o mundo paralelo.

Esqueça o "Se Deus quiser", arregace as mangas e faça você mesmo, porque é você que quer. Esqueça o "Se Deus ajudar", ajude a si mesmo, porque ele já o ajudou permitindo chegar ao mundo. Esqueça o "Se Deus olhar por mim", não há ninguém olhando por você a não ser você mesmo. Vá à luta, abandone a condição de pedinte.

A vida me mostrou que se não tivesse saído da zona de conforto e corrido atrás dos meios para sobreviver, hoje faria parte dos muitos esqueletos e corpos que deixei na floresta, nada me caiu do céu, nem quando mergulhado no mais profundo desespero supliquei ajuda e alimento ele me chegou fácil. Nada me foi dado, nada caiu do céu, estou aqui porque fui à luta e o milagre que esperei aconteceu, sou um milagre extraordinário e Deus não me deve nada, nada mais devo pedir a Ele, já me foi permitida a luz e as capacidades física e intelectual. Cabe-me reconquistar meus sonhos com a perfeição que me foi permitida: olhos para enxergar, ouvidos para a beleza dos sons do Universo, a fala que me manteve vivo e lúcido quando a solidão ameaçava minha sanidade mental, minhas pernas e meus braços que me levaram aos altos galhos das árvores e me ajudaram a escapar dos animais predadores. A capacidade de sentir alegria e agradecer todos os dias.

O meu Deus só quer que eu exista e aproveite com respeito o corpo que me foi dado como veículo para que eu pudesse estar nesta vida, recolho as mãos estendidas em concha, deixo a condição de pedinte e as junto em agradecimento.

Renato Alcântara: Óvni na Marginal

Os relatos vinham de pessoas que, por sorte, estavam próximas ao local do avistamento, muitas delas na grande avenida de trânsito caótico que margeia o rio Pinheiros voltando para suas casas, outras nas janelas de suas residências na margem oposta com vista para o bairro de altos prédios comerciais e elegantes edifícios residenciais. O fato é que Igor, assim como tantos outros residentes do conjunto habitacional, teve a sorte de avistar o objeto voador iluminado que sobrevoava lentamente o rio, como se desfilasse para se fazer notar, conforme descrito nas redes sociais e mais tarde comentado na televisão e nos jornais.

A máquina voadora futurista era diferente de tudo que já se tinha visto em ilustrações de livros e revistas que tratavam do assunto ÓVNIs. Dissessem o que quisessem, todos que viram sustentaram categoricamente que se tratava de um óvni.

O avistamento virou febre nas redes sociais e nos aplicativos de mensagens rápidas, alguns mais assustados e ávidos por esclarecimentos informavam às autoridades descrevendo seu formato e dando conta da direção para onde o objeto se dirigiu, e as autoridades rapidamente, sem ao menos saírem das suas cadeiras para averiguar as informações, limitaram-se a dizer que se tratava de fenômenos meteorológicos ou algum drone lançado por empresas da redondeza. As autoridades foram ausentes nos fatos, mas muito presentes nas justificativas, e percebia-se que se desdobravam em dar uma resposta convincente, enquanto a população por conta própria e sem medo de errar ajudava fazendo as informações alcançar o maior número de pessoas e enriqueciam as redes sociais com detalhadas descrições. Quem quisesse saber sobre o evento, o que de fato havia acontecido, bastava procurar nas redes sociais, onde a passagem do objeto estava descrita detalhadamente, ainda que nenhuma foto tivesse sito postada.

– Um drone de seis metros de diâmetro? Poupem-me – comentou um taxista que havia perdido uma corrida para acompanhar o trajeto do veículo que voava sobre o rio.

Um dos momentos em que o avistamento mais causou alvoroço foi sobre uma das pontes do rio Pinheiros; visto por centenas de pedestres enquanto a cruzavam a pé no momento da aparição e estando há poucos metros de distância, trazia detalhes bastante interessantes.

Apesar do congestionamento e dos transtornos no trânsito ninguém reclamou, e todos os ocupantes dos veículos se mostravam calmos e sem estresse, também envolvidos na curiosidade de saber o que era o helicóptero sem hélices que sobrevoava silenciosamente e rodava no próprio eixo. Em todos os lados do rio e em qualquer ponte que se olhasse, havia pessoas debruçadas e fora dos seus carros. O evento durou aproximadamente 20 minutos, e ninguém tinha pressa em afastar-se do local, alguns até arriscaram retornar para alcançar o objeto mais à frente.

A nave triangular transparente com o interior iluminado media aproximadamente seis metros de comprimento em cada um dos seus lados, tripulada por dois ocupantes, que pela posição pareciam estar sentados na frente de um painel no qual centenas de luzes piscavam girando. A nave deslizava lentamente fazendo movimento de rotação no ar à medida que avançava acima do rio há aproximadamente cinco metros de altura. Em cada um dos três lados havia cinco grandes holofotes direcionando a luz para o leito do rio, de forma que era perfeitamente possível visualizar os ocupantes em seu interior com pouca luminosidade. A distância não permitia ver com nitidez seus rostos, apenas os contornos dos corpos pequenos e das cabeças grandes e pontudas, como se usassem chapéus de papa.

Encorajado por alguns veículos que diminuíram a velocidade, Renato Alcântara parou seu luxuoso carro no acostamento juntando-se aos demais curiosos e buscando o celular no bolso do paletó; pôs-se a fotografar e conferia com entusiasmo a nitidez com que a imagem era obtida em seu aparelho; depois de algum tempo trocou as fotos pela filmagem e via no visor do celular o objeto girar e ocupar todo o campo visual da câmera, assim permaneceu por três minutos quando resolveu interromper a filmagem porque o triângulo voador já se distanciara muito.

Conversando animadamente com os curiosos que se aglomeraram no acostamento, Renato abriu o celular para mostrar as imagens ao rapaz ao lado que chegara naquele instante e, surpreso, constatou não haver absolutamente nada gravado em seu celular, todos os *slides* fotográficos estavam negros como uma chapa de filme queimado, nenhum registro tinha sido gravado e tampouco havia imagens dos prédios e casas na outra margem do rio. Tinha certeza absoluta de ter registrado as fotos e as acompanhava no visor do equipamento, mas elas não estavam na pasta de fotos do celular, foram apagadas, assim como o vídeo de quase três minutos.

– Eu filmei, acredite, acompanhei a imagem no vídeo enquanto filmava. O que aconteceu?

Tentando ordenar os pensamentos, abriu outras pastas no celular na esperança de que as imagens tivessem migrado para outros arquivos, ainda que impossível naquele equipamento de última geração, mas sua vontade de rever e a certeza de ter capturado as imagens eram tantas que não descartava a possibilidade de seu celular estar com problemas.

– Nada cara! Juro que essa não entendi. Eu vi as fotos no momento em que registrava, você sabe como funciona... Como é possível ter perdido tudo?

Outros presentes que também haviam sacado o celular para registrar a passagem do veículo voador estavam tão decepcionados ou mais que Renato, quando constataram o desaparecimento das imagens de seus equipamentos.

Renato afastou-se do grupo de espectadores, entrou em seu veículo, manobrou desviando dos vários outros carros que haviam estacionado desordenadamente e acelerando foi em direção à sua casa sem deixar de pensar no ocorrido. Não tinha nenhuma imagem para mostrar aos amigos do escritório no dia seguinte; como explicar que todos que ali estavam não tinham registros do ocorrido, quando todos os celulares foram apontados na mesma direção? Equipamento de última geração que filmava até embaixo da água, nunca o havia deixado na mão e agora mostrava uma dúzia de *slides* negros.

Para certificar-se de que o celular estava em perfeita ordem fez uma chamada, c quando o amigo rcspondcu do outro lado da linha, desculpou-se dizendo que ligou por engano. O aparelho estava funcionando, pelo menos para ligações, logo que chegasse a sua casa faria um teste com a câmera fotográfica.

O que avistou não deixava dúvidas de que esteve diante de um óvni, não de um veículo de teste secreto do Exército ou algum instrumento de experimento de inspeção para analisar as condições do rio, que há muito precisava ser despoluído, mas por descuido dos governantes, que faziam promessas de campanhas para esquecerem tão logo tomassem posse, continuava imundo. Seria muito bom que alguém estivesse olhando o rio, ainda que fossem homens de outro planeta, mas ao pensar nisso sentiu um arrepio de medo.

Os ocupantes não eram humanos comuns e mesmo que as autoridades viessem a público dizer que era experimento secreto ou drone, como era habitual de quando ocorriam eventos semelhantes que poriam a população em pânico, ainda assim havia centenas de testemunhas que já se manifestavam nas redes sociais, dando entrevistas e afirmando sem medo tratar-se de extraterrestes visitando a cidade, fornecendo ricos detalhes que não deixavam dúvidas quanto ao ocorrido. Os ocupantes da nave pareciam concentrados em alguma missão importante, indiferentes à multidão de curiosos que se acotovelavam na avenida, nas pontes e nas janelas dos edifícios próximos ao rio, os homens cabeçudos mantinham a nave sobre o curso do rio na mesma altura.

O noticiário nacional trazia relatos e reportagens de vários estados no Brasil que registraram a presença de veículos voadores em diversas localidades. Alguns estados brasileiros há muito noticiavam relatos da presença de extraterrestres, mas as autoridades rapidamente abafavam as notícias sem dar grande importância, dizendo tratar-se de histeria coletiva ou estratégia dos municípios pequenos que desejavam atrair turismo para melhorar financeiramente as cidades, algumas destas eram tão pequenas e esquecidas pelas autoridades que poderiam ser chamadas de vilarejos, e com isso as cidades silenciavam os eventos para os meios de comunicações e mantinham os mistérios e as histórias curiosas e bastante intrigantes que atraíam turistas.

Renato, que era cético, pensou que depois das aparições desta noite era necessário reavaliar melhor suas convicções.

Histórias de pessoas abduzidas sempre despertaram seu riso, achava impossível cogitar que houvesse vida além da humana e que estes homens pequenos e verdes, como eram descritos, tivessem interesse nos humanos. Se eram tão avançados como já ouviu falar e os estudiosos afirmavam, por que haveriam de querer sequestrar humanos?

Seres pequenos que pareciam crianças de oito a dez anos, de pele acinzentada ou esverdeada, grossa e áspera, outras brilhantes e úmidas, nus, eram tantas informações mirabolantes e desencontradas que sempre ficaram fora das conversas quando o assunto era seres de outros planetas, apenas observava e omitia sua opinião, porque certamente ofenderia a quem o ouvisse. No entanto, agora experimentava a presença desses seres num evento com dezenas de testemunhas e sem testemunho, já que não havia uma única foto que comprovasse o fato, perdidas misteriosamente em seu celular.

Morava sozinho em um amplo e luxuoso apartamento; quando chegou a sua casa foi direto para a cozinha em busca de algo rápido para o jantar; colocou sobre um prato fatias de pão, salame e queijos, juntou uma cerveja importada e dirigiu-se para a sala.

Sentou-se no sofá e buscou o controle remoto para ver o noticiário.

– Boa noite, senhoras e senhores. Por volta das 20 horas de hoje algumas pessoas relataram ter avistado um objeto sobrevoando o leito do rio Pinheiros. Alguns dizem tratar-se de disco voador, mas as autoridades prontamente informaram que se tratava de um balão de pesquisa e não há motivos para alarmes e preocupações – disse o jornalista âncora do noticiário das nove horas, mudando rapidamente de assunto.

– De forma alguma aquilo que presenciei era um balão de pesquisas! Era sim um disco voador e eu vi, assim como tantas outras pessoas que lá estiveram. Que absurdo! – esbravejou Renato indignado.

Trocou de canal esperando ver a matéria em outros noticiários e, surpreso, constatou que nenhuma outra rede de televisão falava do assunto, mas haveria muitos comentários no dia seguinte, tanto nos jornais quanto na TV, porque não era possível que um evento daquela magnitude pudesse gerar uma notinha de 30 segundos num único canal de notícias. A aparição estava longe de ser um balão e, certamente, haveria uma investigação maior e a verdade seria explicada na primeira página dos jornais no dia seguinte.

– A população não é boba e o assunto vai render, seguramente a Embraer e a Aeronáutica irão se manifestar e, diante de tantos relatos, certamente nos trarão algo mais concreto que essa informação estapafúrdia de que era um balão. Espero que os ufólogos que tanto chamei de babacas estejam alertas e investiguem, por mais que sejam poéticos e vejam óvnis em tudo que se movimenta no céu, desta vez estou propenso a dar crédito a esse pessoal – disse Renato.

Eram tantas as revistas e os cientistas envolvidos no assunto que certamente todos estavam debruçados estudando as informações que pipocavam de todos os veículos de comunicação ao alcance do povo.

Lembrou-se de ter lido numa revista nacional depoimentos dos moradores de Varginha em Minas Gerais, sobre os militares que capturaram e desapareceram com uma criatura que havia aparecido na cidade em janeiro de 1966, prometeram investigação e informação em 60 dias e até hoje a população esperava as tais explicações.

Mais de uma criatura foi capturada nessa cidade, inclusive um corpo foi levado para ser estudado em Campinas, no interior de São Paulo/SP. Todas as autoridades governamentais e militares negaram os fatos, mas para sorte da população e da história houve muitas testemunhas civis.

– Vou repensar meu ceticismo em relação a Varginha – falou Renato apertando o controle remoto para desligar a TV e dirigindo-se ao quarto.

Jéssica: Assaltada e Salva pelo Vendaval

Quando o homem moreno e magro, vestido com *shorts* branco de *tactel*, blusa de moletom verde com o capuz cobrindo a cabeça e parte da testa entrou na loja e a passos largos foi em sua direção, imediatamente Jéssica soube que estava em perigo. O dia estava muito quente para alguém colocar um capuz sobre a cabeça e sabia que aquela era a forma de esconder o rosto de alguma possível câmera, prática entre os ladrões, mas infelizmente por questões financeiras ainda não havia instalado as tão necessárias câmeras em sua loja.

Antevendo o que aconteceria nos instantes seguintes, aguardou paralisada a aproximação do homem de cabeça encoberta que se aproximava com as duas mãos nos bolsos.

– É um assalto, passa toda a grana que tem no caixa e não grita, senão te mato – disse o homem apontando o revolver para seu peito.

Os braços apoiados sobre o balcão desceram lentamente em direção à gaveta onde guardava o dinheiro e lamentou haver pouco no caixa, temendo deixar o ladrão irritado, poucas pessoas pagavam com dinheiro, a maioria dos seus clientes usava o cartão por ser prático e seguro.

– É tudo que tenho – balbuciou colocando sobre o balcão um punhado de notas amassadas e algumas moedas que rolaram na superfície plana do balcão e tilintaram no chão.

Mal proferiu as palavras, sentiu um forte impacto que a jogou violentamente contra a estante no fundo da loja, fazendo boa parte dos produtos virem abaixo e caírem sobre seu corpo. Algumas garrafas se quebraram e os líquidos encharcaram suas pernas protegidas pelas calça, *jeans* que não deixou os vidros as ferirem. Sentada no chão cercada pelo amontoado de caixas, latarias e garrafas que haviam caído, estava em choque com a forte explosão no exato momento do assalto, certamente o ladrão estava caído em algum canto da loja. Sentada onde fora arremessada, podia avistar boa parte da loja intacta e a desordem concentrada no balcão e na prateleira ao seu redor, que despencou com o impacto. Teria de se levantar e tentar fugir e contava com a sorte de o ladrão ter sido atingido e estar inconsciente no chão. Ergueu-se lamentando o barulho provocado pelos destroços e aproximou-se do balcão alongando o pescoço à procura do assaltante, que deveria estar caído, mas o local estava absolutamente vazio, não havia ninguém além dela na loja. Assustada com a explosão, sentiu-se agradecida pelo acidente que interrompeu o que poderia ter sido uma tarde desastrosa. Ainda sem saber se de fato estava só na loja, foi em direção da porta a passos largos, temerosa de que o ladrão saísse de algum canto e retomasse o assalto; fora da loja constatou que tudo se encontrava na mais perfeita normalidade e não havia nenhum sinal de que algum tornado ou qualquer coisa do tipo tivesse passado por ali. Os vizinhos lojistas estavam em seus balcões e os clientes circulavam tranquilamente, há 50 metros havia um ponto de ônibus e quatro pessoas aguardavam calmamente seus transportes, duas delas conferiam seus celulares e um casal trocava beijinhos. Os pedestres serenamente olhavam as vitrines em perfeitas condições, tudo ao redor da loja estava em harmonia e não havia sinais de explosão, vendaval ou outro acidente que tivesse provocado barulho igual ao ocorrido no interior de seu estabelecimento. Seguiu em direção à sorveteria do amigo Renato e o alcançou atrás do caixa com expressão zombeteira vendo-a entrar apressada com o aspecto um tanto desgrenhado. Trazia a bolsa apertada contra o peito temendo que alguém a tomasse.

– Você viu o furacão? – perguntou ao amigo.

– Furacão, que furacão? Tu andaste bebendo?

– Um furacão atingiu minha loja bem na hora em que eu estava sendo assaltada e destruiu alguns produtos e parte da prateleira de bebidas. Venha ver com seus próprios olhos.

Renato deixou sua loja e acompanhou a amiga, e vendo o interior da loja bastante danificado teve certeza de que realmente algo havia acontecido, uma briga talvez, um assalto com luta como ela afirmou ter sofrido, mas não um furacão, pois esse tipo de evento climático não ocorria naquela região, nem havia como um furacão ou vendaval entrar unicamente na loja sem fazer estragos na área externa, inclusive na banca de jornal há poucos metros dali.

– De fato algo aconteceu por aqui, tudo menos um furacão, pois não há como isso acontecer de forma localizada e precisa somente na sua loja – comentou Renato.

– Foi um vento muito forte, uma explosão, sei lá... Confesso não entender, foi tudo muito rápido, mas veio em boa hora, já que assustou o ladrão, que acabou nem levando o dinheiro que está espalhado pela loja – disse Jéssica.

Renato ficou inquieto quanto ao que a amiga descrevia, mas naquele momento precisava ajudá-la a se recompor e colocar um pouco de ordem na loja, até que seu irmão chegasse para auxiliá-la, quando voltasse do banco aonde tinha ido pagar algumas faturas prometendo retornar rápido para ajudar no atendimento aos clientes, sabendo que o horário costumava ter muito movimento.

– Vamos lá, vou ajudá-la a arrumar essa bagunça e depois vamos ligar para seu irmão e verificar se já está a caminho, você não pode ficar sozinha.

– E se o ladrão voltar? – perguntou Jéssica, muito assustada.

– Eu o pegarei de jeito, olha o tamanho do meu rodo! – brincou o amigo.

– Ah... tá, fala isso porque não viu a maldade que vi nos olhos dele, eram cruéis e havia raiva neles, estava coberto até a cabeça num moletom verde, como se estivéssemos no inverno. Medonho e assustador o moleque, sim, um moleque pela idade, e havia nele uma coisa de adulto velho, uma velhice ruim, como se já tivesse vivido uma guerra – comentou Jéssica.

– Acalme-se, vamos terminar a limpeza e depois podemos ir à delegacia fazer uma queixa.

– Queixa de quê? Vou fazer boletim de ocorrência para um tufão, furacão, sei lá o quê? Vão me chamar de louca, se você não acredita em mim, que dirá um delegado?

Fazendo piadas dos comentários da amiga, Renato se entregou à arrumação concentrado em entender o que havia acontecido na lojinha dela, queria uma explicação para o furacão repetidamente mencionado por Jéssica. Terminada a limpeza, se acomodaram próximo da porta da loja, de frente para a rua, Jéssica com olhar vago buscando explicações para o mágico evento que a livrara do assalto e Renato com uma pontinha de preocupação com a amiga visivelmente em choque.

Sônia: Marido Bêbado a Ataca na Hora do Jantar

A delegacia do bairro São Clemente parecia estar vivendo seus últimos momentos de sossego, não que não houvesse ocorrências, mas porque costumava ser bem mais tranquila naquela hora da noite. Eram pouco mais de 20 horas e havia cerca de dez pessoas esperando para registrar ocorrências.

– Todos serão atendidos, mas vamos dar prioridade a esta senhora que teve parte da casa danificada e deixou sua filha sob os cuidados dos vizinhos, conto com a compreensão dos senhores – disse o delegado dirigindo-se a cada um em uma saleta onde as pessoas falavam alto e reclamavam da demora em serem atendidas.

– Senhora, sente-se e relate o ocorrido, tudo que disser será anotado pelo escrivão.

– Doutor, eu estava terminando o jantar e arrumando a mesa enquanto aguardava a chegada do meu marido, minha filha estava tomando banho quando ouvi a fechadura da porta girar e meu marido entrou cambaleando – contou Sônia.

– Ele estava bêbado, senhora? – perguntou o escrivão.

– Sim, estava muito bêbado e chegou pedindo para comer frango. Disse que não tinha frango e que estava terminando de fazer um picadinho quando ele se irritou e, gritando, disse que já havia comido picadinho no almoço e, portanto, queria frango. Não dei muita importância e continuei fazendo o jantar e arrumando a mesa.

– Sim, e ele se acalmou e aceitou o picadinho, senhora? – indagou o escrivão com ar enfadonho.

– Eu estava de costas arrumando a mesa e minha filha apareceu na porta da cozinha e gritou muito assustada. Quando me virei, meu marido estava empunhando uma faca nas minhas costas – relatou Sônia.

– Ele tentou matá-la, a machucou? – perguntou o escrivão.

– Não, doutor, aconteceu uma coisa muito esquisita no instante em que ele desceu a faca em minha direção, fui jogada em cima da mesa por um vento muito forte, como se fosse uma explosão. Toda a comida e as travessas que estavam na mesa se espatifaram no chão, a mesa tombou e os cacos dos pratos me fizeram alguns arranhões nas pernas, como o senhor poderá ver.

– Então seu marido não a feriu com a faca? E onde ele está agora? – perguntou.

– Essa é a questão, doutor, quando me levantei do chão peguei minha filha e fui em direção à porta para escapar dele, percebi que ele havia desaparecido da cozinha como se fosse uma mágica. Não sei por onde saiu, se as janelas e as portas estavam fechadas. Também não sei como aquele vento forte entrou na cozinha, se toda a casa estava fechada. Doutor, acho que aquilo foi coisa de Deus. Já procurei meu marido pelo bairro inteiro, perguntei para os vizinhos e nenhum sinal dele. Sumiu com a roupa do corpo, documentos e a faca com a qual tentou me agredir – informou.

– Seu marido tenta matá-la e a senhora sai à procura dele e agora dá queixa de desaparecimento? – perguntou o delegado.

– Ah, doutor, ele não me mataria, é meio bravo, mas já estou acostumada com as chatices dele, são 12 anos de casamento.

– Descreva como seu marido estava vestido – pediu.

– Ele usava calça *jeans*, uma camiseta branca meio surrada e uma bota de couro também gasta e um pouco suja, porque ele trabalha em obras e as roupas e sapatos se desgastam muito rápido pelo cimento e cal das obras.

– Senhora, a queixa está registrada, vamos aguardar 24 horas para começar as buscas, enquanto isso, se ele reaparecer a senhora nos avise, ele será intimado a comparecer à delegacia e será enquadrado na Lei Maria da Penha.

– Vixe, doutor, ele vai ficar zangado.

– A gente sabe acalmar homens zangados, deixe conosco. Até logo.

– Obrigada, doutor, fique com Deus.

Sônia deixou a delegacia jurando a si mesma que se o Tonho reaparecesse não iria avisar o delegado, já que ele seria processado, o que aumentaria a raiva e consequentemente as brigas em casa. Não chegava revoltado ou bêbado todos os dias, tinha seus dias bons, apesar de ser de poucas palavras.

Raramente saía com a filha, falava pouco com ela e não se interessava por sua vida e seus estudos, mas trazia comida para casa; entendia sua revolta, sabia que sua angústia era por não poder visitar sua cidade natal onde morava sua família. Há muitos anos fugiu da cidade para não ser preso, pois se metera numa briga de bar e acabou matando um cliente que tentou separar a briga, o homem acabou levando a pior quando foi ferido no abdômen por uma faca que Tonho sacou na hora da raiva, quando este se colocou entre ele e seu desafeto. Fugiu e desde então nunca mais viu os familiares, nem estes o procuraram, mesmo tendo enviado o endereço para que o visitassem, logo percebeu que a família o havia abandonado.

Soube disso muito tarde, quando já estava casada e grávida, mas até então ele se mostrava mal-humorado, não violento a ponto de machucá-la, apesar de constantemente a agredir verbalmente quando bebia um pouco mais. Era seu passado que o incomodava, mas nada podia fazer para ajudá-lo, o que importava era o presente e isso incluía manter sua família unida e cuidar da sua filha; prometera esquecer o passado do marido e viver na paz do senhor. Voltando para sua casa iria ao encontro da filha de nove anos, que ficou sob os cuidados da vizinha, se trancaria em casa e, se Tonho aparecesse, ela resolveria à sua maneira, já havia se defendido outras vezes das agressões dele e não seria agora que o temeria. Só tinha ido à delegacia por insistência dos vizinhos preocupados com seu desaparecimento. Em casa trancaria as portas para ter tempo de se preparar e se defender caso ele retornasse bêbado e violento.

Precisava dele, e com jeitinho tudo ficaria bem.

Gilson Acorda na Copa de uma Árvore

Gilson despertou com a sensação de estar caindo da cama, buscou apoio na parede com as duas mãos tão real era sensação de queda, mas a cama estabilizou e o sono leve e preguiçoso o permitiu ficar mais um pouco nela. Manhã preguiçosa.

A cama estreita e dura voltou a balançar como se fosse uma rede e, instintivamente, buscou a parede rústica do seu quarto pobre para apoiar-se, porque a queda era iminente, e não a encontrou.

Sonolento, abriu os olhos e os cobriu imediatamente para fugir da forte luminosidade que invadia o quarto, alongou-se preguiçosamente na cama e sentiu-se incomodado quando encontrou um obstáculo que barrou seus movimentos. A forte claridade que invadia o quarto o irritava, queria dormir um pouco mais e se perguntou como havia se esquecido de fechar a janela na noite anterior. Protegendo os olhos, levantou e tentou alcançar os pés no chão, encontrando o vazio sem fim, o calafrio que percorreu seu corpo despertou-o rapidamente e, quando abriu os olhos, viu a imensidão verde das copas das árvores da floresta gigantesca que se estendia a sua frente. Estava no céu! Havia morrido? Aquilo eram árvores, estava no alto de uma delas.

Sentiu o corpo ser invadido por forte descarga de adrenalina ao se dar conta de que estava na copa de uma árvore e diante da beleza majestosa que se entendia a perder de vista. Avaliou a beleza da natureza a sua frente e, inconscientemente, se deu conta da alegria quase infantil e do misto de emoções inexplicáveis que o perturbaram, nunca em toda sua vida, diga-se de passagem bastante cheia de emoções, havia sentido tamanha sensação.

Se a situação não fosse tão absurda, teria bons motivos para vibrar alegremente com a paisagem maravilhosa que se estendia a sua frente. Estava no céu, no alto da copa de uma frondosa árvore, e a beleza que seus olhos contemplavam era indescritível e nunca antes experimentada.

Seu coração batia descompassado a ponto de colocar a mão no peito para se acalmar. Equilibrando-se no galho, abriu espaço entre as folhas e viu que estava a pelo menos 30 metros distante do chão.

– Estou sonhando, que porra é essa?

Falou alto sentindo o estômago contrair-se com o medo ao perceber estar sentado em um galho da espessura do seu antebraço. Trêmulo, se equilibrava agarrado nos galhos finos no alto da copa de uma das milhares de árvores da floresta que seus olhos contemplavam, e se surpreendia com a imensidão e os vários tons de verde, floresta a perder de vista, o céu pontilhado de pássaros que sobrevoando o infinito mergulhavam na imensidão de folhas verdes. Sons, piados e silvos desconhecidos para seus ouvidos de homem da cidade acostumado com o barulho de motores de carros; até o vento cantando incessantemente era diferente de tudo que já tinha escutado.

– Caí de asa-delta. Que porra é essa, caralho? Preciso acordar e sair desse pesadelo.

Atordoado e tremendo como vara verde, avaliou a descida calculando a distância do galho imediatamente abaixo daquele onde estava sentado. Precisava diminuir a distância até alcançar o chão e só depois encontrar a saída da floresta. Viu que nos galhos alguns cipós finos e verdes pendiam até próximo do chão, não pareciam muito confiáveis, mas era o que tinha para o momento.

– Um cipó não vai suportar meu peso, mas se conseguir dois talvez eu consiga descer dois ou três galhos abaixo, e depois penso que seja possível pular. Preciso chegar ao chão e achar a saída deste matagal. Nunca pensei que perto de casa existisse uma floresta tão grande. Se gritar quem sabe aparece alguém para me ajudar. Caralho, como cheguei a esta árvore? Nem gosto de asa-delta, já vi um camarada morrer e não sou chegado em alturas.

Gilson alcançou dois cipós que asseguraram uma descida dois galhos abaixo sem risco de rompimento e o deixou mais próximo do chão, mas ainda longe de um salto seguro.

Olhando para baixo, concluiu que saltar naquele momento não seria um bom negócio, um enorme animal preto muito parecido com um porco emitia sons roucos enquanto fuçava o chão bem próximo do grosso tronco da sua árvore. Talvez um javali gordo ou um porco-do-mato, não era possível identificar da distância em que se encontrava, mas era possível ver o quanto era robusto, e temendo que fosse agressivo preferiu permanecer no galho, se descesse certamente ficaria frente a frente com ele. Enquanto aguardava ansioso que o porco saísse da sua rota de fuga, avaliou a trilha de terra batida que marcava o caminho com pouca vegetação, notadamente usada todos os dias, e mais à frente avistou galhos quebrados e montículos escuros no chão que poderiam ser fezes. Por enquanto estava seguro, era questão de tempo sua descida da árvore, aguardaria até que alguém passasse e pediria ajuda, uma escada ou uma corda para alcançar o chão com segurança, depois seguiria a trilha que certamente o levaria a algum bairro ou a placas que indicassem a saída. Teria de ser rápido, o sol estava em declínio e logo mais escureceria, dificultando a saída da floresta.

Seguindo o instinto de sobrevivência, Gilson analisava de que maneira iria sair da árvore, mas a pergunta, de como havia chegado ali, estava sem resposta e não se lembrava de ter usado parapente ou asa- delta, e o fato de acordar no alto de uma árvore sustentado por um fino galho em uma floresta desconhecida era no mínimo espantoso, para não dizer estranhíssimo. Sonho ruim. Pesadelo com certeza e estava demorando a acordar, a brincadeira estava ficando sem graça, não tinha outra explicação.

Contrastando com os tons de verde da linda floresta, o vermelho do seu *shorts*, o preto do boné e as tiras amarelas de seus chinelos, que milagrosamente estavam em seus pés destacavam-se absurdamente, deveriam ser mesmo muito diferentes as cores que estava usando, visto que vários animais e aves de pequeno porte se empoleiram nas árvores vizinhas e saltitantes o observavam, alguns mais eufóricos mantinham curiosa e segura distância daquele que supunham ser um novo habitante que despencou do céu e, desajeitadamente, se equilibrava assustado no galho fino de uma das várias espécies altas da floresta. Não usava camiseta, estava nu da cintura para cima como costumava ficar quando caminhava pela orla da praia da cidade rodeada de praias onde morava. Pior que não avistar o tecido colorido de cores vibrantes da asa-delta que o havia deixado pendurado no alto de uma árvore, era não se lembrar de como iniciou seu passeio e em que circunstância havia caído. Não gostava de mato e menos ainda de altura, era um homem da cidade grande, pé no chão e sabia correr como ninguém.

Equilibrando-se de modo desengonçado sobre o galho, alcançou alguns cipós e segurando firmemente soltou o corpo no ar que, balançando, o levou a dois galhos abaixo, mais grossos que aquele que deixou no alto, mais seguro para seu peso; a luminosidade diminuiu consideravelmente quando penetrou no interior da árvore, e intensificaram os cantos, piados e silvos dos animais e aves que se recolhiam fazendo algazarra, lembrando-o da hora do recreio da sua escola quando todos os adolescentes se juntavam para tomar o lanche. O recreio com os amigos estava bem longe da sua realidade, o galho onde se equilibrava estremeceu levemente e o farfalhar das folhas logo atrás encheu seu coração de alegria ao sentir que havia mais alguém compartilhando a árvore. Agarrado ao grosso e áspero tronco virou na direção de onde veio o barulho e pôde ouvir a respiração pesada do outro homem, virou esperançoso e feliz por encontrar alguém para dividir sua infeliz experiência e que certamente o ajudaria a entender sua estúpida localização. Sentado confortavelmente no galho oposto ao seu estava um grande macaco preto de pelo reluzente e cara de poucos amigos batendo fortemente no peito.

– Fodeu, meu, agora fodeu de vez.

O sangue congelou em suas veias, sentiu os pelos eriçarem e um tambor ocupando o lugar do coração. Seu corpo experimentava mais uma vez a reação de luta e fuga, mas nem luta nem fuga seria possível empoleirado no galho da árvore com um animal daquele porte batendo no peito mostrando a quem pertencia o território. Sentiu pavor, o momento era de perigo e precisava desocupar rapidamente o galho do macaco gordo, que sem dificuldade, como se andasse no chão, deu dois passos em sua direção enquanto Gilson desceu dois galhos abaixo com a ajuda de um único cipó.

Estava um galho abaixo e não em total segurança, mas a uma distância considerável do macaco, mais próximo do chão e do porco gigante que emitia ruídos roucos enquanto fuçava o chão e triturava sementes.

– Um macaco do cacete aqui em cima e um porco dentuço lá em baixo, fodeu... fodeu, meu. Que porra é essa, meu irmão? Não estou entendendo nada, quero minha casa – falou tão alto que, assustados, vários pássaros levantaram voo mergulhando na penumbra da floresta.

Trêmulo, buscou no bolso do *shorts* algo com o que pudesse se defender caso o macaco o atacasse, sabia que alguns deles eram agressivos e estava em desvantagem ocupando a casa dele; nada encontrando no bolso, se perguntou onde estava o revólver que sempre carregava junto ao corpo. Olhando para a copa da árvore procurou o dono do pedaço e sentiu alívio quando não o avistou, havia desaparecido tão silenciosamente como tinha aparecido. O porco dentuço que comia na trilha aos pés da árvore também se distanciava a passos lentos mastigando e babando. Era hora de descer.

Mais dois galhos abaixo e pularia no chão com segurança.

Esteve tão preocupado nos últimos minutos em se defender dos imprevistos e avaliando a descida segura que se esqueceu de que o sol se punha e a luz quase havia desaparecido, deixando o interior da floresta bastante escuro, tornando difícil encontrar a saída pela trilha de terra batida sem correr o risco de a noite o encontrar no meio da floresta. Sem luz, jamais alcançaria a saída sem ajuda e não iria se arriscar a enveredar-se no escuro por um caminho que não conhecia, continuaria na árvore que também não era segura, mas não havia outra opção.

– Se subir o bicho pega, se descer o porco come, que situação – riu de si mesmo.

Encolher-se-ia sobre o galho e rezaria para o macaco não voltar reivindicando sua morada, não conseguiria dormir equilibrando-se no galho, se relaxasse cairia, o jeito seria permanecer acordado e bateria no peito caso o negão peludo reaparecesse. Avaliou dormir no chão, mas ao pensar que os porcões dentuços poderiam aparecer, desistiu da ideia.

Era jovem, tinha 24 anos, pernas longas e músculos fortes, acostumado a correr e subir o morro nas madrugadas enquanto a cidade dormia e uma noite maldormida seria recuperada rapidamente quando voltasse ao seu barraco. Raramente circulava durante o dia, suas atividades eram noturnas, lembrava-se de que havia sido convidado por um amigo para umas paradas na praia no domingo.

– Então hoje é segunda-feira – concluiu ao lembrar-se de que havia despertado naquela tarde na copa da árvore.

Era urgente encontrar alguma coisa para comer, a dor que sentia no estômago era angustiante e seu corpo dava sinais de fraqueza, e a julgar pelo desconforto e mal-estar calculava estar sem comer há vários dias. Ainda não tinha conseguido encontrar nada que considerava servir como alimento, nenhuma fruta, verdura ou legume, tudo era estranho e desconhecido, não se sentia seguro em comer temendo ser venenoso, avistou algumas árvores com frutas e esperava ver algum animal comer ou pássaros bicando, mas sua aproximação os espantava e assim abandonava o local, continuando o caminho esperançoso em ter mais sorte na próxima parada.

Encontrou no caminho frutas bicadas e cheias de furos e ainda assim não se sentia seguro em se alimentar delas porque eram frutas totalmente desconhecidas, alimentos com certeza já que o chão estava coberto de sementes e grãos misturados a folhas em decomposição e fezes de animais.

A vida incessante e barulhenta da floresta amenizava a solidão, animais pequenos e saltitantes, pássaros e aves de inúmeras espécies cruzavam seu caminho e o acompanhavam cantando nas árvores por onde caminhava. Todos os habitantes da floresta, animais pequenos e grandes, aves e insetos estavam em vantagem em relação a ele, o homem que aprisionava animais estava em seu hábitat faminto e perdido. Sábia natureza, sábios animais e o racional homem, seres do mesmo universo, no entanto desconhecia tudo daquele mundo, não reconhecia na imensa variedade de frutos doados generosamente pela mãe natureza qual deles poderia servir de alimento sem correr o risco de ser envenenado, estava no meio da natureza bruta e não havia nenhuma fruta conhecida, como uma maçã ou laranja ao alcance das mãos nas feiras do bairro, no fim da feira jogadas no chão em bom estado de conservação, na fruteira de arame enferrujado num canto escuro da feia e sombria casa. Delirando com suas lembranças e mastigando brotos de palmeiras enganando a fome, se distraiu e entrou na trilha errada onde esteve naquela mesma manhã, sabia que ali os alimentos eram escassos e precisava de novos rumos, uma trilha que o levasse à saída rumo à civilização.

– Tenho fome, tenho sede.

Suas energias estavam na reserva; a umidade da floresta e seus milhares de insetos que o picavam insistentemente, somados à escassez de alimentos, o faziam pensar no quanto ainda resistiria até arriscar-se a comer qualquer coisa que aparecesse na sua frente, precisava manter-se firme e lúcido, afinal, a floresta estava viva e os animais mastigavam o tempo todo e haviam fezes por todos os caminhos que percorria, e se há fezes há alimentos, uma coisa leva a outra.

– Ninguém caga se não comer. Comida há, mas preciso saber o que comer.

Passarinhos bicavam frutos no alto das árvores, porcos fuçavam o chão e grandes sapos alongavam a língua alcançando gafanhotos, moscas e lagartas que desciam pela garganta sem ao menos serem mastigados. Precisava caçar, mas não tinha armas nem instrumentos, apenas um canivete de cinco centímetros no bolso de seu *shorts* que o ajudou a abrir algumas sementes que não mataram sua fome, apenas a aliviou. Ao menos se encontrasse um riacho onde pudesse tomar um banho, matar a sede e quem sabe pescar...

– Nada mal um peixe frito agora – sonhou.

Desde o dia em que desceu da árvore e caminhou pelas trilhas, calculou uns cem quilômetros; em nenhuma delas viu sinais de rio, o som característico de queda de água ou o som da queda de cachoeiras, ainda que a floresta fosse úmida e quente, aumentando a população de moscas e besouros que teimavam em rodopiar sobre sua cabeça acompanhando sua caminhada, ora pousando em seus olhos em busca de líquido, ora picando dolorosamente seus braços e suas mãos, que se agitavam no ar na tentativa de afastá-las, e quando os braços não eram suficientes abanava-se com folhas largas mantendo os insistentes insetos longe do seu corpo ferido cheio de pústulas e calombos inchados de tanto coçar.

Lembrou-se de que em alguma revista de curiosidades lera que pessoas perdidas nas florestas se alimentavam de lagartas, besouros e qualquer animal que fosse possível alcançar, a ordem era sobreviver.

– Gilson, Gilson, acho que você vai comer lagarta logo mais – ouvindo a própria voz assustou-se ao constatar que estava rouco, muito possivelmente estava resfriado, há alguns dias sentia muita dor no corpo e na garganta. Torceu para que fosse apenas uma gripe, não aquelas doenças bravas que as pessoas pegam nas florestas.

Sobreviver é a palavra de ordem e na falta de algo mais apetitoso ao paladar, experimentaria insetos mesmo, a sobrevivência era prioridade, que o cardápio seja de moscas, lagartas e o que aparecer, porque a porta de saída parecia cada vez mais distante de ser alcançada na floresta que se apresentava como um emaranhado infernal de trilhas sem saídas.

À medida que caminhava, a vegetação parecia mais fechada, as trilhas se estreitavam e afinavam a ponto de desaparecerem, algumas eram tão baixas e estreitas que só permitiam a passagem de animais pequenos, significando que o caminho acabava, e para avançar deveria quebrar galhos e roçar o mato, mas sem instrumentos adequados o melhor era recuar.

Explorava diariamente novos caminhos notando a presença de animais e aves raras, alguns tão coloridos que pareciam pintados à mão, borboletas gigantes, besouros enormes que poderiam ser confundidos com caranguejos, lagartas gordas e compridas que pareciam cobras verdes e lisas, que se confundiam com a vegetação, outras cobertas de pelos coloridos e, famintas, caminhavam languidamente sobre as folhas deixando buracos enormes, danificando irremediavelmente a planta. Sobressaltado com as insistentes picadas dos insetos atraídos pelo seu cheiro, ou mau cheiro, voando na sua direção pousavam em sua cabeça e colidiam com seu rosto cheio de calombos inchados pelas picadas de abelhas que se defenderam quando tentou alcançar uma porção de mel. Braços, peito, costas e pernas tinham bolhas que coçadas sangravam e atraíam insetos ávidos pelo cheiro de sangue e líquidos expelidos do seu corpo. A cabeça descoberta com pouco cabelo não foi poupada, as feridas coçadas com as mãos sujas infeccionaram e expunha líquidos purulentos.

– Álcool, preciso de álcool para limpar essas feridas, uma cachaça já serviria. Preciso de um banho, mãe, pelo amor de Deus, o que faço para acabar com essa tortura?

A lembrança da mãe e do último encontro causou-lhe angústia e forte aperto no peito. Lamentava o sofrimento que havia inflingido à frágil criatura, lamentou pelas noites maldormidas quando a polícia batia na porta da casa da mãe à procura dele, lembrou-se da expressão sofrida de seu rosto quando foi buscá-lo na delegacia depois de ter sido preso por assalto à mão armada, quando ainda era menor. Deu ao delegado seu endereço e rapidamente localizaram seus pais, que tinham residência fixa, escapou graças a sua mãe, se dependesse do seu pai teria sido enviado para a casa de custódia. Voltou para casa e por uma semana permaneceu quieto, meio escondido no quarto, ouvindo os sermões da mãe e os xingamentos do pai, mas a rua era sedutora e logo seu chamado foi ouvido e voltou discretamente para não fazer sua mãe sofrer. Em pouco tempo ganhou a confiança dos chefões do tráfico e foi requisitado para trabalhos maiores, como a guarda de armas pesadas e a direção dos carros nos assaltos. Seduzido pelo crime e dinheiro fácil, abandonou a casa dos pais, ganhou as ruas poupando a família de mais sofrimentos e se poupando também da dependência da família que, mesmo sabendo a origem do dinheiro, volta e meia recorria a ele para comprar alimentos ou consertar algo em casa. Fora de casa ficaria mais à vontade e livre para prestar um bom serviço ao crime organizado sem pôr sua família em risco. A mãe sabia que o dinheiro que ele deixava para ajudar os irmãos era do crime, mas a necessidade falava mais alto e logo deixou de lado os sermões e passou a ansiar por sua visita semanal. Mas de nada havia adiantado fugir de casa, os jornais diariamente o apontavam como um bandido de alta periculosidade procurado pela polícia, e sabia que sua mãe estava sofrendo, não pela possibilidade da prisão, mas receosa de que num confronto com a polícia ele pudesse ser morto. Nos *sites* da polícia e da secretaria de segurança, havia anúncios oferecendo recompensa para quem denunciasse seu paradeiro por meio dos telefones sigilosos destinados a esse fim.

– Como estará minha mãe? Quem estará cuidando das contas da casa e dos meus irmãos mais novos?

Completamente absorto nos pensamentos, não se deu conta de que andou em círculos na última meia hora, estava no mesmo lugar onde há algum tempo atrás quebrou um galho para abrir caminho na vegetação, as mesmas folhas e galhos quebrados por ele há instantes lá estavam para seu desespero, reencontrou a cobra verde agarrada a um tronco que há pouco desviara temendo ser picado, e o sapo amarelo ainda espreitando a presa paralisada sobre o galho quebrado aumentou seu desalento.

Todas as trilhas percorridas desde que desceu da copa da árvore grande na fatídica tarde que acordou empoleirado terminavam sem saída, acabavam em estreito caminho onde só era possível passar pequenos animais, nunca um homem, para seu desespero.

Um pássaro cantou no alto de uma das dezenas de árvores ao seu redor, e seu canto se assemelhou a uma risada.

– Passarinho da porra, cale sua boca. Desça para eu o transformar num galeto – gritou para a ave que cantava alegremente longe do seu alcance.

Centenas de pássaros gorjeavam na vegetação espessa e rica, longe do seu estômago vazio, distante das suas mãos que os transformariam em galetos crocantes para saciar sua fome, também estavam fora do seu alcance os ninhos, que certamente escondiam ovos.

– Uma omelete seria boa demais para essa tarde. Ok, aceito mesmo sem sal, sem tempero, frigideira e sem fogo, conseguirei uma gemada. Seria bom demais se conseguisse alcançar um ninho, engoliria ovos crus sem pestanejar. Mas estão seguros e bem protegidos dos predadores, e eu, Gilson, faço parte dessa categoria.

Continuou seu monólogo culinário pela trilha úmida e fétida, que sabia não o levaria a lugar nenhum.

– Como devo comer um besouro? Morto ou vivo. Como fazem os sapos?

Caminhava atento a tudo que voasse e pudesse ser alcançado, precisava caçar e a farta fauna lhe apresentava as mais variadas iguarias, a questão era somente como capturá-las.

– Colheita difícil, nunca pensei que fosse tão difícil conseguir alimento num local tão rico e cheio de diversidades.

Distante alguns metros à frente, havia uma majestosa árvore carregada de frutos vermelhos menores que uma maçã; aproximou-se e, na ponta dos pés sobre galhos que estalavam com seu peso, alcançou um fruto, segurando firmemente recuou um pouco para trás e observou o amontoado de ossos quebrados sobre o tronco da árvore. Estava tão feliz com a possibilidade de comer a fruta que não prestou atenção onde andava e agora se sentia desconfortável por ter pisado e quebrado ossos de um defunto. Abaixou-se para melhor observar os ossos que pertenciam a algum animal, remexeu o esqueleto com seu cajado de madeira seca e o grande fêmur humano chamou sua atenção; torcendo para estar errado, desejoso de que fossem de animais, empurrou-os com o pé e viu a ossada das mãos e parte de um antebraço, sentiu-se mal com a descoberta, queria há muito tempo encontrar alguém com quem pudesse conversar e compartilhar experiências da floresta e agora, de repente, se viu diante de um ser humano sem vida na forma de ossos esbranquiçados e quebradiços largados ao relento. O crânio recoberto por folhas acabou com suas esperanças. Ocorreu-lhe que aquele homem poderia ter morrido envenenado pelas frutas que segurava entre as mãos, agradeceu ao esqueleto por tê-lo livrado da morte jogando as frutas no chão e se afastando rapidamente do local sem saber exatamente para qual direção correr.

Andou apressadamente por cerca de um quilômetro, incomodado com sua insensibilidade em não ter dispensado ao morto o tratamento correto que todos os mortos mereciam, uma sepultura. Voltou tão rápido quanto tinha saído, juntou folhas e galhos de árvores e colocou sobre a ossada, fez uma oração à sua moda, não tinha religião, e assim juntou trechos de todas as orações que conhecia e entregou aqueles ossos a uma entidade divina, desejando que ele tivesse partido para melhor.

Afastando-se a passos largos da sepultura simples do desconhecido, seguiu pelo caminho estreito lamentando o descuido das pessoas que haviam passado por ali sem se incomodar em dar ao corpo do pobre infeliz uma sepultura decente.

Enquanto esteve cuidando da ossada do ser que acreditava ser um homem, pôde observar que não havia objetos pessoais, vestimentas, uma mala ou sacola, ferramentas ou qualquer outro bem pessoal junto ao corpo, o que fazia o caso ficar mais intrigante, já que ninguém morre nu numa floresta. Tendo se afastando do local e se sentindo mais calmo, reavaliou as possíveis causas da morte do desconhecido; poderia ter sido atacado por animais selvagens, visto que os ossos do fêmur tinham arranhaduras consideráveis e o crânio apresentava marcas profundas que poderiam ser de dentes, ele poderia ter caído de uma árvore e quebrado a perna e machucado a cabeça. Eram muitas as formas de se morrer no mato, mas não conseguia concluir aquela morte já que só existiam ossos, um médico forense concluiria rapidamente, mas estava longe de ter um para entregar a ossada, esclarecer suas dúvidas e acalmar seu coração.

Seguiu a trilha por onde iniciou a caminhada antes de ser interrompido pelo esqueleto sob a árvore carregada de frutos maduros, que não chegou a experimentar, esperava ter mais sorte na sua busca por alimentos, não haveria mais mortos no seu caminho, aquele homem deveria ser idoso e não suportou a caminhada, já ele era jovem e teria forças para alcançar a saída.

Buscou na memória resquícios de religiosidade para se valer e também para se livrar da angústia de ter encontrado um humano morto; depois de conviver meses com insetos, sapos, porcos gigantes e macacos hostis estava triste com seu encontro fúnebre. Avaliou seu estado e sentindo pena de si mesmo desejou que sua mãe estivesse orando por ele, sua situação era lamentável, estava sujo e cheio de feridas pelo corpo, tantas foram as picadas de insetos e, pior ainda, com fome e perdido numa floresta que não imaginava em que estado do seu país ficava.

– Em nome do Pai, do Filho e do Espírito Santo, amém. Pai-nosso que estais na Terra, seja feita a vossa vontade... Acho que essa oração está errada. Deus, não sei rezar, mas você entende minha situação, então quebra essa e me mostra o caminho de casa. Juro que se me ajudar a sair dessa porra de floresta prometo ser um bom homem. Vou trabalhar e cuidar da minha família direito, como minha mãe sempre pediu. Ajude-me, Deus.

Pediu fervorosamente como nunca havia feito em toda sua vida, dirigindo-se a Deus e, pela primeira vez, chorou como não fazia há muito tempo. Seu corpo foi sacudido por fortes soluços e a floresta silenciou para ouvir os gemidos que vinham da sua alma. Estava sufocado pelas palavras que nunca havia dito.

Os pássaros emudeceram para ouvir o canto da alma em sofrimento e, saltitando nas árvores, acompanharam o andar cambaleante do humano triste.

Conversou com Deus e chorou copiosamente no silêncio da floresta, sentiu o corpo mais leve e a alma aliviada, que lhe pareceu haver perdido vários quilos, os ombros estavam soltos e as dores sumiram, acertou o passo no centro da trilha e prosseguiu sua jornada rumo a lugar nenhum, sabia que não havia saída, mas precisava caminhar, alimentava o sentimento de estar fazendo algo por si mesmo.

Sem conseguir se esquecer do esqueleto e intrigado com o fato de o corpo estar abandonado há tanto tempo, a ponto de ter perdido toda a carne, sem que ninguém tenha se preocupado em vir à sua procura, lamentou a sorte do pobre e a infelicidade de não ter alcançado com vida a saída da floresta, levou a mão à testa, ao ombro esquerdo e ao direito e por fim ao umbigo, fazendo o sinal da cruz, ignorando a ordem dos movimentos, apenas ciente de que o fazia, errado ou não seu Deus o entenderia.

Os ossos esbranquiçados sem rosto e sem identidade estavam ali e pertenciam a alguém que, pela mesma razão que ele, tinha sido trazido para a prisão aberta, para a natureza bruta, e não sobreviveu para ser resgatado conforme lhe fora prometido.

– Eles virão me resgatar, tenho certeza de que quando cumprir minha pena sairei daqui para encontrar meus amigos e minha família – falou olhando para o alto, buscando o Deus que havia ignorado sua vida inteira. – O pobre diabo havia morrido há muito tempo, não suportou a pena longa e como é de se esperar, ninguém conseguiu chegar até ele. Fácil de entender. Impossível achar alguém nesse emaranhado de trilhas sem saída, esta floresta é um labirinto. Terei mais sorte que aquele pobre infeliz, pode apostar. Devo ter cuidado com as cobras e com os porcos dentuços, cuidarei para não comer nada envenenado e, quando encontrar um riacho, vou limpar essas feridas antes que fique pior que já está. Tomarei muito cuidado e me comportarei, para sair bem rápido desta mata infernal. Já paguei minha pena com a fome e meu corpo cheio de feridas.

Sentiu vertigem e quando seu corpo inclinou para o lado apoiou-se num cipó que pendia da árvore frondosa, onde dezenas de pássaros faziam festa, apressadamente se pôs em movimento para afastar os insetos que o atacaram impiedosamente.

Por alguns instantes havia se esquecido da fome que o atormentava e das frutas vermelhas venenosas que haviam provocado a morte do homem, e agora mais que nunca precisava comer, suas energias estavam comprometidas, gastou-as cuidando da cova rasa do pobre homem, precisava concentrar sua atenção na busca por algo para comer.

As noites eram úmidas e quase sempre chuvosas, era quando os insetos davam trégua nas picadas e ferroadas que atormentavam seu corpo coberto de feridas sangrentas e purulentas. As chuvas espantavam os insetos à noite, e pela manhã podia recolher água nas folhas lisas das palmas, que rolavam como pérolas dançando sobre as folhas. Sugava várias folhas até conseguir água suficiente para matar a sede, sentia falta do banho, mas seria necessária meia floresta para ter água suficiente para um banho apropriado e decente, que pudesse tirar toda a sujeira que esses meses de reclusão acumularam em seu corpo, suas mãos estavam cobertas por uma casca parecida com chocolate, quando conseguia algo para comer temia ser contaminado pelas mãos imundas e malcheirosas, mas era essa casca de sujeira que protegia as mãos das picadas dos insetos.

– Hambúrguer, cachorro-quente, batata frita – alucinou.

Se ao menos conseguisse um passarinho, há tantos na floresta rica em fauna e flora sobrevoando a metros dele, mas eram tão ariscos que ao menor movimento levantavam voo, curiosamente alguns o acompanhavam na trilha, cantando e exibindo a plumagem colorida. Longe do alcance de suas mãos, distante do seu prato.

– Venha cá, galeto! – falou para um pássaro preto que trinava saltitante no galho a poucos metros. Logo lhe ocorreu que se alcançasse o galeto saltitante teria de improvisar uma fogueira; desde que se encontrava perdido, sem sucesso, havia tentado mais de uma vez fazer fogo, tanto que passou a acreditar que era mito essa história de produzir fogo com o atrito de duas pedras. As pedras eram raras por ali, e as poucas que encontrou estavam encharcadas e esfarelavam quando chocadas umas contra as outras.

– Quem não tem galeto, vai de amora – mastigou gulosamente a frutinha arroxeada e imediatamente cuspiu quando o sumo ácido se espalhou pela boca, a fruta era amarga, tinha carroço enorme recoberto por camada milimétrica de fibra azeda.

Mesmo enfraquecido pela longa caminhada e a alimentação pouco nutritiva, conseguia se esquivar dos animais selvagens que cruzavam seu caminho, e quanto mais raramente apareciam mais acreditava que estava se distanciando da saída, estava entrando para o coração da floresta. Ansiava em encontrar outro condenado como ele que tornaria a vida naquele inferno mais fácil, mas temia que fosse na forma de ossos brancos e quebradiços.

Tentou calcular o tempo em que estava na floresta, não conseguiu, tinha os sentidos embotados e confusos, talvez dois ou três meses, havia percorrido centenas de quilômetros e alguns deles em círculos voltando algumas vezes pela mesma trilha. Passou por maus momentos enfrentando perigos inimagináveis para um homem da cidade, "poucas e boas" como diria sua mãe, instantes de terror quando se viu cercado de porcos selvagens que o encurralaram numa árvore por horas, já tinha dividido um galho com uma cobra que o atravessou deslizando sobre suas pernas, enquanto gelava o corpo e paralisava a respiração para que ela não o notasse. Sobreviveu e sobreviveria para contar aos amigos e familiares quando voltasse para casa.

Desde que alcançou o chão e seguiu a trilha acreditando que estava na direção da civilização ou na direção que o levaria a encontrar uma residência, uma fazenda ou alguém que o ajudasse, tudo que encontrou foram emboscadas da natureza e animais para lá de desagradáveis, como os porcos com dentes gigantescos que saltavam de suas bocas como se fossem chifres; escapou do ataque fatal de meia dúzia deles subindo rapidamente em árvores, porque assim como aprendeu a descer de árvores também aprendeu por força maior a escalá-las quando percebia que os animais além de herbívoros também gostavam de carne humana. Cada vez que se lembrava dos dentes pontiagudos dos porcos estremecia imaginando aquela lança atravessando seu corpo, nunca imaginou existirem dentes daquele tamanho, mais pareciam chifres de elefantes.

– Preciso de carne, de pão com manteiga ou de uma feijoada, uma fruta ou um prato de gafanhotos – sonhava com os pratos simples e saborosos da sua mãe, mas ela estava muito longe e jamais poderia imaginar os perrengues em que o filho havia se metido, melhor assim, a pouparia de mais sofrimentos, já que não havia a comida da mãe, qualquer gafanhoto cru seria bem-vindo.

– Malditos bichos verdes, minha mãe dizia que quando apareciam era sinal de sorte, se é verdade, que me ajudem a sair daqui e fiquem tranquilos, não os comerei, mas se não me ajudarem, não se coloquem na minha frente, senão ainda hoje farei um jantar com vocês.

Pensou nos índios e na facilidade de como viviam na floresta, pescavam e caçavam, cuidavam da família e da prole e ele, sozinho, não conseguia alimento suficiente para uma refeição.

Matou as aulas de História na escola estadual do bairro, sabia pouco sobre índios, apenas que foram eles que receberam os colonizadores do seu país, foram enganados com quinquilharias trocadas por armas, a machadinha e as lanças habilmente usadas como se fossem extensões dos seus braços derrubavam animais de grande porte com duas ou três lançadas e garantiam carne para alimentar toda a aldeia.

– Lanças, flechas, é isso! Necessito urgente fazer algumas.

Ah! Os índios, não havia sinal deles na floresta, mas não seria bom encontrá-los nas atuais circunstâncias, não saberia reconhecer um selvagem canibal.

Fabricavam armas com pedras, caçavam com lanças de varas e pescavam em canoas rasas cavadas em troncos de árvores, comiam raízes e sabiam reconhecer as venenosas.

– Nem sei reconhecer um pé de mandioca, sempre recebi frita no prato – lamentou. – Flechas. Flechas, vou fazer flechas e caçar passarinhos – Falou para uma árvore de tronco grosso e galhos altíssimos, de onde desciam vários cipós que ajudavam os macacos mais ousados a se aproximarem e o olharem como se fosse ele o animal estranho.

Avaliou um galho de bom tamanho e logo o dispensou por ser mole demais para a fabricação de flechas, teria de ser galho seco, raro, mas não impossível na floresta úmida.

Poderia contar com seu canivete, que faria uma ponta fina na vara e depois treinaria nas árvores até afinar a pontaria e, quando conseguisse um lugar seguro, aguardaria a chegada dos porcos e apontaria para um dos leitões da porca gorda, que para defender as crias já o obrigou a sair do caminho e equilibrar-se por um longo período em uma árvore, enquanto calma e lentamente caminhava pela trilha com seus filhotes fedidos e barulhentos.

Não ia ser fácil alimentar-se de carne crua, mas as circunstâncias não permitiam exigências e comeria de bom grado uma coxa crua de leitão gordo, em substituição aos galetos voadores que não conseguia alcançar.

Sentou-se no tronco podre da árvore tombada na vegetação rasteira e avaliou a matéria-prima que havia conseguido para seu novo equipamento de caça, iniciou o desafio de fazer ponta fina na vara de dois metros de comprimento.

O grande tronco de árvore onde sentou estava quase coberto pela vegetação e tinha algumas partes podres, deveria estar ali há muitos anos, a parte mais próxima da raiz estava tão pobre e esburacada que era possível ver larvas gordas do tamanho de feijões brancos se movimentando no seu interior. Alargou o buraco, até que coubesse uma das mãos e, delicadamente, trouxe uma lagarta branca, que exposta à luz do sol se contorceu entre seus dedos, levou-a à boca engolindo-a inteira, soltou o canivete no chão e por um bom tempo dedicou-se a enfiar o braço no buraco da árvore morta e trazer o rico alimento proteico, lagartinhas brancas contorcionistas que sem cerimônia eram levadas ao fundo da boca e engolidas uma após outra, até sentir a fome desaparecendo.

Enquanto saboreava o rico alimento sentado no tronco da árvore morta, teve a nítida sensação de ouvir o barulho da cidade, conversa entre pessoas como se estivesse há alguns passos de distância, ouviu claramente o som de buzina e, em seguida, o barulho de pneus sendo freados bruscamente no asfalto. Teve a sensação de estar dentro de uma bolha no meio da cidade, um mundo paralelo, mas quando levantou a cabeça viu a mata verde que o cercava e não teve dúvidas de que estava alucinando. Eram sonhos da sua alma solitária.

Demorou a admitir, somente depois de muito sofrimento, que sobreviver na mata fechada com seus habitantes hostis era mais do que um bandido violento poderia suportar.

Se for verdade que inferno existe, como diziam os avós, onde as pessoas eram levadas para redimir seus pecados, certamente estava nele e se sentia redimido de todos os seus, nada mais devia a ninguém, tampouco à sociedade, todos os seus crimes estavam pagos, tantos foram os sofrimentos físicos desde que ali foi deixado.

Toda sorte de insetos e bichos voadores parecia atraída pela sua presença e não perdia a oportunidade de pousar em seu corpo e deixar uma picada dolorida que coçava por horas, chegando muitas vezes a tirar seu sono e pela manhã mostrar inchaço, vermelhidão e febre.

O inferno maior era se deparar com as mais variadas formas de vida, sabendo que poderia colocá-las em sua cadeia alimentar, mas sem meios de capturá-las enquanto seu estômago gemia de fome. Alguns dias foram bastante difíceis, quando em uma de suas caminhadas se deparou com um sem-número de macacos endiabrados que puxaram seus poucos cabelos e bateram em sua cabeça pendurados em cipós, comeram frutas e jogaram sementes em sua cabeça, alguns mais atrevidos jogaram fezes do alto das árvores que, acertando seu ombro, aumentou a população de moscas ao seu redor. Sem contar o esquilos e coelhos do mato que zombeteiramente cruzam velozes seu caminho carregando alimentos que só eles sabiam onde encontrar.

– O inferno existe, estou nele – pensou em voz alta.

Lembrava a vida de bandido, revivia as lembranças de quantas vezes havia sido preso e solto no dia seguinte por falta de provas, de espaço na cadeia ou porque a bandidagem pagava a fiança ou tinha subornado os policiais que também eram moradores do morro. Cruzou nas delegacias com alguns policiais vizinhos do morro, que facilitavam sua fuga, ajudavam informando o restante do bando, que logo contratavam um advogado de porta de cadeia para pagar a fiança e o colocar na rua respondendo ao processo em liberdade. Esteve algumas vezes em liberdade condicional e para sobreviver do seu trabalho, que eram os assaltos, se tornou mais cuidadoso, chegando a mudar de cidade para evitar ser flagrado em novo crime, o que dificultaria uma nova libertação, tão feia e extensa era sua ficha corrida.

O período maior em que ficou preso foram três meses, até que alguns amigos do morro juntaram grana e contrataram um advogado que pagou a fiança e a prisão foi relaxada.

Nunca esteve em presídio de segurança máxima, temia ser levado para um, mas era velho conhecido das delegacias lotadas de gambés do morro portando armas ultrapassadas e inferiores às dos bandidos, amigos e vizinhos do morro; quando foi deixado na floresta, achou que estava vivendo uma piada e sair era questão de tempo. E o tempo passou sem que a saída fosse possível.

Se ela fosse possível, não cometeria crimes como antes.

– Não a conhecia e nada sabia a seu respeito e da sua história, avaliava-a pelos bens que ostentava e que me causavam revolta, me perguntei muitas vezes por que você tinha e eu não. No que você era diferente de mim? Por que você merecia muito, enquanto eu contava moedas para sobreviver? Passei minha vida ouvindo meus pais dizerem que éramos todos iguais perante Deus. Então por que Deus deu mais a alguns e menos para outros? Era injusto, e por isso resolvi tirar de você aquilo que julguei também ser meu por direito, se pedisse não me daria, então tirei do meu jeito, do jeito que a vida me ensinou.

Nunca a tinha visto antes daquela tarde, sabia apenas que ostentava riquezas e parecia pouco se importar com ela, o que me revoltou insanamente, queria seu carro e também o celular. Você era rica e bela, eu um miserável invisível para a sociedade. Um invejoso inconformado. Invejoso condenado a viver em liberdade na floresta, vivendo do que ela oferece da forma mais primitiva que um ser humano possa imaginar, condenado pelos crimes violentos que cometeu, pela inveja insana e doentia que o levou a atos cruéis, pela agressividade e pela maldade que pautaram suas ações.

Se tivesse conhecido um pouquinho só que fosse da sua vida e da sua história, se tivesse podido ouvi-la e prestar atenção na pessoa que você era, talvez não a tivesse machucado.

Você paralisou quando apontei a arma para sua cabeça, vi súplica em seus olhos, no entanto o meu revólver não silenciou; soube tudo no dia seguinte pelos jornais, e que muitos tinham rompido o silêncio para deixar a dor sair. Os jornais mostraram a multidão que chorava inconformada com sua partida, havia muitas lágrimas e dores naqueles que não aceitariam jamais sua partida precoce de forma tão violenta.

Não senti nada enquanto lia as manchetes dos jornais baratos, comprei-os apenas para me certificar de que a polícia não tinha pistas do assalto e para me assegurar de que nenhuma câmera da avenida havia mostrado meu rosto. Não me importei com você ou com a sua idade, não me incomodou o fato de ter filhos que ficariam sozinhos sem o seu amor de mãe, só me interessava a bolsa onde guardou o celular caro, que vi instantes antes de abordá-la.

Talvez hoje eu tivesse algo a lhe dizer, talvez eu abrisse a porta da loja para você sair, talvez a protegesse da chuva no meu guarda-chuva velho e surrado. Talvez eu quisesse ser seu vizinho para lhe desejar bom dia e contemplar seu sorriso largo e generoso. Contudo o que ficou para mim, aqui nesse isolamento, foi o horror que vi em seus olhos quando fora atingida pelo fatal projétil que partiu da minha arma. Seus olhos perseguem as minhas noites insones e, nos dias ensolarados, eu os vejo me seguindo na floresta.

Estava disposto a matar também sua amiga, mas não houve tempo, quando engatilhei o revólver ouvi a sirene de uma viatura e fugi. Você foi a última vítima na minha vida de crimes. Seguro de não ter sido reconhecido no dia seguinte, saí em busca de mais oportunidades de roubos, e estou certo de que não feri a moça que abordei para levar a carteira, quando ela reagiu e gritou; para silenciá-la, puxei o gatilho e esse foi o último delito que cometi antes de ser arrancado bruscamente por alguma força inexplicável e despertar na copa de uma das árvores desta floresta imensa e sem saída.

Foram tantas as mortes, tantas as agressões e violências, mas incrivelmente só consigo me lembrar do seu rosto e do seu olhar que me persegue todos os dias e não sai da minha cabeça por um momento sequer, dos outros ouço as vozes e as súplicas, ouço gemidos e pedidos de socorro que assombram minhas noites.

Tudo que me cabe hoje é andar e andar sem parar em busca de uma saída, em busca de alimentos, não há nada mais a fazer a não ser andar e pensar, lembrar e relembrar. Lutar pela sobrevivência e na solidão das noites mergulhar nos meus mais sombrios pensamentos e tentar entender os horrores que pratiquei, e me perguntar por que só agora consigo sofrer por todos os que machuquei, pelas vítimas que nem ao menos sei os nomes, mas conheço suas vozes e gemidos de dor, malditos gemidos que não me abandonam.

São tantos os fantasmas que me assombram que por vezes chego a imaginar que estou rodeado de mortos, e quando seus rostos me veem à mente peço perdão e percebo que os gemidos diminuem; o cheiro de sangue tem ficado cada dia mais fraco, sinto menos seu cheiro metálico que muitas vezes manchou minhas roupas, e eu dormi com elas sem que me incomodassem em nada. Ouvi gemidos até nos pios das corujas, alguns porcos também gemem quando passam por mim, para não deixar que eu me esqueça dos horrores que provoquei em minha vida criminosa.

O homem-gafanhoto, sim, vi rapidamente um homem com aspecto de gafanhoto branco, magro com mais de 1 metro e 80 de altura, pernas longas quase transparentes, no segundo que antecedeu o tiro que mataria a minha vigésima oitava vítima, pensei que a visão fosse alucinação pelo uso de drogas, no entanto sei que nada tinha a ver com drogas, porque no dia seguinte ele me pegou.

E aqui, só aqui recordando os rostos das pessoas e o cheiro adocicado do sangue manchando o chão quando seus corpos foram feridos, consegui avaliar as barbáries que cometi.

Pai, quem fui eu? Por que me tornei isso? Por que não me dei conta enquanto estava lá, entre os meus, do quanto o caminho estava torto?

Não sei há quanto tempo estou aqui, o bastante para perceber o quão inútil foi a minha passagem pela Terra, perdi muito com a violência, machuquei inocentes e pratiquei uma vida indecente da qual me envergonho e me arrependo. É um pouco tarde para arrepender-me da vida miserável que pratiquei durante minha estadia na Terra, mas a justiça divina entrou em ação e me trouxe para a floresta a fim de cumprir 30 anos de reclusão, se um juiz tivesse proferido essa sentença e me mandado para uma prisão, teria ficado feliz e gargalhado em sua cara e o desafiaria dizendo que voltaria à civilização antes que ele pudesse lavrar a minha sentença. No entanto, sem algemas e sem cercas elétricas, sem guardas e carcereiros como nas prisões de segurança máxima, não consigo encontrar a porta de saída, que são tantas, mas a floresta me fez cego para a elas.

Não voltarei antes do tempo a ser cumprido e sinto muita raiva quando recordo da sentença ditada pela voz sem corpo, o homem-gafanhoto tem tudo a ver com isso, esses homens estão na Terra entre nós, jamais imaginei que suas existências fossem possíveis, duvidaria se me dissessem e pediria o nome do filme. São duros e implacáveis em suas sentenças, assim como outros que por aqui estiveram, não alcançarei a saída, muitos estão mortos, ninguém sobreviveu, haja vista os esqueletos que encontrei nos quilômetros percorridos desde a minha chegada.

Quero acreditar que, como eu, deve haver alguém vivo perdido por aí, tem gente ruim demais na Terra e, se todos foram trazidos para cá, é certo que cruzarei com algum infeliz como eu.

Não há saída, essa floresta é uma grande bolha, se existem meios de sair daqui, não me foi permitido conhecê-los, perambulo do amanhecer ao alvorecer para não perder a razão, acreditando que a qualquer momento me depararei com uma placa ou alguém com quem conversar e dividir minhas dores, engano meu subconsciente e iludo meu consciente todos os dias para manter a sanidade mental.

Os dias seriam mais fáceis se existisse um fiapo de esperança.

Arrepender-me não me fará voltar mais cedo, estou pagando pelo que fiz e não pelo que serei. Aqui a pena é de fato uma pena, não tem progressão como na Terra, me refiro assim porque por mais que seja a natureza bruta aqui é, antes de tudo, outro mundo.

Um mundo fácil para os animais que se alimentam zombeteiramente na minha frente, enquanto sobrevivo com o mínimo que me mantém vivo, minhas tentativas de fabricar lanças e alçapões resultavam em instrumentos ineficientes, cômicos não fossem trágicos. Após dias de tocaias e inúmeras tentativas, abati um porquinho que saciou minha fome e restabeleceu minhas energias, as sobras guardadas no alto de uma árvore atraiu toda a sorte de animais carniceiros, que as disputaram e desapareceram em minutos após brigas selvagens, não fiz questão de lutar por elas, cheiravam muito mal.

Vejo as aves que fazem festas nas árvores e não as desejo como alimentos, são minhas companheiras e gosto de ouvir seus lindos cantos que vigiam minhas caminhadas solitárias; quando o perigo se aproxima, levantam voo em revoada me avisando que devo me proteger e, quando do alto da árvore percebo as feras se aproximando, assobio para elas agradecendo a camaradagem. Sou grato aos galetos saltitantes que mais de uma vez salvaram minha vida, tornei-me quase vegetariano me alimentando de frutas, folhas e raízes, algumas delas venenosas me puseram à beira da morte com febre altíssima e diarreias que me deixaram dias impossibilitado de andar. Não dispenso os insetos, larvas e ovos, mesmo sendo atacado a bicadas pelas mães furiosas que protegem seus ninhos.

Sou um homem primitivo na maneira como vivo, conhecedor das mais avançadas tecnologias e do mundo globalizado.

O Desaparecimento do Deputado e dos Executivos da JVS

— Bom dia, Lia, é a Mariângela do gabinete do deputado Leite Lopes, por favor, traga quatro águas e quatro cafés à sala de reunião para os visitantes da empreiteira JVS, que vieram para a reunião com o deputado.

- Sim, dona Mariângela, vou preparar a bandeja e levo em minutos.

- Obrigada, Lia.

Mariângela e Suzana eram secretárias dos deputados Leite Lopes e Tarso Vicente e dividiam a antessala em frente aos gabinetes. No fim do longo corredor dos vários gabinetes ficava a sala de reuniões, onde Leite Lopes receberia os representantes da renomada empreiteira JVS, que vinham negociar obras para as cidades representadas pelo político.

Lia surgiu na sala das secretárias amparando cuidadosamente a bandeja com água e café e, dirigindo-se à sala de reuniões, desapareceu no corredor. Diante da porta equilibrou a bandeja numa das mãos e abriu a porta da sala, entrou deixando a porta aberta.

Mariângela saiu de sua mesa e foi em direção à sala com a intenção de fechar a porta, sabendo que o deputado ficaria irritado com o descuido da copeira.

Antes de chegar à porta da sala viu Lia vindo em sua direção apressada, com ar assustado e sem a bandeja.

- Dona Mariângela, a sala está vazia e toda revirada.

- Lia, você deve ter entrado em sala errada, eu mesma acompanhei os visitantes até a sala de reunião e não há outra porta de saída, a menos que tenham pulado as janelas e voado do décimo quinto andar do nosso prédio.

- Não há ninguém na sala e todos os móveis e objetos estão fora do lugar como se tivesse passado um vendaval na sala.

Os passos largos de Mariângela ajudaram-na a alcançar rapidamente a porta da sala de reuniões; parou na entrada paralisada diante da cena. Sentindo um forte arrepio de medo diante da sala desarrumada, duvidou de que tivesse deixado minutos antes os visitantes e o deputado naquele recinto, saindo logo depois de ouvi-lo pedir os serviços da copeira. As janelas de vidros estavam intactas e fechadas e não havia sinais de arrombamento, aproximou-se da grande vidraça e, olhando para baixo, viu que tudo estava na mais absoluta ordem no térreo, alguns pedestres circulavam, os manobristas recebiam os carros dos visitantes e encaminhavam os veículos para o subsolo do edifício.

Deixou a sala e apressadamente no corredor abriu de forma brusca a porta do gabinete do deputado Silvestre, desafeto do Lopes, mas as circunstâncias a obrigavam a lhe dirigir a palavra.

– Doutor, algo estranho aconteceu na sala de reuniões. Deixei o deputado Leite Lopes na companhia de três visitantes da empreiteira JVS há poucos minutos no local e no tempo em que voltei para minha mesa e pedi à copa que providenciasse café e água eles desapareceram, deixando a sala bastante desarrumada. Estavam com o deputado o doutor Jonas Pereira, a executiva Ângela Galante e a advogada Laura Schmidt.

– Desapareceram como?

– Não sei, não passaram pelo corredor nem pela sala das secretárias, da qual não me ausentei nem por um minuto. Venha ver como está a sala que preparei para a reunião nesta manhã. Sumiram levando as maletas que trouxeram e uma calculadora que deixei sobre a mesa.

– Vamos conferir isso.

Silvestre parou na porta da sala de reuniões e analisou cuidadosamente o ambiente.

– Parece que houve uma briga aqui.

– Sim, mas teriam de estar aqui machucados ou caídos, no entanto desapareceram.

– Chamem a segurança, a portaria deve ter registrado a saída dos executivos da empreiteira e o deputado pode ter descido para acompanhá-los ou ter ido à sala de algum outro colega para discutir assuntos relacionados à reunião. Possivelmente você se distraiu por alguns segundos e não os viu passar.

– Doutor Silvestre, não há a menor possibilidade de eles terem passado pela sala e descido de elevador ou escada sem que eu não os tivesse visto, a menos que fossem invisíveis.

– Tudo é possível, vamos ouvir a segurança, que com certeza terá uma explicação para isso.

O chefe dos seguranças chegou acompanhado de outro homem fardado, examinando detalhadamente a sala revirada deixou o local em silêncio. Quando no corredor, deu duas batidinhas na primeira porta e abrindo conversou rapidamente com o ocupante, deixou a sala e só parou quando havia aberto e falado com todos os ocupantes das dez salas que faziam parte do corredor antes da sala de reunião.

Olhando para o teto do corredor, localizou as câmeras de segurança; dirigindo-se à secretária e ao deputado Silvestre os informou que iria ver as imagens e voltaria em seguida.

– Estaremos aguardando.

Doutor Silvestre retornou a seu gabinete pedindo antes a Mariângela que o chamasse quando o chefe da segurança voltasse com as imagens. Lia foi para a copa com as mãos postas em oração e resmungado palavras inaudíveis; a copeira beata estava em pânico e provavelmente recomendava aos céus que recebessem com luz os ocupantes da sala.

Desde que voltou para sua mesa, Mariângela não conseguiu fazer nenhum trabalho no computador a sua frente, tinha os cotovelos sobre a mesa, as mãos sustentando o queixo e o olhar fixo na direção do corredor.

Esperava que a qualquer momento o grosseiro chefe abrisse a porta para reclamar o café e a água que havia solicitado.

Passados 35 minutos, o chefe da segurança retornou com expressão preocupada, e acenando para a secretária foi em direção à sala de reuniões. Entrando na sala tocou todas as paredes como se procurasse nelas alguma passagem secreta, conferiu as janelas e certificou-se mais uma vez de que todas eram travadas e não havia a menor possibilidade de abri-las sem o uso de ferramentas. Não havia outra passagem dentro da sala e a única saída era a porta por onde tinham entrado, no entanto as imagens mostravam apenas a entrada, nunca haviam saído daquela sala.

– Quatro homens evaporaram da sala sem explicação.

– Como evaporaram? – Perguntou o doutor Evaristo, que havia se juntado a eles.

– Sim, há registro da entrada dos visitantes e a do doutor Leite Lopes, mas não há imagens da saída deles da sala nem do prédio. Os veículos dos visitantes e do deputado estão na garagem e nenhum dos funcionários do prédio os viram sair. Não há imagens deles nas câmeras dos elevadores nem circulando ou entrando em outras salas dos andares inferiores e superiores.

– Vamos chamar a polícia.

No dia seguinte, todos os jornais davam a notícia do misterioso desaparecimento do deputado Leite Lopes e três executivos da empreiteira JVS. E com as notícias dos desaparecimentos também vieram denúncias de corrupção e pagamento de propinas para as obras que seriam feitas pela JVS na cidade natal do deputado.

As obras em andamento estavam sendo superfaturadas, havia suspeita de que a JVS tinha vencido a licitação pagando altíssimas propinas para os envolvidos.

O nome do deputado Leite Lopes estampava as manchetes com letras enormes nas primeiras páginas de todos os jornais.

O CORRUPTO DEPUTADO LEITE LOPES DESAPARECE COM O DINHEIRO DO CONTRIBUINTE E LEVA JUNTO EXECUTIVOS LADRÕES DA CONSTRUTORA JVS.

Pedro: Barco à Deriva e a Menina Sequestrada

O balanço ritmado lembrava a cadeira da varanda da casa de sua avó, o cheiro salgado do ar lembrando peixe não deixava dúvida de que estava perto do mar, mas não era possível, já que sua cidade não era banhada pelo oceano. O som familiar lembrava a queda de uma cachoeira, encontro de águas, um riacho talvez. Abriu os olhos e viu um céu límpido e azul; apoiando as duas mãos no piso quente para ajudar no equilíbrio tentou levantar, e antes que conseguisse pôr-se em pé, notou que estava deitado no chão de madeira embaixo de uma pequena cobertura de metal retangular. Atordoado com a forte luminosidade e o balanço, viu que estava em alto-mar, e sob seus pés a velha embarcação dançava desequilibrando-o.

Contemplou a imensidão de água que se estendia no infinito azul à sua frente e acabava na linha distante que se unia ao céu. O barco de pescador com aproximadamente cinco metros de comprimento por dois de largura era para curta distância, mas a julgar pela imensidão do mar e do horizonte sem fim que se estendia à frente, aos lados e em qualquer direção que olhasse, estava em alto-mar, milhas distante do continente. Protegendo os olhos com as mãos em concha, alongou o pescoço tentando enxergar no horizonte qualquer montículo de terra firme, ilha, costa ou montanhas, mas nada além do azul do céu e do mar esverdeado. Nenhum pássaro voando nas redondezas, nenhuma folha ou tronco boiando nas águas mansas que indicasse proximidade com terra firme. Estava distante, muito distante da terra e como chegou ali era um mistério, acordou, simplesmente acordou, dentro de um barco em alto-mar.

– De quem é esse barco? Como vim parar aqui?

Com o coração aos saltos, olhou aterrorizado em todas as direções do centro da pequena embarcação em busca de alguém ou qualquer coisa que explicasse a razão de estar ali dentro do barquinho de pesca a centenas de quilômetros de distância da sua casa.

Engatinhando e segurando firme na borda do barco, percorreu a curta distância em direção à abertura na segunda metade traseira do barco, rastejando de quatro avistou a escada de quatro degraus que levava ao interior de um porão na parte inferior da embarcação.

– Eiiiiiii, Eiiiiiiiii! – gritou com todas as forças do seu pulmão esperando que alguém surgisse na escada e lhe dissesse para fazer silêncio.

Não houve respostas, apenas o som das águas encontrando a pequena embarcação; cambaleando com o vaivém das ondas desceu a pequena escada esperando encontrar alguém dormindo, que acordando cuidaria em explicar como chegou no barco e como sairia dele. Alguém certamente contaria em meio a gargalhadas como foi trazido, e não tinha dúvidas de que a brincadeira houvesse partido dos amigos e tudo não passava de um trote, alguns deles eram muito brincalhões.

Desceu os estreitos degraus cambaleante. No centro de uma pequena saleta com mobília simples havia num dos cantos uma mesa com dois lugares e banquetas fixas no chão, um armário vazio com as portas abertas, uma cama beliche estreita presa na parede do barco com dois colchões de solteiros mal conservados de aproximadamente dois centímetros de espessura, sobre uma placa de mármore um equipamento que poderia ser um fogareiro de acampamento. No fundo do barco uma estreita porta semiaberta que, escancarada, mostrou um banheiro que mal cabia uma pessoa em pé, um vaso sanitário, uma pia minúscula e um chuveiro instalado sobre o vaso sanitário, que obrigava o usuário a tomar banho sentado.

Todo o mobiliário da embarcação era de tamanho reduzido, confortável para curta temporada. Observando o ambiente desejou que a sua também fosse breve, e como nada ali o ajudou a entender sua aparição no barco, subiu para o piso superior, precisava estar a postos e visível caso passasse alguma embarcação ou um helicóptero para quem faria sinal, barulho, até que viessem resgatá-lo.

Sobre o timão do barco havia uma pequena cobertura de zinco sustentada por quatro barras de metal pintadas de azul e já bastante descascadas, fazendo sombra na banqueta de dois lugares. O timão desgovernado rangia fazendo giros de 45 graus no barquinho à deriva, sem capitão para guiá-lo, seguia o movimento das ondas do mar calmo, não havia relógio ou bússola ou qualquer outro equipamento que orientasse sua localização, e mesmo que houvesse, não saberia usar, mal e porcamente sabia a direção do sol, mas em relação ao local em que se encontrava, isso pouco o ajudava.

Enrolado embaixo do banco de dois lugares, um rolo de corda sem uso contrastava com todo o resto do velho e gasto barco.

Atônito com sua condição de náufrago em alto mar, Pedro alongava os olhos no horizonte esperando encontrar algum ponto além da água que o cercava, mas não havia nenhuma embarcação à vista para pedir ajuda, nenhum sinal de terra onde pudesse atracar o barco e buscar as autoridades que o reconduziriam a sua casa.

O estado onde morava não era banhado pelo oceano, visitou poucas vezes uma praia justamente pela distância que encarecia a viagem, e agora sem gasto e sem planejamento estava ali no meio do mar sozinho. Morava há mil quilômetros distante do mar, em toda sua vida o viu por duas vezes, sendo a última há 10 anos com os colegas de escola na viagem de formatura do colegial. Foi o melhor passeio da sua vida, apaixonou-se pela cidade litorânea e pelo mar azul de praias lindas, prometeu que um dia voltaria para morar, mas desde que terminou o colegial perdeu o contato com os amigos e sua vida tomou rumos nada gloriosos, o sonho tinha adormecido na sua alma e ancorado nas lembranças de estudante.

Muitas coisas aconteceram desde essa inesquecível viagem há 15 anos. Afastado dos amigos e colegas do bairro e da escola sofreu muito quando seu pai comunicou à família que mudariam para a cidade vizinha, condição para se manter empregado na empresa que passava por crise financeira, e para não dispensar os melhores empregados, os convidou a trabalhar na filial. Mudou para a cidade pequena onde seu pai tinha emprego garantido, e logo fez novos amigos, envolvendo-se com alguns de índole pouco recomendada, marginais com passagens pela justiça e, nesse envolvimento, acabou por fazer parte de grupos de criminosos. Passados dez anos desde sua formatura comemorada no mar, cinco deles tinham sido na cadeia.

Sua ficha corrida na polícia era extensa, obrigando delegados e promotores a caçá-lo sistematicamente.

– Que merda é essa? Onde estou, como cheguei nesse barco de merda?

– No devido tempo você saberá onde e por que está aqui.

A voz metálica clara e firme se fez ouvir muito perto do seu ouvido, mas não havia mais ninguém além dele no barco. Olhando em todas as direções e para o alto, assustado desequilibrou-se, caindo do banco como se tivesse sido empurrado. Não saber onde se encontrava não era tão assustador quanto saber que alguém podia ouvi-lo e responder sem ser visto.

– Quem está falando? Quem está aqui?

O silêncio que se seguiu foi sepulcral, até o mar silenciou.

Se antes sentia medo, agora estava tomado de pânico, havia alguém no barco que não podia ser visto, alguém que o via e ouvia e voltaria para explicar onde e por que se encontrava na embarcação.

– Que porra de brincadeira é essa?

Não ousava fazer novas perguntas, precisava saber onde estava, mas tinha medo de perguntar e ouvir a resposta do fantasma que falara há pouco. Não iria se acomodar, tentaria sair dali guiando a embarcação, mesmo sem noção de pontos cardeais teria de contar com a própria sorte para sair do alto-mar e se colocar em terra firme, era ele e ele só, ninguém o procuraria, tampouco sentiriam sua falta. Morava sozinho, quase anônimo evitando os vizinhos, era de poucas palavras e quando cumprimentava alguém o fazia por educação, não fazia visitas sociais e cuidava para evitar visitas e amigos em sua casa.

Ninguém notaria sua ausência por muitos dias, somente a menina que ocupava o quartinho do fundo da sua casa sentiria sua falta, precisava ser alimentada e para isso teria de voltar para sua casa. Ninguém tinha conhecimento da presença dela no cortiço que era um labirinto de barracos e casebres, portinholas e becos, onde até a polícia tinha medo de entrar.

Era uma bela menina que certamente morreria de fome caso não retornasse logo para casa, estava trancada num cubículo de difícil acesso e, se gritasse, dificilmente alguém a ouviria, os sons da favela eram abafados pelos equipamentos de sons que tocavam músicas *funks* de letras pobres e medíocres em altos volumes e silenciavam as conversas nos barracos de paredes finas de madeira, algumas de plástico e papelão. Teria de voltar o mais rápido possível, não poderia permitir de forma alguma que ela fosse encontrada em sua casa, ela falaria e isso complicaria muito sua vida, melhor que ela morresse de fome, iria morrer de qualquer jeito.

Após vários dias à deriva no mar, alimentando-se de peixes pescados com uma rede feita com o tecido do colchonete do porão, Pedro tinha lampejos de lembranças clareando sua memória. Numa tarde em que o sol cozinhava seus miolos enquanto filtrava água salgada na espuma do colchonete, lembrou-se de que na tarde quando voltava para casa ansioso para ver a menina que trouxera para seu barraco na noite anterior, foi difícil acalmá-la, e só depois de muitas ameaças e dois bofetões em seu rosto conseguiu convencê-la a parar de gritar. Naquela noite, a menina chorou muito e pela manhã antes de sair a encontrou assustada sentada no colchão do quarto pobre, entregou-lhe uma caixa de suco e um pacote de pão para que se alimentasse enquanto estivesse fora, recomendou que não gritasse e fosse boazinha, quando retornasse à noite a levaria de volta para sua casa.

Não havia consumido bebidas alcoólicas nem drogas naquele dia, lembrou-se de que chegou ao barraco no fim da tarde, tomou água e se preparou para visitar a hóspede, atravessou seu quarto pobre sem ventilação por falta de janelas e, afastando um armário cambaleante que dividia outro compartimento no fundo do barraco, puxou uma cortina de tecido florido e viu deitada sobre o colchão sujo sem lençol a menina loura de nove anos ainda vestida com o uniforme da escola de onde foi atraída; ao vê-lo, levantou-se assustada e se encolheu contra a parede.

Com a respiração ofegante, o corpo trêmulo pronto para satisfazer seus desejos sexuais, aproximou-se da cama e ajoelhado muito próximo da criança a puxou pelos pés e desamarrou a corda de varal que os mantinham juntos. Assustada, a menina esperneou chamando desesperadamente pela mãe e pelo pai, falando em outra língua que não podia ser entendida, para silenciá-la colocou uma fita adesiva cinza e larga cobrindo sua boca e se aproximou, puxando-a violentamente sem nenhum cuidado segurou-a de modo firme. Enquanto a pequena e frágil criança esperneava tentando fugir ele a conteve, e jogando-a de costas no colchão, prendeu-a fortemente pelas pernas e as abriu de forma bruscamente, arfando excitado jogou-se sobre a menina paralisada pelo medo e quando sentiu o pequeno corpo sob o seu, recebeu um forte tranco sendo arrancado e jogado violentamente de encontro ao telhado de zinco do barraco. Lembra vagamente que o teto desapareceu e o pequeno espaço recebeu a luz do sol pela primeira vez desde que foi construído.

Parte do cubículo onde a menina estava escondida foi destruído por um tufão e ele foi arrancado rápido e violentamente antes que a tocasse, lembra-se de tê-la visto deitada no colchão banhada pela luz do sol como se nada tivesse acontecido, enquanto ele acordou no interior de um barquinho em alto-mar, no meio do nada e sem nenhum entendimento de como chegou ali. Pedro refletia.

– Demorei a entender por que fui trazido para o mar e não para uma delegacia ou para uma prisão de segurança máxima, mas a voz do além me explicou. Já estou aqui há pelo menos dois anos, aprendi a contar riscando a pedra e na mesa do porão, já estou perto de fazer dois aniversários de reclusão. Minha pele está queimada e envelhecida pelo sol, minha figura irreconhecível com os longos cabelos e a barba roçando no meu peito, minhas roupas estão largadas em algum lugar da ilha porque não preciso delas, minhas partes estão livres para serem mostradas sem pudores, os pássaros e os peixes não se importam com um homem nu.

Exageraram no meu castigo os malditos homens-gafanhotos, a solidão me enlouquece, mas não me torna melhor, os meus instintos não mudaram, meus desejos estão mais presentes de que nunca. O que sou sempre serei.

Continuou:

– Experimentei todas as espécies de peixes desse oceano e sinto falta dos outros sabores que conheci na vida, sinto falta da marmita que dividia com meus companheiros de trabalho no refeitório improvisado da obra e sei que não mais estarei com eles nem comerei outras marmitas com eles, não sairei daqui com vida, a voz sem corpo me disse que serão 30 anos. Ninguém vive 30 anos aqui.

Meus pensamentos me levam à loucura, duvido da minha lucidez por vezes, nada há aqui para fazer além de pensar e aprender com o barulho do mar em dias calmos e agitados, ouvir os cantos dos pássaros e os silvos das serpentes. Meus pensamentos têm vida própria, são incontroláveis, minhas lembranças são meu inferno.

Alimento meu corpo com peixes crus e minha alma com as fantasias do que gosto de fazer com as meninas, sonho em sair daqui para tirar o atraso e pegar todas que puder para compensar essa prisão do cacete.

Não me converterei num santarrão arrependido, essa prisão de 30 anos a que fui sentenciado não vai mudar minha natureza, gosto e saindo daqui continuarei a querer meninas, as outras mulheres acima de 14 anos não me interessam, quero menininhas e meninos se derem mole.

Foram muitos meses à deriva no pequeno barco até encontrar a ilha e, maravilhado, constatar que estar em terra firme em uma ilha com aproximadamente dez mil metros quadrados, habitada por variadas espécies de cobras, o balanço do mar e a fartura em peixes era o paraíso.

– Esta ilha é menor que o quarteirão onde ficava minha casa e ainda tenho que dividir com milhares de cobras e pássaros ariscos – falou em voz alta e ouviu a revoada de pássaros que disputavam um pedaço da cobra abatida a alguns metros de distância.

– Nunca acreditei em Deus, todas as vezes que o busquei não consegui ajuda, mas seja lá quem estiver falando comigo e me trouxe para cá, se não é um Deus com certeza é muito poderoso, do contrário como faria para ser fazer ouvir no meio do nada sem nenhuma tecnologia?

Por mais absurdo que possa parecer esta ilha é maravilhosa, não escolhi estar aqui, mas agradeço por não estar num presídio juntamente com outros presos que certamente me transformariam em suas esposas, porque estuprador não tem vez na cadeia, os caras não perdoam, e apesar de toda a solidão a que fui imposto, aqui ainda é melhor que qualquer prisão.

A solidão é péssima companheira do homem, é silenciosa, mas faz muito barulho na cabeça do camarada, faz o cara conversar com suas culpas e soltar seus bichos interiores.

Seus monstros obsessores.

Nenhuma dor é igual à outra nem mesmo a dor da solidão. Minha solidão é sombria, fui um solitário no meio da multidão. Minha dor não é curada com remédio, ela habita minha alma, não há remédio para ela, o que me cura é o mesmo que me deixa mais doente, corpos jovens e inocentes. Meus sentimentos são sombrios, como a solidão que não me dói. Doí-me sua ausência jovem, o não poder sentir seu cheiro de criança. Minha alma manchada da pureza que roubei das vidas que ceifei, da dor que provoquei. Minha solidão dói no meu corpo e excita minha vontade da sua pele lisa...

O barulho do silêncio atormenta a alma, incomoda a solidão que não aquieta a mente, a solidão não me permite o silêncio, nele há tormento, gritos e gemidos que me perseguem. Há vontades que não morrem. Ouço gemidos nos cantos dos pássaros, sinto o cheiro de sangue no ar salgado trazido pelo mar. A prisão está dentro de mim, sou prisioneiro da minha alma atormentada.

Algumas vezes minha alma se ressente e aflora alguma piedade que me faz sentir vontade de rezar, por todas as crianças que machuquei, pelas meninas que matei e jamais terão uma sepultura decente onde seus pais possam chorar seus desaparecimentos. Faria uma oração pela minha mãe que deve ter sofrido muito com meu desaparecimento e rezaria muito por mim, preciso de muitas orações.

Gostaria de acreditar em santos e promessas, como fazem as mulheres beatas que se dedicam a rezar e prometer aos seus santos de devoção que se alcançarem a graça desejada irão de joelhos até a igreja, deixam de comer isso ou aquilo, rezam terços e renunciam a uma infinidade de prazeres da vida em nome da fé. Pediria por mim e faria uma promessa difícil, iguais às das beatas, para merecer o perdão de todas as pessoas que feri, prometeria a Deus que voltando seria um homem totalmente voltado para Ele e assim, penso, me redimiria dos pecados e das pessoas que feri. Mas não é possível, então acalento minha alma ferida e arrependida dos meus feitos, sinto que aqui é minha Terra final e essa certeza me causa angústia, dor que me consome, temor do juízo final; neste fim de mundo entendi que há mais entre nós que o homem consegue ver, há seres vivendo entre nós e fazendo justiça. Temo morrer nesta ilhota habitada por cobras e pássaros, o certo é que não há meios de sair e o pequeno barco de pesca que me trouxe deteriora no tempo tornando impossível alcançar outras terras. Por estes lados notadamente não há rotas de passagem de embarcações ou mesmo de aviões, nunca sequer por uma única vez vi uma aeronave sobrevoando a região, o que me faz acreditar estar no fim do mundo, numa ilhota perdida na imensidão desconhecida dos mares.

Às vezes tenho a sensação de estar numa bolha, como se essa ilha fosse um mundo dentro do meu mundo, uma existência paralela.

Minha sentença é longa e meu corpo não suportará 30 anos de reclusão nesta ilhota fantasma que não imagino a qual oceano pertence. Meu corpo será devorado pelos urubus que limpam os ossos dos animais mortos em instantes, faxineiros da natureza; estranhamente não morrerei picado pelas cobras porque algo em meu corpo as repele, desviam do meu caminho e, quando me aproximo, se afastam e me observam de longe testemunhando minhas tentativas de fazer o tempo passar mais veloz, não há outra explicação, elas estão aqui para me vigiar, são minhas carcereiras.

Penso que não retornarei a tempo de ver minha mãe que terá morrido de velhice, muitos pais que feri talvez tenham morrido quando eu voltar, se é que isso será possível. Preciso contar com a sorte, a mesma que não tiveram os outros condenados que aqui estiveram e cujos ossos estão espalhados por toda a ilha, dois deles dentro de uma cabana rústica ainda com utensílios de pesca feitos de pedras e madeiras.

Quando voltar, quero fazer as pazes com a vida e com Deus, dedicarei meu tempo a fazer o bem, ajudarei pessoas e me envolverei em projetos sociais resgatando viciados e drogados, para diminuir o sofrimento da Terra maltratada por homens desconectados da boa caminhada. Conheci muita gente do bem que era feliz sem a adrenalina dos crimes infantis, sem a infame internet que oferece gratuitamente todas as formas de prazer.

Ainda que a vontade fale alto em meu corpo, espero que o tempo a silencie para que, retornando, consiga passar por crianças sem o desejo incontrolável de tocar seus corpos jovens.

Ah, seu eu pudesse refazer a minha história, voltar no relógio do tempo...

– Temos certeza de que você é capaz, por isso foi trazido para o mar e agora para a ilha onde tem muito a aprender com os animais. Você faz parte da cadeia alimentar dos que aqui vivem, alguns deles mantêm distância segura reprimindo seus instintos e poupando seu sofrimento, aprenda com eles. Sua permanência nesta prisão já foi ditada, parte cumprida, e nosso compromisso com seu retorno no tempo devido será rigorosamente respeitado. Boa evolução.

A voz soou dentro do seu ouvido, no interior do seu cérebro, atordoando-o a ponto de desequilibrar-se e cair. Quando virou bruscamente tentando ver a pessoa que falava de forma tão clara no seu ouvido a terrível sentença, estava mais uma vez só.

Ouviu a voz mais de uma vez e por milésimos de segundos teve a impressão de ver um homem de fumaça alto com cabeça triangular, olhos grandes e membros longos, não era parecido com um humano, uma criatura meio homem, meio inseto, tinha curiosidade de rever o homem-gafanhoto que não lhe dava medo, certo de que não era violento, o via como uma espécie de justiceiro de outro planeta.

Desejou uma caneta e um caderno ou um papel qualquer, mas um pedaço de madeira ou um galho serviria para escrever na estreita faixa de areia da ilha de pedra a dor que ia na alma, a insana vontade de voltar ao passado e refazer sua história, girar o ponteiro do relógio e voltar no tempo, passar uma borracha no rascunho que havia sido sua vida.

Silenciar o choro das crianças que não voltariam para suas casas, apagar o terror dos olhos da menina que deixou no seu barraco, aliviar o tormento dos pais na tristeza de não terem seus filhos consigo, nem ao menos saber onde estavam, restando a eles suas caminhas e as cadeiras vazias nas mesas sem seus sorrisos bonitos na hora do jantar. Amenizar a dor daqueles que esperavam a qualquer momento que a campainha tocasse e, ao abrirem suas portas, lá encontrariam um policial segurando a mão de seu filho, que sorrindo correria ao seu encontro, para ser levantado pelo braço protetor do seu pai.

– A esperança morre e renasce todos os dias, mesmo para os piores dos homens, ainda que perversos de almas, seus corações também são habitados por sonhos e desejos – concluiu Pedro.

Peixoto e Souza: Delegado e Escrivão na Delegacia

Pública e notoriamente, as estatísticas mostravam que a cada ano que passava o número de desaparecidos aumentava sem deixar rastro, em média um milhão de pessoas desaparecem no mundo e somente cinco por cento delas são localizadas nos primeiros 15 dias.

As delegacias do Brasil recebem diariamente centenas de pessoas reclamando seus familiares desaparecidos, em sua maioria adultos do sexo masculino, um percentual menor de mulheres e um número insignificante de crianças e adolescentes também são reclamadas, e são estas que somam os cinco por cento encontradas.

Os números apresentados pelo estado não são reais, tornando o problema mais grave do que se possa imaginar, porque muitos desaparecidos não são notificados às autoridades nem procurados pelos familiares.

A justiça sabe que o problema está longe de ser resolvido, já que não existe um cadastro nacional de desaparecidos e, assim, a divulgação dos dados de uma pessoa que desaparece num estado e é levada para outro não será do conhecimento das autoridades do estado em que se encontra e, portanto, dificilmente será encontrada.

Assim ocorre com o desaparecimento de crianças, em sua maioria sequestradas para adoção; levadas para outros estados, os pais jamais as encontrarão.

Na delegacia do centro da maior cidade da América Latina, a conversa entre os profissionais de plantão girava em torno do assunto.

– Hoje fiz nove boletins de ocorrência de desaparecimentos de pessoas – informou o escrivão para o colega de plantão.

– Nos últimos dias a cidade resolveu desaparecer, os casos se multiplicam a cada dia e, por mais que aumentemos o contingente, não conseguimos localizar até agora um único desaparecido. É muito estranho.

– Em outros tempos encontrávamos os caras bêbados, alguns largavam a esposa e sumiam com as amantes, e até em necrotério vítimas de brigas ou assaltos violentos. Ultimamente não temos ocorrência de assaltos e, no entanto, os desaparecimentos se multiplicaram.

– Coincidência ou não, o número que não temos de ocorrências de assaltos é o mesmo que temos de desaparecimentos. Será que os ladrões saíram da cidade e levaram um morador? – brincou o escrivão.

A mídia abordava quase diariamente o assunto, trazendo para programas ao vivo mães e esposas chorosas lamentando seus desaparecidos.

Num programa sensacionalista de rede de TV, uma mulher, mãe de cinco filhos, segurou o microfone da jornalista e, aos berros, disse em rede nacional:

- Só quero que meu marido desaparecido volte para trazer a comida das crianças, mas ele pode ficar por lá mesmo, já que ele não vale um tostão furado. O cabra é safado mesmo, malandro dos bons, mas traz comida pra casa - informou a dona de casa revoltada.

Muito sem graça, a jornalista recolheu o microfone e o levou em direção a outra senhora que entre lágrimas pediu:

- Por favor, ajudem a encontrar meu filho, ele não é lá muito certo, mas é meu filho e sustenta a casa.

- Autoridades e governantes, estamos aqui com esposas e mães cobrando que encontrem seus entes queridos, ou não tão queridos - brincou sem graça a jornalista, e concluiu. - Tenham todos uma boa noite e continuem com nossa programação.

Os casos cresceram tanto nos últimos tempos que foi criado o Dia Internacional da Pessoa Desaparecida e foi inaugurado o *site* do governo federal para busca de desaparecidos. O dia era nacional, mas as ferramentas de buscas eram estaduais, assim as pessoas encontradas eram graças às redes sociais e seu poder de multiplicação em milhões de curtidas em questões dias.

As redes sociais e os aplicativos de celulares fazem bem o papel do Estado que, omisso, não percebe a necessidade de unificação do sistema.

Os impostos para tal implantação existem, então o que estão esperando?

Enquanto isso, os bancos de dados crescem e também a desesperança dos familiares, usando ferramentas incapazes de auxiliar na difusão de informações e no esclarecimento dos casos que se multiplicam espantosamente, nem todo o esforço das autoridades no pouco que se permitiu conseguiu ser referência no enfrentamento da questão.

Os casos registrados nos *sites* de desaparecidos do Ministério da Justiça são submetidos a análises de equipes especializadas antes de serem encaminhados à polícia, mas ao navegar por eles ninguém sente confiança no sistema. Manter a foto de uma criança desaparecida há mais de dez anos sem uma progressão de como estaria hoje não ajuda a encontrá-la, e é esse o cenário atual do *site*, além de fotos de crianças desaparecidas que há muito tempo foram encontradas pelos familiares.

Lamentavelmente, há infraestrutura e verba para um trabalho de excelência, com pessoas qualificadas para cuidar do *site* diariamente, então nos resta afirmar que não há explicação para não fazerem o trabalho da forma correta.

A ineficiência é pública e notória, tanto que o número de casos inscritos comparado ao número real de desaparecimentos é disparadamente absurdo. Não tem efetividade, foi criado para acalmar a população que, sofrida, cobrava maior atuação do estado, e essas pessoas que de fato procuram e desejam encontrar um ente querido pouco acessam e nada se importam com esse canal de comunicação inoperante.

O espaço está aberto para as Organizações não governamentais que se mostram eficientes e dão respostas rápidas para a sociedade. A maioria tem cadastros de crianças e adolescentes desaparecidos e os compartilham com todos os estados, usando recursos próprios, suprindo a ausência do governo federal e das raras delegacias especializadas sem atendimento adequado às famílias; as investigações só se dão 24 horas depois do desaparecimento, tempo suficiente para uma criança sequestrada atravessar vários estados.

As Mães da Sé, organização atuante e com centenas de casos solucionados, também fazem críticas ao cadastro citando as inúmeras vezes em que o *site* ficou fora do ar com problemas técnicos.

Os cidadãos com entes desaparecidos estão à mercê da própria sorte, não existem políticos engajados na causa, e há muito que se trabalhar para ajudar e apoiar as mães que buscam desesperadamente seus filhos desaparecidos, que batalham diariamente por políticas públicas voltadas à questão. Precisa-se de políticos engajados que apresentem projetos de lei de iniciativa popular, que virem de fato lei, mas para isso é necessário sensibilizar o congresso com dois milhões de assinaturas.

Se não há cuidado e atenção ao desaparecimento de crianças, o que podem as esposas e filhos esperarem do governo quando reclamam o desaparecimento dos esposos e pais, que somem deixando-as com três, quatro ou mais filhos sem assistência governamental?

Mesmo com a inoperância das autoridades e das ferramentas de busca dos desaparecidos, nos últimos tempos não havia relatos de retorno deles como era normal acontecer, mesmo em números pequenos. Todos os casos registrados nos últimos três meses haviam de fato desaparecido de vez, os familiares retornavam às delegacias e por meio de aplicativos e *e-mails* informavam que seus procurados não tinham retornado. Sumiram misteriosamente dos locais de trabalho, nas saídas noturnas, muitos sem levar nada além daquilo que portavam no momento: os documentos no bolso, a roupa do corpo, uma pasta de trabalho, celulares; havia um caso de um assaltante cujo revólver havia desaparecido.

Se não fosse a grande procura das delegacias para os registros dos desaparecimentos, era possível afirmar que a cidade poderia fechá-las, pois só prestavam a essas ocorrências nos últimos dias estando a cidade vivendo um período de paz e tranquilidade jamais visto. Raríssimos casos de assaltos, nenhum latrocínio e roubos à mão armada não eram registrados há várias semanas.

– As estatísticas da nossa área mostram que tivemos noventa por cento dos registros para desaparecimentos de pessoas e dez por cento para assalto, e assim mesmo ladrãozinho de galinhas. Nenhum caso de latrocínio, assaltos a bancos e nada de arrombamento de caixas eletrônicos.

– Nosso trabalho consiste em procurar desaparecidos, se continuar assim, vamos fechar as celas e guardar as armas – falou o delegado Peixoto com ar pensativo.

– Bem pensado, doutor, os desaparecimentos são maiores que a violência cotidiana a que estamos acostumados, e isso se dá no país inteiro, de repente pessoas comuns desaparecem e os bandidos tiram férias, algo muito estranho está acontecendo – concluiu o escrivão Souza.

– Põe estranho nisso. Algum super-homem está em ação no país limpando as cidades – respondeu o delegado.

Cláudio: Na África em Meio aos Animais

Abriu os olhos e deu um largo sorriso de admiração para o lindo céu salpicado de azul e branco iluminado pelo sol brilhante; sonolento, fechou-os por segundos e tateou a cama onde estava deitado, sentindo-se incomodado com o calor do quarto, que supôs vir da janela aberta por onde vira o céu de brigadeiro há poucos segundos. "Que tarde quente escolhera para dormir", pensou; esticou uma das mãos que tocou o chão de terra batida e alcançou um arbusto que arrancou quando tentou levantar-se, o arbusto e uma pequena porção de terra vermelha lentamente escorreram por entre seus dedos, deixando sua mão manchada. Com a mente confusa do sono profundo, ainda não havia se situado da sua localização. Deitado na relva a céu aberto, numa área desconhecida e com cheiros estranhos que invadiam o ar, não conseguiu identificar imediatamente onde estava, mas algo provocou desconforto como se anunciasse perigo. Mistura de urina e fezes de animal, cheiro de jaula.

Os odores ficaram mais fortes quando uma brisa fresca balançou a pequena árvore que mal o abrigava do forte sol. Não se lembrava de como havia chegado ali e por que escolheu dormir no meio da tarde num parque ensolarado e sob o abrigo de uma pequena árvore desprovida de copa. Gostava muito dos ambientes verdes e, sempre que podia, passava horas jogando dominó com os amigos na praça sombreada por grandes árvores próximas da sua casa, a árvore que sombreava a tosca mesa de madeira era tão grande que por vezes os abrigaram da chuva quando não conseguiam fugir para suas casas, mesmo correndo os riscos de serem atingidos por raios, ainda assim se sentiam protegidos e seguros. No entanto, a pequena árvore que escolheu para dormir nessa tarde era tão pequena que a sombra mal cobria seu tronco, era quase um arbusto, tronco fino, poucos galhos e ralas folhas, as pontas dos galhos estavam quebradas como se tivessem sido podadas, diga-se de passagem, por um descuidado jardineiro. A vegetação rasteira ao redor era mesclada de vários pontos de terra estéril e vermelha, parecia nunca ter nascido nada nela, pisoteada e as poucas árvores que se avistava não alcançavam mais de dois metros de altura, tendo os galhos baixos completamente sem folhas, os troncos roídos e machucados como se tivessem sido espancadas com um taco de beisebol.

O sol de 40 graus castigava seu corpo, coberta por uma camada rala de cabelos sua cabeça parecia fritar, sentia as gotas de suor descer pelo pescoço e molhar a camiseta, precisava de um abrigo maior que oferecesse melhor proteção, e não havia ali uma árvore maior ou uma residência onde pudesse buscar informações sobre o local e como encontrar o caminho de casa. A sede atormentava seu corpo, sua boca estava seca com a saliva pastosa.

– Cruz-credo, que lugar e esse? Não me lembro de ter saído de casa e ter me afastado tanto, não há nada igual a isso perto da minha casa, nem mesmo do bairro.

A roupa que usava era bastante pesada para a temperatura local, o calor escaldante fazia seu corpo jorrar o suor que encharcava a camiseta barata de gola encardida.

– Fornalha do cacete. Devo ter bebido o bar inteiro e cheirado uma carreira de um metro de cocaína, estou numa viagem de muitos bagulhos.

Nenhuma casa nas redondezas até onde seus olhos podiam alcançar, apenas campo com algumas poucas árvores de pequeno porte e vegetação rasteira. Teria de caminhar um longo trecho até encontrar algum morador da região onde pudesse pedir água.

Cambaleando e praguejando o sol causticante, caminhou em linha reta tentando avistar alguma residência ou porteira de fazenda, já que as terras podiam ser de uma fazenda.

E a próxima hora ainda o encontrou caminhando na paisagem rústica de céu claro e sem nuvens, sol bravo que não poupava nada que caminhasse, estava desprotegido por essas terras sem fim, sem estradas ou caminhos e sem presença humana, andou a esmo sem saber se estava indo para o sul, norte, leste ou oeste.

Até aquele ponto haviam cruzado seu caminho pássaros de espécies bastante raras, vários pequenos lagartos e lagartixas que caminhavam tão leves e rápidos que pareciam flutuar alguns centímetros acima do chão quente. Pensou em segui-los e quem sabe encontraria água, mas como seguir um animal que parecia andar sem tocar as patinhas no chão e desaparecia num piscar de olhos? Onde há vida, há água, era só questão de tempo para encontrar um riacho ou um lago. Havia percorrido um longo trecho mantendo a cabeça baixa para poupar os olhos do sol, quando ouviu um som abafado e distante como se fosse trovão, à medida que o som abafado se repetia, tinha a sensação de que seus pés também ouviam algo, o som ressoava no chão, talvez estivesse próximo de uma pedreira em atividade e chegou a pensar que a terra tivesse um coração. Passados alguns minutos, seus ouvidos começaram a perceber familiaridade no barulho que invadia o ar, não era de todo estranho, já tinha escutado algo parecido antes e, apurando o ouvido na direção do som, logo percebeu que eram de animais e lembrou-se do barrido de elefantes, não era impossível a presença daqueles animais ali, como não percebeu antes que estava próximo de um zoológico?

– Ah... como não pensei nisso antes, estou num zoológico e devo estar perto da jaula dos elefantes. Não conheço esse zoo, nem sabia que existia um na cidade.

Animado com a possibilidade de encontrar uma viva alma que o socorresse, esqueceu-se da sede que castigava seu corpo e apressou o passo na direção da jaula dos elefantes, cujos barridos ficavam cada vez mais altos à medida que avançavam em sua direção.

Conversaria com os tratadores, que certamente explicariam sua presença no zoológico e indicariam a saída, mas antes de ouvir qualquer explicação pediria água, muita água para saciar seu corpo atormentado e desidratado após o longo percurso.

Já havia andado uns bons quilômetros e nada de alcançar a entrada do zoológico, quando viu na linha do horizonte um monte escuro, uma montanha talvez ou uma grande massa de vegetação que, pela distância, não conseguia distinguir, à medida que avançava a passos lentos teve a impressão de que a montanha também caminhava em sua direção e os sons se tornavam mais altos.

A montanha caminhava rapidamente em sua direção e a pouco menos de um quilômetro a massa escura disforme levantava para o alto suas grandes trombas e soltava barridos assustadores. Estava dentro da jaula dos elefantes.

– Elefantes soltos, caralho! Que porra é essa, estou dentro de uma jaula a céu aberto, que zoológico que nada, o intruso aqui sou eu dentro do parque dos animais – avaliou a distância dos animais que vinham na sua direção e olhando para os lados correu no único sentido em que havia arbustos maiores, se acomodou atrás de uma moita que seria facilmente pisoteada pelos elefantes se fossem para aquele lado, mas como caminhavam em linha reta no que parecia ser uma trilha de terra vermelha, possivelmente estaria a salvo e, com sorte, não seria esmagado pela manada que se avolumava à frente.

De cócoras atrás do arbusto que mal o cobria, abriu um buraco entre os ramos de folhas ralas e, controlando a respiração para não ser notado, se ajoelhou em posição de oração e ofegante ouvia as batidas do seu coração. Estava com muito medo da manada desgovernada que se aproximava escurecendo o horizonte e manchando o céu de poeira vermelha. Distante da rota de passagem cerca de 200 metros, Cláudio observava a aproximação dos gigantes, sentindo seu corpo trêmulo com o medo de ser descoberto. Bastava um único animal vir na direção da moita onde se escondera para pôr fim a sua vida, mas a marcha era cadenciada e em linha reta, nenhum animal mostrava interesse em desviar-se da rota, seguindo a líder grande e velha mãe que marchava imponente puxando a manada que barria para chamar os retardatários com os seus chifres voltados para o alto na cadência musical.

Marchavam indiferentes a qualquer presença nos arredores, tinham um destino e nada atrapalharia a marcha cadenciada na direção a algo que provavelmente determinaria a sobrevivência da manada, como uma lagoa de águas límpidas e frescas para aplacar a sede e o calor escaldante da tarde ensolarada.

Ainda que a sua situação fosse de perigo, não havia como não admirar a beleza majestosa dos animais que desfilavam ordenadamente deixando para trás a rala vegetação massacrada e fertilizada por montanhas de fezes que pontilhavam o caminho enchendo o ar de gases fétidos. Jamais lhe ocorreu um dia dividir espaço com um animal selvagem, impensável imaginar tal situação, ainda mais com um elefante, sua convivência até então era no máximo com gatos e cachorros domésticos.

A passagem dos animais pareceu durar uma eternidade, era tempo demais para alguém controlar suas emoções sem enfartar atrás de um arbusto que mal cobria seu corpo avantajado, tremia como nunca havia acontecido em sua vida, olhando com alívio o volume vivo que se distanciava.

Colocou-se de pé e avaliou a situação, se estava dentro de uma jaula aberta possivelmente haveria outros animais e não queria pensar em quais outros poderiam estar soltos na savana.

Teria de tomar uma decisão rápida antes de ser novamente surpreendido por qualquer outro animal selvagem, estava em terras desconhecidas, e mesmo não sendo um homem de sentir medo, levaria em conta o fato de não estar armado e desconhecer os perigos locais. Andava nas madrugadas na sua cidade e nada temia, ao contrário, provocava medo nas pessoas, principalmente naquelas que tinham o azar de cruzar seu caminho, certamente passariam por maus bocados. Matava para roubar, matava para silenciar e matava para se vingar.

– De onde vieram tantos elefantes? Onde estou? Se estão soltos, significa que a área é grande e talvez eu demore até encontrar gente.

Passada meia hora, a manada era apenas uma mancha pequena no horizonte, mas a presença dos elefantes estava ali no cheiro de fezes e nos burburinhos dos pássaros bicando os montes de dejetos que pontilhavam a trilha de terra batida de vegetação rasteira, por onde eles haviam passado.

– Que merda é essa? Esse pesadelo é muito real, quase fui atropelado por uns duzentos elefantes, nem sei como cheguei a este lugar.

Ainda encolhido atrás da moita, sentia-se completamente perdido sem saber em qual direção seguir, precisava agir rapidamente, se aqueles animais estavam fugindo de algum perigo, este deveria aparecer a qualquer momento. Recobrando-se do susto após a passagem do último elefante velho da manada há mais de dois quilômetros de distância, prosseguiu a caminhada. Não iria na direção que os elefantes foram, era de lá que estava vindo quando se deparou com a manada, iria no sentido de onde veio a manada, com ou sem perigo de encontrar algum predador, precisava seguir em frente em busca de ajuda. Decidido na direção a seguir, procurou no chão seu galho que até então havia servido de cajado, quando sentiu que galhos secos se quebraram sob o peso do seu corpo; sem tirar os olhos do horizonte para ter certeza de que nenhum animal voltaria e ao mesmo tempo na direção de onde havia surgido a manada, tateou o chão em busca do cajado e, quando o encontrou, levantou-se para iniciar a marcha. Seu cajado não alcançou o chão e quando olhou para sua mão foi tomado pelo horror de ver entre seus dedos o fêmur branco de um ser humano.

Os galhos secos que quebravam sob seus pés eram ossos humanos ressequidos de alguém que morrera ali há muito tempo, já que a ossada estava completamente limpa, sem vestígios de tecidos moles, cabelos ou roupas. Observando atentamente percebeu que estava rodeado de ossos e, sem sombra de dúvidas, todos pertenciam a pessoas, não havia restos de animais no cemitério sob seus pés.

A descoberta só tornou a situação pior, o pânico aumentou à medida que viu a quantidade de ossos reunidos naquele cantinho, seu corpo estremeceu com um calafrio que percorreu congelando o sangue nas suas veias, apesar de já ter visto muitos mortos vítimas de sua arma, os crânios humanos e os vários outros ossos dos esqueletos ali misturados lhe causaram uma forte contração no estômago.

– Cláudio, seu bosta, o que foi que tu cheirou? Deve ter sido das boas, porque a viagem nos elefantes foi real demais, e agora esses ossos lavados e sem carne. Que porra é essa, caralho!

– São corpos sem vida Cláudio, como tantos que você fez. Não se preocupe com eles, cuide apenas de si mesmo, que está aqui para viver em comunhão com a natureza bruta e com os animais. Aqui é sua nova morada, toda esta imensidão e muito mais estão a sua disposição para explorar no tempo e no momento em que desejar. Viverá aqui por 30 anos e será devolvido, assim como foi tirado da sua última morada, tão logo esse tempo esteja cumprido. Você não está pronto para viver em sociedade, é um animal selvagem e como tal viverá, está aqui para reparar os males que provocou aos seus semelhantes, aqui cumprirá pena livremente, tendo como casa a natureza. Assim como outros que para aqui vieram, terá de caçar para se alimentar, cavar o chão para buscar sua água, aprenderá com os animais onde encontrar os alimentos para sua manutenção, aprenderá como se abrigar e se defender do que julgar inimigo ou perigo, como não conseguiram se defender de você as pessoas que cruzaram seu caminho e foram brutalmente agredidas e mortas para que você roubasse seus pertences.

A sociedade não sentirá sua ausência, o ambiente foi lavado e está limpo com a sua ausência, até os ratos, que estranhamente assustam os humanos, são mais necessários que você na sociedade. Será resgatado quando findar o prazo estabelecido da sua pena, tempo suficiente para que se refaça como humano com a escola e os ensinamentos da mãe natureza. Dos milhares que para aqui vieram cumprir penas, poucos retornaram, não porque os abandonamos, mas porque sucumbiram aos ensinamentos da natureza.

Há outros habitando estas terras, com sorte e determinação encontrará algum companheiro cruel e perverso como você em processo de evolução. Nós do Planeta MAAME desejamos boa estadia e boa evolução. Até breve - concluiu.

A voz sem corpo ressoou demoradamente no seu cérebro como se tivesse fones de ouvidos enfiados nele e, quando silenciou, um forte vento envergou os arbustos e quase os encostou no chão, como se um helicóptero estivesse decolando.

Uma forte vertigem fez Cláudio vacilar e temendo cair, agachou-se e, apoiando as duas mãos no chão, sentiu-se mais seguro, mas não menos assustado quando lembrou que era a segunda alucinação naquela tarde, bastante compreensível para um corpo desidratado e sofrido pela caminhada sob o sol escaldante. Já tinha visto centenas de elefantes desfilando na sua frente e estava pisando em ossos no cemitério a céu aberto e, agora, uma voz veio lhe dizer que estava condenado a viver ali por 30 anos, como pena pelos crimes que havia cometido.

- Não acredito nessa merda toda que está acontecendo. Isso deve ser brincadeira dos meus camaradas, vão se ver comigo quando eu voltar.

Praguejando e esbravejando com muita raiva, seu tom de voz estranho aos animais provocou uma revoada de pássaros que abandonaram os montes de estrumes a poucos metros do cemitério.

Dois anos se passaram desde que chegou à savana de temperatura escaldante na tarde que encontrou a manada de elefantes e, desde então, centenas de outras manadas haviam cruzado seu caminho e não eram elas que mais o assustavam, havia outros de fato selvagens que causavam terror, como os rinocerontes e as hienas que gargalhavam no silêncio da noite enquanto se fartavam com os restos dos animais abatidos. Dividia o espaço com os menos agressivos e mantinha distância dos rinocerontes e dos cachorros selvagens temendo virar presa, uma vez que pertencia a sua cadeia alimentar. Caminhou por meses explorando a área até encontrar um bom e seguro local para fixar residência, o lugar tinha vegetação densa e portanto úmida, e ainda que a água não fosse farta era suficiente para manter sua vida. Determinado a sobreviver e não entregar sua vida facilmente aos animais hostis que também viviam na savana, tinha consciência da sua fragilidade, o que o punha sempre em estado de alerta, ciente de que estava vivo por pura teimosia, tantas foram as situações em que se viu frente a frente com o perigo. Amava demais a vida para se deixar morrer pelos predadores da savana, teriam de se acostumar com sua presença ainda que o território fosse deles, mas já que chegou ali contra sua vontade, teriam de conviver e aceitá-lo, não era uma convivência pacífica, tinha certeza de que necessitava de muita sorte e esperteza e contava com o racional, enquanto os animais tinham outros sentidos que os punham em vantagem, como a visão noturna e o faro aguçado para detectar odores a distância. Como estratégia, carregava sempre consigo uma bolsa com estrumes frescos de elefantes para mascarar seu cheiro de humano frágil, sempre considerando que venceria o mais sagaz, o mais esperto e o mais veloz animal. A sorte já o havia favorecido quando o colocou longe da área dos leões, do contrário certamente seria mais um esqueleto a ser contabilizado pelo próximo prisioneiro que ali chegasse.

A área dos leões era distante, mas sabidamente, à medida que o grupo crescia, eles avançavam demarcando território e se aproximavam de onde estava, de modo que convivia diariamente com o pior inimigo do homem, o medo.

A necessidade é uma boa escola e com ela aprendeu a caçar pequenos animais dos quais se alimentava, adotou como morada uma pequena elevação de terra que dava vista para boa parte do vale e, por ser um local alto, o colocava em vantagem em relação aos predadores que rondavam a região. Do alto do morrinho, atirava pedras e flechas nos animais carniceiros que rondavam o lugar em busca de cardápio diferente.

Sua estratégia para buscar água e caçar era quando o sol estava a pino e os animais se recolhiam para a sesta, e quando tudo parecia deserto caminhava pela trilha de terra batida, o mais silenciosamente possível, com um guarda-sol improvisado, até o lago de águas turvas e barrentas pisoteado por elefantes e girafas, próximo cerca de 500 metros. Os animais de grande porte passavam pela manhã e deixavam a água da lagoa tão podre de fezes e urina que ele demorava dois dias para conseguir retirar água boa para beber. Não tinha opções, mas se tivesse não se arriscaria por terras desconhecidas sabendo que os perigos eram muitos, ainda que não conhecesse todos os perigos ali existentes, apenas sabia que existiam e se contentaria com a água barrenta disputada por mosquitos, animais rasteiros e pela enorme variedade de aves coloridas que não se incomodavam com sua presença. Estava em vantagem em relação aos animais, tinha em sua cabana uma tela feita de folhas secas e recoberta de areia que servia de filtro para sua água, e sempre conseguia uma boa quantidade de água clara com pouco cheiro de urina.

Morou no campo até os 12 anos, quando seu pai alegando buscar vida melhor para criar os filhos se mudou para a cidade grande e os trouxe com ele, e tudo que lembrava daquele período no campo aplicava no dia a dia, agradecendo por ter conseguido sobreviver por tanto tempo na bruta savana.

A rústica cabana onde residia foi construída com troncos de árvores e folhas de palmeiras entrelaçadas, o teto era coberto com largas folhas de palmeiras e o protegia do sol, mas o período das chuvas não o poupava, tinha muita dificuldade em manter sua casa em pé, muitas vezes ela não suportou e veio abaixo, deixando-o totalmente desabrigado.

– Que dia será hoje? Natal, Ano-Novo ou São João? Não faço a menor ideia, aliás, isso não faz a menor diferença, haverá tantos outros que o melhor é pensar em como melhorar a minha casa para suportar tantos temporais que virão pela frente, já que definitivamente não sairei daqui antes do previsto pelos filhos da puta que me trouxeram à força para essa prisão do cacete.

Nem precisava tanto, essa porra de pena poderia ser menor, porque já perdi o tesão pela malandragem, roubei pra caralho e, no entanto, aqui onde estou o dinheiro e uma arma não me servem para nada. Que merda de vida vivi, nem sei como cheguei ao ponto de cometer tantas barbaridades. Nem me lembro por que comecei nem quando comecei. Mas sei que foram muitas atrocidades.

Será que um dia vivi realmente uma vida, ou vegetei no limbo da sociedade? Como pude achar que aquilo era vida.

Dá uma raiva danada pensar que a vida para a humanidade continua indiferente a minha ausência. Estou certo de que ninguém se deu conta de que desapareci.

Desde que cheguei ainda não vi ou ouvi um único ronco de helicóptero ou avião sobrevoando essa região, estou no meio do nada, nem imagino que parte do planeta é essa que não é sobrevoada por aviões, se o mundo inteiro é cortado por voos diários. Ainda que visse um helicóptero sobrevoando essa área, não conseguiria me comunicar porque sou apenas uma mancha marrom no meio do verde ralo habitado por animais de todos os tamanhos e espécies. Serei facilmente confundido com um animal. Estou invisível para o mundo – concluiu Cláudio.

A tristeza imensa tomou conta dos seus olhos que se perderam no vazio, mas não foi notada por ninguém.

– Vejo a vida passando e os anos galopando velozes, meu corpo envelhecendo sem que nada mude ao meu redor, todos os dias são iguais, caçar meu alimento, arriscar-me a virar caça, percorrer um trecho longo e cheio de perigos na busca de um banho ou de água para beber, fugir dos animais selvagens e pensar na vida que me foi tirada e naquelas que tirei.

A noite é inimiga impiedosa, amiga íntima da solidão e do medo. Aqui neste mundão perdido do resto da civilização me resta contar estrelas no céu, e tantas foram as vezes que as contei que estou familiarizado com as constelações, não sei seus nomes, mas conheço seus desenhos na figura dos signos que iluminam a escuridão da noite lúgubre que entristece a coruja com seu pio cheio de dor. Não há em nenhum lugar do mundo noites mais lindas como as que vi aqui, lindas, frias e traiçoeiras.

As estrelas se apagam todas as manhãs, deixando o sol iluminar e espantar os fantasmas da noite. O rei sol, testemunha zombeteira da luta diária pela sobrevivência, não conhece a dor do silêncio da noite quando devagar rolo na cama de folhas secas, tentando me livrar dos incômodos companheiros de quarto, os insetos noturnos que se alimentam do meu sangue, temendo que o barulho da palha seca atraia predadores noturnos carniceiros que rondam a frágil casa farejando alimento fácil.

Nas longas noites silenciosas, tento descarregar a adrenalina da luta diária pela sobrevivência, enquanto conto as estrelas busco o prazer solitário e percebo sem surpresa que meu corpo já não responde aos estímulos, não há fantasia o bastante para estimular meus instintos primitivos, meus desejos de homem se calam sem nenhum lamento ou culpa, porque sou eu dando prazer a mim mesmo e nesse momento me descubro uma criança, não há malícias nem desejos e, como tal, sonho com o abraço da minha mãe.

Saudades, imensa a saudade da minha mãe que deve ter me esquecido, imaginando que morri certamente mandou rezar missas encomendando meu corpo aos céus, implorando que Deus abra as portas para minha entrada, ciente de estarem fechadas conhecendo tão bem minha vida pregressa. Perdão mãe – disse Cláudio arrependido.

O dia amanheceu e sem pressa de levantar-se, permaneceu deitado em sua cama estreita rente ao chão, contemplando o alvorecer preguiçoso e o despertar de centenas de pequenos animais que saltitavam felizes na fresca manhã da vasta planície, despontando a sua frente e se mostrando majestosamente perfeita. Naquele momento, teve a certeza de que estava no quintal da sua casa, sim, era o dono daquelas terras e estava cercado de milhares de animais que, felizes, davam bom dia enquanto bicavam sementes e voavam para alcançarem insetos. Nunca tivera tanta certeza de estar no lugar certo até se sentir invadido por uma felicidade inexplicável, como se não houvesse passado a ser recordado.

Lembrando-se das reflexões da noite anterior, decidiu que naquela mesma manhã voltaria ao lugar que visitou anteriormente e que o deixou muito assustado diante do cenário que lá encontrou, o choque foi tamanho que se afastou jurando nunca mais retornar. Era assustador, mas agora pensando com a razão talvez aquele local contasse mais história do que ele deduziu quando lá esteve, havia muito a explorar e descobrir sobre o cemitério a céu aberto onde havia centenas de ossadas humanas. Precisava saber o motivo de todos os esqueletos estarem concentrados num único lugar, estava certo de encontrar ali a resposta para sua sobrevivência. Por mais que o local metesse medo, lá encontraria a resposta e com ela a chance de permanecer vivo por mais tempo que aqueles infelizes que também foram trazidos para a inóspita savana.

– Caralho, meu, desde que cheguei aqui já contei mais de 400 esqueletos, não gosto disso. Não serei o 401, desejo como nunca sobreviver a essa prisão.

Luizão: No Deserto do Saara

— São dez milhões de metros quadrados à sua disposição, oferecemos um território maior que o país onde nasceu e viveu boa parte da sua vida sob os cuidados de uma família religiosa constituída de pais e irmãos. O lugar onde semeou dor e sofrimento desestruturando centenas de lares tão cheios de sonhos e felizes quanto o seu, até saberem o bandido que era e se sentirem feridos e envergonhados com o caminho que escolheu para viver.

Mães e esposas choraram pela dor que causaram aos seus filhos ao não compreenderem a ausência do pai que você impiedosamente tirou a vida para roubar-lhes seus bens. Pessoas que trabalharam anos a fio para adquirirem bens e, além de as roubar, as feriu para subtrair seus pertences. Você é uma ferida humana e está aqui para cicatrizar e se curar.

Viverá aqui por 30 anos, será uma reclusão em total liberdade, ninguém jamais o aprisionará, terá todo o espaço que desejar e poderá seguir em qualquer direção sem que nada o impeça. Há outros iguais a você aqui, vá à procura deles e compartilhe de suas companhias. Há alimento em abundância e água para saciar sua sede, há oásis, encontre-os. Retornará ao local de onde foi resgatado após cumprir a pena que lhe foi imposta e assim voltará aos seus familiares e estará novamente entre seus amigos tão logo o tempo se cumpra. Hoje tem 34 anos e somente aos 64 retornaremos para resgatá-lo e devolvê-lo, no mesmo lugar de onde foi tirado, aqui não tem progressão de pena como no seu país, onde seria encarcerado e sustentado pela sociedade enquanto aprimoraria sua vida criminosa. Aqui terá a chance de voltar às origens da humanidade, se servirá da natureza generosa e farta e com ela validará o homem que existe em você. Voltaremos para resgatá-lo no final da pena, a justiça de MAAME lhe deseja evolução. Até mais.

A sentença foi proferida no instante seguinte em que despertou sobre a areia morna. Em choque e desesperado, Luizão levantou-se e buscou incessantemente o caminho que o levaria à saída do deserto escaldante onde foi deixado, caminhou por dias seguidos, ora em círculos completamente atordoado sem saber se estava saindo ou entrando no deserto, ora retornando pelo mesmo areal por onde havia passado instantes antes. Não se lembrava de quanto tempo estava naquelas areias sem fim, há muito tinha perdido a noção do tempo, muitos foram os dias em que dormiu seguidamente emendando com a noite sem que tivesse ânimo para empreender uma nova caminhada.

Mergulhado no desespero, permaneceu dias depressivo e em estado vegetativo se recusando a alimentar-se e alucinando com alimentos aos quais estava acostumado, tinha visões de pessoas se aproximando e lhe oferecendo fartos pratos de macarrão ou um apetitoso hambúrguer servido em um prato branco sobre uma bandeja, acompanhado de uma lata de cerveja gelada.

Há algum tempo sua alimentação consistia nas variadas espécies de pequenos animais que habitavam o deserto e todos caçados a duras penas, para não morrer de fome houve dias em que experimentou desde aranhas peludas com pernas longas até cobras albinas e algumas lagartixas voadoras. As lembranças de como as havia capturado eram dignas de boas gargalhadas se pudesse contar para seus amigos, mas não nas atuais condições lastimáveis e desesperadoras em que se encontrava, o fácil riso e as gargalhadas estavam difíceis de saírem, há muito tempo não sorria.

Seu corpo estava delgado e seu rosto e mãos bem mais morenas, partes expostas ao sol que não poupava do alvorecer ao início da noite. Perdeu peso nas longas caminhadas no deserto de areias dançantes na busca desesperada pela saída e, quando perdeu as esperanças de retornar à civilização, percebeu que se não fosse a caça minguada de pequenos animais rasteiros teria sucumbido à fome, seu corpo consumiu a reserva de gordura acumulada na barriga e ao redor da cintura adquirida com a farta comida e noitadas regadas a cervejas com os amigos quando comemoravam o bom faturamento, era assim que chamavam os grandes roubos a carros-fortes de transporte de valores ou caixas de bancos.

Nos últimos tempos, as caçadas estavam ficando cada vez mais difíceis, havia escassez de vida e consequentemente de alimentos, minando suas reservas de energia a ponto de se alimentar da carne de animal morto encontrado numa depressão de areia escaldante, ainda em bom estado de conservação, mas morto não sabia há quanto tempo e em que circunstâncias. Escolhendo os melhores pedaços do corpo seco e magro do filhote de cachorro do deserto, uma espécie de coiote, cuidou para afastar os pelos, separou as vísceras que tinham cheiro pútrido e a cada bocada rezava para que a carne não o matasse de alguma doença infecciosa, era comer ou morrer, ainda que comer também pudesse significar a morte se fosse contaminado por alguma doença do animal morto. Sua miséria era tamanha que comeria qualquer coisa que não fosse areia, lembrando que achar qualquer coisa que servisse de alimento nas dunas brancas era tão improvável quanto impossível. Sua vida era areia pela manhã, à tarde e à noite, dormia e acordava na areia, jantava e almoçava também nela.

A fome é castigo brutal para o corpo acostumado à fartura de alimentos. Contava com uma reserva mínima de água, que milagrosamente seria suficiente para mais um dia, e quando pensava que havia acabado sempre havia o suficiente para mais um gole.

Coisas de Deus.

A beleza lunática do deserto tinha encantos mágicos e era digna de cartão postal que atrairia turistas desejosos de aventuras radicais, mas sua condição de presidiário sem chances, obrigado a viver na inóspita paisagem, era enlouquecedora. Montanhas pedregosas e rústicas, de aspectos sombrios e fantasmagóricos à direita, à esquerda dunas arenosas brancas fortemente iluminadas pelo sol feriam seus olhos, à frente o areal branco pontilhado de montanhas de dunas e atrás a paisagem igual, desoladamente igual. O céu azul manchado de nuvens brancas pouca sombra fazia nas lindíssimas dunas prateadas e velhas companheiras das últimas semanas. Beleza pálida que castigava as vidas que por ali se aventurassem, sedutora e sinuosa convidava a um passeio, uma vez lá a dificuldade em atravessá-la levava um homem a enlouquecer e desistir da vida. Não era o caso de Luizão, que estava disposto a sobreviver e alcançar a liberdade, ainda que por vezes duvidasse de que vivesse os anos que faltavam na agressiva paisagem. A esperança de que seria tirado dali e levado a outro lugar era o que alimentava sua alma, ciente de que não haveria progressão de pena, contava com a generosidade dos seus carcereiros e com a possibilidade de haver rodízio de prisão, em outros campos.

Suas pernas eram chicoteadas pela fina areia trazida pelos ventos que nunca cessavam, e quando, com muita dificuldade, alcançava o topo da duna, se deparava com outra igual ou maior e suas forças se esvaíam. As montanhas alvas e sinuosas se multiplicavam aos milhares como se brincassem com seus sentidos, em todas as direções brotavam montanhas idênticas que faziam seus olhos duvidar e acreditar serem miragens. As sombras desenhavam a céu aberto obras de arte espetaculares que encantariam almas sábias e olhos observadores diante das sombras redesenhadas pelo sol em movimento, obras que deleitariam os apreciadores de arte, protegidos em seus estúdios climatizados.

Estar no contexto e fazer parte da obra no inferno da solidão e da fome não tem encanto, não há traço gracioso, não há deleite para a alma, sombras no branco imaculado das dunas significam apenas alívio temporário.

Linda, sedutora, sinuosa, perigosa e assassina silenciosa.

– Pai, daria metade da minha vida por um pão com manteiga e um copo de água fresca.

Sentiu as lágrimas umedecerem seus olhos, duvidando de que Deus o tivesse ouvido, não era merecedor.

Pão com manteiga, alimento básico e simples, como seria bom ter um para saciar sua fome. Pensando no lanche que há muito não comia, sentiu a boca seca salivar e seus lábios rachados umedecerem com o líquido salgado, passou a língua nos lábios e sorveu o sangue.

– Deus, tenha misericórdia e me ajude.

Chamou por Deus como nunca o fez em toda sua vida, invocava seu nome como fizeram suas vítimas, provocando raiva quando o faziam diante da sua arma. Lembrou-se que uma jovem pediu pelo amor de Deus que não a machucasse. Já que chamou por ele, vá ao seu encontro. E assim falando, disparou dois tiros no peito da jovem.

Chamar pela ajuda de Deus quando o desprezou tantas vezes não era apropriado, até porque a escolha nos pertence e estamos onde desejamos e merecemos estar.

A temperatura beirava 50 graus, e a impressão de estar respirando próximo a uma fogueira era muito real, o ar fervia e fazia desenhos que pareciam pessoas andando a poucos metros, chamava-as não querendo acreditar que fosse alucinação, tinha dificuldade em piscar porque os olhos estavam secos e as pálpebras não deslizavam sobre a córnea, apenas a esperança de encontrar uma saída logo que contornasse a próxima duna o mantinha firme. Sua cabeça latejava e mandava o corpo se manter em pé, castigado no limite da sua resistência, acostumado a temperaturas amenas e a fartura de alimentos, resistia bravamente com as minguadas rações conseguidas a duras penas nas caminhadas em busca da saída. Naquela tarde, havia caminhado alguns quilômetros, e feliz pela certeza de que estava em um novo caminho e não em círculos como aconteceu em outros dias, sentiu seu corpo atraído pelo chão e na iminência de desfalecer se preparou para descansar e poupar energias, precisava dormir, mas era impossível adormecer na areia quente sob o sol escaldante, morreria com certeza e a morte não estava em seus planos, era jovem demais para se deixar abater. Sairia do inferno ao qual estava sendo submetido mais cedo ou mais tarde, porque aquele mar de areia não era infinito, tinha de haver uma saída e não a havia encontrado por culpa do cansaço extenuante, precisava descansar e, para tanto, procuraria uma duna alta e bem sombreada e se acomodaria do lado contrário do sol até recobrar as energias e ter forças para voltar a empreender novos rumos.

Horas mais tarde despertou sentindo-se um pouco melhor, sem noção de quantas horas havia dormido ou de quantos dias estava ali deitado na areia morna, sentia apenas que todas as suas articulações pareciam travadas, o corpo doía diante de qualquer movimento, andar doía e sentar era uma tortura.

Levantou com dificuldade e caminhou quase se arrastando contornando as dunas pequenas e evitando subir as mais altas, sabendo que as forças poderiam não ser suficientes. A forte impressão de *déjà vu* estava em cada metro percorrido, mas preferiu acreditar que elas eram iguais e não que estivesse andando em círculos como tantas outras vezes.

– Estou no caminho certo e logo mais avistarei um vilarejo, crianças correndo pelas ruas e homens cuidando dos seus camelos, lá comerei fartamente em troca de algum serviço.

Conversaria com os habitantes, prestaria serviços em troca de banho e alimento e, quando tivesse o suficiente para sua passagem, partiria rumo a sua casa. Trabalharia para pagar o alimento e pelas acomodações ficando na vila por uns dias para conseguir o suficiente para sua partida. Não faria mal a ninguém, não roubaria nem machucaria os moradores do local, não era especialista em nada, mas sabia consertar telhados e se dava bem com pinturas e pequenas reformas, trabalharia, sim, de bom grado em qualquer atividade que lhe fosse oferecida em troca do necessário para seu retorno.

– Sim, é isso. Vou trabalhar honestamente para os habitantes da cidade e logo poderei voltar para minha casa – falou alegremente.

A perspectiva de chegar a um vilarejo e ser útil à comunidade renovou suas energias e esperanças e, confiante, avançou firmemente na direção em que acreditava ver, logo depois da duna, a tão sonhada vila. Respeitando os limites do seu corpo debilitado, andou alguns quilômetros e logo que alcançou a grande duna avistou uma nesga de sombra; deitou-se para repousar por alguns minutos até que o sol brincalhão a encurtasse e o obrigasse a retomar a caminhada.

Quando acordou, não havia mais sol e a escuridão da noite e a queda da temperatura o assustaram, não imaginava que havia dormido tanto, pois quando parou para descansar o sol estava a pino. A brisa quase fria o fez lembrar com saudades do vento fresco que invadia o quiosque onde habitualmente bebia cerveja com os amigos. Mesa farta, tigelas de peixes fritos, bolinhos de carne e batatas fritas crocantes para acompanhar as cervejas de boa qualidade estupidamente geladas. Enquanto se fartava na mesa barulhenta, acompanhava com o olhar malicioso as turistas de corpos esculturais que passeavam na orla aproveitando os últimos raios de sol que dourariam suas peles brancas.

Turistas estrangeiras, carteiras fartas, joias e celulares.

Não perdia a oportunidade de falar um gracejo, retribuído com um sorrisinho malicioso e raras vezes com indiferença.

Agachado ao pé da duna onde passaria a noite, percebeu que nada poderia fazer na escuridão do deserto sem lua, tinha fome e se alimentaria de alguns répteis que trazia em seu embornal, enfiou a mão no saco onde guardava o alimento e veio à lembrança fragmentos dos acontecimentos no dia em que tirou a mão do bolso do casaco e apontou a arma para a motorista grã-fina do carro importado que, distraída no farol, não viu sua aproximação. Estava disposto a levar o carro e atiraria sem vacilar na dona do veículo, que era exatamente o modelo que os comparsas haviam encomendado. Precisava daquela grana e a madame estava dando mole, falando distraidamente no celular dentro do carro com a janela aberta. Aproximou-se por trás e pôde ver que no banco traseiro havia uma criança de pouco mais de três anos sentada na cadeirinha infantil, brincando com algo na bancada da cadeira.

– Desce, desce sem gritar, senão atiro – falou enquanto a mulher olhava desesperada para o banco traseiro onde o filho sentado confortavelmente brincava indiferente ao perigo.

– Preciso tirar meu filho. Por favor, espere – disse pálida a mãe com os braços levantados e as mãos espalmadas.

Ponderou que se a mulher descesse e abrisse a porta de trás para retirar a criança, todos os motoristas dos carros ao redor perceberiam o que estava acontecendo e certamente chamariam a polícia, não permitiria que retirasse a criança, ou ela descia rapidamente e ele arrancava com o carro e deixaria a criança mais à frente, ou atiraria e a empurraria para o banco do passageiro.

Diante da insistência da mulher em retirar a criança do banco traseiro, ficou sem alternativa e para não correr o risco de ser flagrado por algum policial à paisana empunhou a arma e puxou o gatilho em direção à cabeça da mulher, mas seu dedo não chegou ao fim do gatilho, nem ouviu o disparo, porque no exato momento foi arrancado violentamente do local e sugado para um compartimento minúsculo e escuro que mal o acomodava agachado e movimentando velozmente, até que perdeu os sentidos e acordou no deserto.

Passou muitas horas atordoado sem entender o que havia acontecido, logo que acordou não tinha nenhuma lembrança, só mais tarde alguns lampejos de memórias começaram a aparecer, e um dia conseguiu lembrar de todo o ocorrido. Desde então tem vagado à procura da saída, dia após dia suas esperanças se renovam porque não acredita que aquelas areias sejam infinitas, o deserto tem começo, meio e fim como tudo na vida.

– Vou sair daqui a menos que eu esteja em outro planeta, o que não é difícil porque fui trazido por um transporte que não existe na Terra e o cara que falou comigo não é deste mundo.

Durante esse tempo em que esteve no deserto, choveu em algumas noites, e surpreso viu centenas de pequenos animais rasteiros emergindo da areia e caminhando velozmente na superfície da areia fresca, brotavam mágica e festivamente como se esperassem ansiosos por aquele momento. As noites eram sempre muito frias e raramente chuvosas, com temperatura baixa a ponto de tremer encolhido sob as vestes ralas na encosta das dunas. Completamente desprotegido com as poucas roupas que nada o protegiam do frio cortante que machucava seu corpo mal alimentado, não conseguia avaliar qual sofrimento era pior, o caldeirão fervente durante o dia quando a temperatura atingia 60 graus ou as noites chuvosas e congelantes com temperaturas beirando a zero grau.

Os passeios dos pequenos animais davam a impressão de que a areia tinha vida própria, quando via os caminhos sinuosos abaixo da fina camada que cobria seus corpos que emergiam para brindar o frescor da noite e procurar seus jantares. Cobras serpenteavam lépidas na areia e desapareciam na escuridão, como se o caminho fosse velho conhecido; pequenos lagartos e lagartixas deslizavam na areia como foguetes sumindo na noite escura, também em busca do alimento e da liberdade fresca da noite; cada animal que emergia da areia e se distanciava era mais um alimento fugindo sem deixar rastro, para desespero do seu estômago que reclamava roncando.

Há dois mundos no deserto, um fervente e lento na superfície e outro fresco e ágil sob a areia escaldante, de onde saíam vidas em busca de provimentos para sua subsistência. Se ao menos pudesse entrar na areia e desfrutar do conforto da sombra e umidade, conseguiria economizar energias para empreender caminhadas mais longas durante o dia, e lá almoço e jantar estariam ao alcance das mãos. Quem sabe sob a areia haveria um lago de águas límpidas onde pudesse mergulhar e refrescar seu corpo cansado.

Nessa imensidão de areia havia com certeza um oásis, o problema é saber onde. Água existe, senão os homens que transportavam camelos de enormes corcovas não atravessariam o deserto e caminhariam por dias seguidos correndo o risco de perecerem no caminho. Sem o precioso líquido os tuaregues e nômades não existiriam, se é que existem, ando há anos e jamais estive frente a frente com um.

Há muito que aprender com os animais que poupam energias durante o dia e caminham faceiros à noite, mesmo com o frio intenso que parece não provocar sofrimento nessas criaturas pequenas e sábias. Observava as aves do deserto que urinavam sobre o próprio corpo para hidratá-lo e manter a temperatura próxima do ideal para sua fisiologia. Essas criaturas têm estratégias curiosas para driblar a falta de água, milhões de anos de evolução lhes deram corpos capazes de sobreviver sem sofrimento em áreas de escassez de alimentos.

Sobreviver no deserto implica aproveitar ao máximo qualquer tipo de umidade que for possível reter na secura infernal do ar; aprendeu a tirar água dos cactos e sabidamente nunca tirou as vestes pesadas que o protegiam e seguravam o suor mantendo a pele hidratada, mesmo a umidade do ar chegando a cinco por cento. Bendita e santa roupa dos homens tuaregues.

– Construirei uma toca sob a areia e dividirei o espaço subterrâneo com os animais e, à noite, subirei para conquistar a escuridão e explorar a redondeza, onde encontrarei farto alimento.

Observaria as lebres e as seguiria, as peludas tinham orelhas enormes e bastante vermelhas, cheias de vasos sanguíneos para liberar calor quando descansavam na sombra, os mesmos animais das regiões de temperaturas amenas tinham orelhas menores, sábia e maravilhosa natureza, dá exatamente aquilo de que precisamos para nossa sobrevivência e adaptação.

Há algum tempo começou a observar o comportamento dos bichos e desde que se dedicou a conhecer um pouco mais sobre eles, se surpreendia assustadoramente e lamentava não ter estudado Biologia para compreender melhor a intrigante adaptação da bicharada que morava no deserto. Seus corpos tinham mecanismos de defesas e estava disposto a entender e adotar as mesmas práticas, desconhecendo que a evolução não se dava em curto prazo, seriam necessários anos de adaptação biológica para alcançar a capacidade dos animais que o intrigavam; eles estavam em casa, o estranho ali era ele. Quanto tempo precisaria para adaptar-se fisicamente não sabia, precisava prolongar sua sobrevivência até que conseguisse encontrar uma caravana de homens tuaregues transportando camelos ou grupos que morassem no deserto e mudavam quando a água e os alimentos escasseavam.

Construiria uma camada sob a areia e hibernaria por longos períodos como faziam os animais noturnos desérticos, ainda que seu corpo não conhecesse as técnicas nem fora forjado para tal, era importante poupar-se durante o dia para ter energias para as buscas noturnas, com sorte teria a lua para iluminar seu caminho. Durante o dia era impossível, sempre que tentou a fome o despertava obrigando-o a buscar alimentos, e suas necessidades fisiológicas também o obrigavam a deslocar-se pelo menos duas vezes ao dia.

Como mergulhar em uma cova nas dunas sem se sufocar com a areia fina que invadiria narinas, olhos e boca? Era uma questão a ser entendida; como não ter olhos, bocas e narinas entupidos de areia?

No dia em que despertou no deserto ainda cheio de energia e sem entender o que fazia ali, rapidamente iniciou uma caminhada e na mesma tarde encontrou um pequeno lago pisoteado por animais, que a julgar pelas marcas no solo, eram com certeza de camelos, pelo tamanho das pegadas das patas no solo úmido. Ao fundo do lago, atrás da vegetação abundante, havia uma cabana rústica feita com estacas fincadas no chão, paredes vazadas de pequenos troncos de árvores com espaços de dez centímetros e telhado de folhas de palmeiras, algumas plantas rústicas do deserto, palmeiras altas e envergadas pelo vento, mas ainda capazes de produzir boa sombra. Avaliou o local e sem medir as consequências afastou-se, abandonando o oásis, desdenhando sua pobreza e jurando encontrar local melhor. Certo de encontrar um pomar ou uma fazenda onde pudesse pedir abrigo, ou um bar em que pudesse tomar uma cerveja, distanciou-se muito do oásis até vê-lo perdido entre as centenas de dunas iguais que ficavam para trás. À medida que se afastou, não demorou a se dar conta da burrice que cometera ao afastar-se do paraíso onde havia água e abrigo.

Quando percebeu que estava perdido, tentou voltar, e passados dois anos nunca conseguiu alcançar o oásis desdenhado, que propositadamente foi colocado em seu caminho, não tinha dúvidas. Sabia-se destemido e imprudente, na vida experimentou rompantes dos quais nunca se arrependeu, mas quando se lembrava do pedaço de terra incrustado no deserto, se deu conta de que havia cometido a maior imprudência de toda a sua vida. Estaria a salvo se lá tivesse permanecido até que aparecesse um beduíno nômade e seus animais sedentos que, conhecendo a região, o orientaria rumo à saída.

Deserto, terra de povos nômades e exímios criadores de gado e cabras, que sabem cultivar sua alimentação básica, o leite, o queijo e a manteiga. Vivem em alojamentos nos arredores dos oásis e mantêm plantações de tamareiras e trigais. As comunidades se juntam e cavam poços que irrigam as plantações e dão de beber aos animais, assim como para uso próprio.

Cantarolando refrãos das músicas que ouvia nos pagodes com os amigos nos dias que considerava fracos para roubos, caminhava de cabeça baixa para poupar o rosto dos grãos finos de areia que machucavam sua pele, e contando os passos tentava adivinhar que dia da semana seria, segunda-feira costumava ser um dia que não compensava sair para trabalhar, assim como a terça-feira, eram dias ruins para assaltos, a semana começava a ficar lucrativa a partir da quarta-feira, quando as pessoas, antecedendo a proximidade do fim da semana, iniciavam o *happy hour* e as compras para o fim de semana, havia mais dinheiro vivo circulando nas mãos dos incautos.

Recordou-se dos assaltos e da voz que o lembrou das suas bandidagens e os motivos pelos quais estava no deserto cumprindo pena de 30 anos.

– Nem a pau fico aqui, voz do inferno. Tu vai ver que saio daqui antes que volte a abrir sua boca fantasma novamente – gritou, com voz embargada, sentindo o choro preso na garganta.

Se ao menos um dos amigos estivesse ali para conversar, falaria das mulheres, da família e das suas ações truculentas quando estava realmente disposto a fazer um roubo bem-sucedido e a vítima resistia.

– Não, não falarei nada disso. Somente falarei coisas boas e agradáveis.

A alucinação o levava a lugares incríveis, via-se numa enorme piscina mergulhando em águas límpidas e azuis, ou sentado numa cadeira confortável, a sua frente uma mesa farta de comidas deliciosas servidas por uma moça linda que enchia seu copo de cerveja gelada, e quando levava o copo à boca, rapidamente cuspia a areia que havia levado aos lábios.

Mergulhou de cabeça na areia machucando seriamente o pescoço, acreditando estar na borda de uma piscina de águas claras, ergueu-se do chão branco cuspindo areia e, sentindo medo, duvidou da sua sanidade mental pela primeira vez.

Temeu pela vida que tanto amava, não apostava nela por muito tempo, a natureza agressiva do deserto era mais que seu corpo podia suportar e, se não saísse rapidamente do inferno quente, não conseguiria evitar a morte que o rondava em cada curva, nas curvas sedutoras das dunas.

Os homens tuaregues eram sabidamente felizes e não desejavam deixar a terra natal, sob vestes longas e pretas semelhantes a camisolões, turbantes na cabeça e o rosto coberto por tecidos que deixavam os olhos expostos, não tinham interesse em conhecer e tampouco saber dos costumes de outros povos. Luizão também sabia pouco ou quase nada desse povo e desejou encontrar alguns deles e se misturar para ouvir suas vozes, sentir seus cheiros e se sentir gente entre gente. Estava vestido como eles sem ter ideia de como tinha adquirido as roupas, estava agradecido pela proteção que elas ofereciam, sem as quais há muito tempo teria morrido.

– Quem as vestiu em mim? São apropriadas para poupar a perda de calor e proteger o corpo do sol.

As meias altas brancas e sandálias abertas protegiam os pés e pernas da areia fina que castigava a pele quando o vento mudava as dunas de lugar. Saudades do *shorts* que mal cobria os joelhos, da confortável sandália de tiras e da camiseta muitas vezes amarrada na cabeça quando o sol de 30 graus incomodava.

O Nilo está geograficamente perto da área do deserto, mas não sabia em qual deles se encontrava, nunca deu muita importância à escola, achava perda de tempo ficar horas sentado em bancos escolares quando tinha tantas coisas que podia fazer lá fora e ganhar uns trocados. Seu pai nunca frequentou escola, no entanto, cuidou e alimentou uma família de seis pessoas, sem luxo, é verdade, mas nunca permitiu que os filhos sentissem fome, e com base na premissa de que é possível viver dignamente sem estudar, foi expulso de várias escolas e na única que conseguiu ficar mais tempo e completar o primeiro grau, se negou a retornar e continuar no ensino médio para juntar-se ao pai nas pequenas obras. Deu graças a Deus ao trabalho, era uma boa desculpa para abandonar de vez a escola, e assim evitaria no ano seguinte encontrar os colegas *nerds* que tanto odiava. Foi um aluno medíocre e se sentia incomodado com os colegas que pareciam saber tudo sem esforço e necessidade de estudar, odiava os colegas que tiravam notas altas e passavam de série com notas máximas, estes sim eram seus inimigos declarados, e mais de uma vez se envolveu em brigas violentas com eles. Desejou ter por perto um colega *nerd* ou as lições de geografia, matéria que detestava e que lhe deu as notas mais baixas no boletim, agora fazia falta, um pouco mais que tivesse estudado talvez sua situação em relação a sua localização geográfica não fosse tão desastrosa quanto se apresentava. Odiava ler, odiava escolas e nunca escondeu sua aversão ao conhecimento e à cultura, mostrou seu ódio saqueando e depredando escolas e uma biblioteca próxima da sua casa.

Desafiado a alcançar o alimento que serpenteava embaixo de fina camada de areia, fixou olhar no movimento e, calculando a distância entre a cauda e a cabeça da serpente, afundou a mão no solo e levantando rapidamente chicoteou o chão várias vezes com o réptil de 60 centímetros, que se contorcia tentando escapar dos golpes fatais. Só quando a cobra com a cabeça esmagada desistiu de lutar que a soltou na areia branca salpicada de sangue e contemplou satisfeito seu alimento. Mais tarde espremeria os cactos espinhosos para coletar água e garantir mais um dia de sobrevivência.

– Tenho a impressão de ter ouvido vozes quando estava matando a cobra. Tenho a impressão de ter sempre alguém por perto e isso aconteceu mais de uma vez. Se ao menos a voz sem corpo voltasse para conversar, apareceu para dar seu recado e assoprando violentamente silenciou nunca mais retornando – disse Luizão.

O vento se fez ouvir por um assobio agudo e longo que lhe pareceu uma risada zombeteira. O revólver 38 sem munição pesava em um bolso embutido das suas vestes e de nada lhe servia, foi seu fiel companheiro nas noites de caçada, agora era apenas um fardo a mais para carregar, não entendia a razão de mantê-lo consigo, apego quem sabe, ou aquele objeto fosse a única coisa que o ligava ao mundo real perdido para sempre e a razão de estar na prisão. Por mais de uma vez se valera dele, quando tentando caçar uma ave há poucos metros de distância o atirou na direção do animal e quase o perdeu quando afundou na areia fina. Manejava como ninguém uma arma de fogo, gostava do brinquedo e tinha várias delas em sua casa, escondidas no compartimento de madeira sob o chão no meio da sala, cavado propositadamente para este fim. Estrategicamente, o local onde menos despertava a atenção era coberto por um tapete de sisal e sobre ele uma mesa de centro na qual colocava várias garrafas de cervejas e deixava vizinhos e amigos se fartarem sobre seu arsenal. Na caixa subterrânea onde estavam as armas também havia munição suficiente para um ano de trabalho, era assim que chamava suas saídas noturnas para encontrar os colegas de profissão e planejar assaltos nos bairros nobres, onde já haviam plantado informantes que davam a ficha dos moradores e os deixavam a par de todos os movimentos, como entrada e saída, viagens e retornos, e bens como carros, cofres, joias e eletrodomésticos. Para isso as diaristas e empregadas domésticas e os vigias de ruas eram os melhores informantes, facilitando o sucesso e o bom resultado dos assaltos, sem risco de serem presos.

Invadiam as casas quando seus donos estavam ausentes, esvaziavam cofres e levavam tudo que era possível carregar nos carros de luxo guardados nas garagens das casas. Impiedoso e agressivo, não hesitava em agredir a qualquer sinal de reação e disparava a arma friamente, sem se importar com quem estivesse presente, mesmo sendo crianças.

Guardava os frutos dos roubos em várias casas dos comparsas no alto do morro, onde raramente a polícia aparecia e, em seguida, ia ao encontro dos colegas e dos chefões experientes do bando. Gargalhando entre copos e garrafas de cervejas, relatava suas façanhas violentas e seus poderes aumentavam diante dos novatos menos experientes que se dirigiam a ele com admiração. Gastava sem remorso e sem culpa os bens alheios, frutos dos roubos e do sofrimento das famílias que choravam seus mortos e lamentavam suas perdas.

– Comigo é assim, reagiu, tá fodido! Mulher histérica que grita derrubo na coronhada, abro a cabeça e faço rolar no chão – repetia sistematicamente sempre que os aprendizes estavam no grupo.

Tinha estatura alta e porte grande, pele morena, cabelos escuros sempre cobertos por bonés, usava boas roupas, roubadas ou adquiridas com o dinheiro dos roubos. Luizão fazia sucesso entre as mulheres, estava sempre rodeado das mais belas, vestidas com exíguas blusas e sumárias saias, típicas de dançarinas de *funk*, que vinham sentar-se à sua mesa para comer e beber de graça. Sabiam das atividades do generoso bandido que bancava as contas da mesa, não evitavam o divertido e generoso ladrão, afinal quase todos do bairro carregavam alguma pendência na justiça, conheciam sua truculência e agressividade nos assaltos, mas na mesa do bar ele era o fanfarrão generoso e divertido. Feliz e vaidoso como chefe da bandidagem, sempre rodeado de jovens e belas mulheres com roupas duvidosas, esbanjava generosidade com os garçons e DJs, que conheciam seu gosto pelas músicas de letras ruins, que invariavelmente faziam apologia ao crime. Levantava da mesa acenando para os músicos e acompanhado de uma garota que sabia que seria levada para algum dos hotéis baratos nos cortiços da cidade onde a polícia jamais o alcançaria.

– Bora, galera. Mulher bonita não paga, mas se quiserem pagar, mais tarde a gente conversa – falou certa vez segurando firmemente a cintura de uma moça vestida com micro *short*, sutiã colorido e salto altíssimo.

Na comunidade onde morava os vizinhos não o temiam, ninguém se atrevia a invadir o território do Luizão, a regra dos bandidos é nunca praticar malandragem dentro do bairro no qual moram. Ajudava a todos que recorriam a ele e distribuía presentes de natal para as crianças do morro. Quando alguém da comunidade ficava doente, sabia que se recorresse a ele seria prontamente atendido, também era regra da bandidagem ajudar a vizinhança para ser acobertada e jamais denunciada.

Sem cerimônia, os moradores das comunidades carentes se valem desse tipo de auxílio, sabendo que há sangue e dor em tudo que recebem como ajuda, abandonados pelo poder público e marginalizados pela sociedade, fatalmente são adotados pelos bandidos, que se valem das amizades interesseiras que dificultam as autoridades de efetuar suas prisões, e nas batidas policiais são levados pelos labirintos dos morros e rapidamente alcançam outras comunidades também solidárias.

Lembranças, companheiras inseparáveis da solidão.

Recordar a vida passada antes de ser retirado da convivência dos seus causava desconforto, não se arrependia do que havia feito nem tinha certeza se continuaria a roubar quando retornasse. A vida nunca foi boa com ele e não tinha razão para ser bom, esteve do lado ruim da vida, como dissera muitas vezes sua irmã mais velha e seu pai, sabia que corria o risco de um dia ser encarcerado numa prisão de segurança máxima e perder a liberdade. Viver no mundo do crime e não ser pego é uma arte, foram muitos os crimes, e sua ficha policial lhe daria certamente 200 anos de reclusão.

– Prometi a minha mãe não me deixar ser preso, porque sou mais esperto que a polícia, no entanto me pegaram e eu não sei quem são meus carcereiros. Vi de relance e tive a impressão de ser alguém familiar, um mostro da minha infância.

Um sorriso amargo curvou seus lábios e transformou seu rosto queimado pelo sol em uma máscara dura e grotesca quando se lembrou de que seu carcereiro se assemelhava a um inseto.

– Inacreditável ser preso por um vento, com braços longos e gelados, pernas finas e cabeça triangular parecendo de fumaça – lembrou-se do dia em que fora arrancado violentamente do chão quando engatilhou a arma para tirar o carro da mãe que brigava pelo seu filho.

– Queria ver a cara dos macacos que me trouxeram para essa merda de lugar. Apareçam, seus filhos da puta do caralho! – gritou na imensidão branca do deserto, e ninguém o ouviu.

Esteve várias vezes na frente da morte e nunca temeu pela sua, temia o que não conhecia, temia a morte solitária no inferno quente, e precisava escapar antes de ser alcançado pela finitude da vida. Vivia só, mesmo rodeado de pessoas. Cauteloso com sua segurança ficava boa parte do tempo recluso no seu barraço e, quando ia à praia, escolhia as mais longe do seu bairro. Nos bailes *funks* ou nos botecos ralés da periferia não corria risco, a polícia corria deles.

– Não me realizei como pai, pisei na bola com minha mulher. Apenas fui um grande bandido, um grande bosta que fez altos faturamentos e trouxe muito lucro para os parças e agora está aqui pagando sozinho. Não lamentarão meu desaparecimento, mas quando se lembrarem de mim será com respeito, porque fui dos bons. O melhor dos piores. É verdade! A mais pura verdade, uma vez Luizão, Luizão sempre. E quando Luizão voltar, vai tocar o terror, vai apavorar geral.

Dr. Levy: Na Vasta Planície Desconhecida

A paisagem estupenda era digna de cartão-postal. No horizonte distante as montanhas desenhavam curvas no céu e, aos seus pés, a planície salpicada de tons verde da vasta vegetação abundante e variada embelezava a obra de arte da caprichosa natureza. As árvores eram as mais altas que já tinha visto em toda sua vida, havia abundância de verde no rico ecossistema, flora e fauna desfrutavam da generosidade oferecida pela paisagem campestre.

As estações eram definidas e, ainda que sem calendário, era possível perceber cada uma delas pela forma como a flora se apresentava: abundantemente verde e rica em beleza colorida na primavera, seca e desnuda de folhas no inverno e exuberantemente rica em frutas silvestres no outono.

Desde que chegara, há cerca de três anos, pôde explorar o máximo das terras que dividia com várias espécies de animais, alguns inofensivos oferecendo pouco perigo, outros selvagens e ariscos que dividiam área extensa, a qual permitia a todos conviverem harmoniosamente sem desiquilibrar o meio ambiente. Foi explorando a área de mata ciliar que pôde observar a grande variedade de aves coloridas e animais de pequeno porte semelhantes a porcos, pacas e cachorros-do-mato. Havia alguns que metiam medo e por segurança preferiu manter-se distante dos mais corpulentos e barulhentos, como os búfalos e os javalis. Os porcos pesadões assustavam, mas eram lentos e ele escapava subindo em árvores.

Explorou cuidadosamente o local acompanhando o florir e o desabrochar de frutos raros nas muitas árvores da região; inseguro quanto a alimentar-se deles temendo serem venenosos, aguardava pacientemente que os animais os experimentassem ou os pássaros bicassem, e certificando-se de que estes continuavam caminhando ou voando, arriscava-se a experimentar alguns e, assim, atento ao ecossistema conseguiu manter-se da fartura oferecida pela natureza. Em uma de suas caminhadas, descobriu próximo de sua casa uma rica região em água e, acompanhando seu curso, viu-se diante das nascentes límpidas e cristalinas que brotavam das montanhas e deslizavam em córregos de águas frias pelas encostas, descendo até encontrar a planície que formava grandes lagos.

Procurou em vão encontrar vidas, sinais de civilização humana e, sem jamais encontrar nada, começou a acreditar que aquele lugar não fizesse parte do planeta Terra. Não havia caminhos ou nenhuma placa, antena ou infraestrutura, mesmo obsoleta, que o levassem a acreditar que um dia o local recebeu a presença do homem.

Era o primeiro homem a pisar naquelas terras, em outras circunstâncias se sentiria lisonjeado, mas a desolação e a solidão não permitiam tamanha gratidão.

Ainda guardava a pasta de executivo com os muitos documentos que levava para o escritório da empresa multinacional do ramo de fertilizantes e pesticidas, quando se dirigia para uma reunião de negócios, que na época lhe pareceu lucrativo. Entrando no saguão do luxuoso prédio comercial, cumprimentou a recepcionista e pedindo para ser anunciado caminhou até o elevador que o deixaria no elegante escritório da grande concorrente interessada em sua pequena empresa. Apertou o botão do elevador e quando a porta se abriu foi empurrado violentamente para trás, não chegando a cair teve a sensação de flutuar no ar sustentado por um forte vento e, logo em seguida, sentiu-se compactado numa caixa minúscula que se movimentou velozmente até que perdeu os sentidos e, quando despertou, estava neste belo vale de onde nunca conseguiu sair.

A bateria do seu celular descarregou nas primeiras horas depois que chegou ao campo; enquanto ainda restava carga fez inúmeras tentativas de contato com familiares e com o motorista que o havia deixado na entrada do edifício de onde foi tirado, que certamente ainda o aguardava no estacionamento. Foram muitas tentativas sem sucesso subindo em montanhas, escalando galhos de árvores, esperançoso em conseguir sinal de serviço da sua operadora ou de internet. "Sem serviço", informava o visor do caro aparelho importado sinalizando com mensagens que brevemente a bateria, que estava com a baixa carga, pararia de funcionar.

Sem nenhuma infraestrutura há mais ou menos três anos e sem os recursos tecnológicos dos quais dispunha em sua vida civilizada, não tinha luz elétrica e sua água era coletada no lago a meio quilômetro de sua cabana. Sem saneamento básico, era a natureza a receptora de seus dejetos; nos primeiros tempos teve como morada uma caverna e mais tarde adotou o alto de uma árvore, ainda que desconfortável, mas segura, dormia numa rede trançada de cipós, e em pouco tempo viu-se obrigado a abandonar o local por não suportar a presença diária dos macaquinhos endiabrados que o atormentavam. Conformado com seu destino e sem muita esperança de voltar para a civilização, não sem antes ter feito várias tentativas para deixar aquelas terras, empreendeu-se na construção de uma nova moradia, onde acreditava que algum homem havia passado sem deixar pistas de como saiu dali.

Num dos muitos momentos de desespero, quando a saudade da vida confortável era demasiada grande para suportar, pediu ajuda aos céus e, conversando com Deus como nunca fez em sua vida atribulada de compromissos, a resposta chegou por meio de uma voz que parecia sussurrar dentro da sua cabeça, como se alguém falasse no alto e a voz penetrasse em seu cérebro fazendo eco.

Desesperado, olhou para os lados e para o alto esperando encontrar alguém, depois de tanto tempo sozinho, e não vendo ninguém pensou que Deus tinha ouvido suas preces e lhe trouxera a resposta.

A sentença que ouviu naquela manhã quase o levou à loucura, ficou muitos dias tomado de fúria e revolta. Quando mais calmo e tomado por dúvidas quanto ao que ouviu, reavaliou sua vida, e lembrando-se de como foi arrancado da porta do elevador, começou a acreditar que não estava vivendo um pesadelo e que realmente era um prisioneiro sem cela. Buscou o autocontrole nato em situações de crise, era um homem pragmático de decisões rápidas, sua situação exigia calma meticulosa e muito sangue-frio. Não gastaria suas energias gratuitamente entrando em pânico, avaliaria suas chances e as ferramentas de que dispunha na natureza para as próximas tomadas de decisões.

– Entendo que não estamos sós na Terra. Há mais, muito mais que nossos olhos não mostram.

Não aceitaria passivamente um julgamento sem ter podido se defender, estava prisioneiro e ficaria os próximos dez anos, se é que entendeu direito quando ouviu sua sentença sem que tivesse tempo de se defender. Não se lembrava exatamente de tudo que fora dito, mas ficou claro que a pena de dez anos equivaleria à aplicada se condenado na sociedade onde vivia quando fosse denunciado pelos vários crimes ambientais que vinha cometendo contra a sociedade. Como a justiça terrena demoraria e a progressão de pena somada aos recursos não resultaria em nada, eles interferiram em favor da sociedade retirando-o de circulação e condenando-o à solidão no campo.

A lista de crimes ambientais com consequências danosas para a sociedade era imensa, incluindo gestantes que se ingerissem os alimentos pulverizados com os inseticidas produzidos pela indústria de venenos, fatalmente gerariam bebês com sérios problemas de saúde.

O leite das vacas contaminadas com os pesticidas aplicados nas plantações de milho e soja, destinadas a rações para alimentação animal, causaria danos irreversíveis à saúde dos consumidores, principalmente às crianças que seriam as mais afetadas, comprometendo seus crescimentos e aumentando as chances de desenvolverem câncer de fígado e rins.

O interesse da empresa internacional do segmento de pesticidas em adquirir sua empresa de menor porte era pelo fato de ter nome sólido no mercado e seus produtos terem boa aceitação. Estava propenso a fechar negócio com a multinacional que fez oferta justa e generosa para adquirir sua empresa de porte médio, elevando a marca conhecida nacionalmente ao nível internacional.

Se o negócio tivesse concluído na época em que recebeu as primeiras propostas, talvez não estivesse nesse momento pagando a conta pela contaminação do solo, não seria responsabilizado pelos produtos que já apresentavam as primeiras vítimas, mas como resistiu à venda especulando alcançar um preço melhor, o castigo chegou tarde mas não falhou.

– A empresa ganharia força no mercado com a fusão das marcas e expandiria a produção de pesticidas. Com o nome ligado a uma multinacional reconhecidamente forte, as vendas aumentariam e, consequentemente, os danos ganhariam proporções alarmantes, razão pela qual fui retirado do meio antes de fechar o negócio que prejudicaria o meio ambiente, e seria difícil de ser interrompido com a nova empresa que geraria altos impostos para o estado, que faz vista grossa para a poluição ambiental. Estou aqui em nome de vidas que seriam comprometidas com os venenos que seriam colocados nas prateleiras dos supermercados a preços competitivos, impediram o crescimento da multinacional que, ambicionando o progresso fácil, avançava a passos largos sem nenhum respeito ao meio ambiente.

Quando as denúncias começaram a aparecer nos jornais sensacionalistas que me perseguiam para obter informações para seus jornais baratos, percebi que se não tomasse uma decisão rápida teria sérios problemas no futuro, e foi quando decidi vender a empresa para a multinacional do segmento.

E se tivesse suprimido ou substituído a matéria-prima dos produtos que comprometem o meio ambiente?

Não era uma boa saída, as matérias-primas substitutas sem danos ao meio ambiente eram três vezes mais caras e aumentariam o preço do produto final. Tirar os produtos de linha não era uma solução, o faturamento sofreria baixas significativas e nos levaria a não honrar os compromissos e baixar o padrão de vida da família, esses pesticidas são carros-chefes da produção.

E agora com meu desaparecimento, minhas contas estão sendo honradas? Teria deixado de ganhar dinheiro, mas meu patrimônio me proporcionaria uma vida confortável pelo resto da vida, sem considerar que meus filhos não trabalhariam até que concluíssem os cursos universitários, o que causaria um bom rombo nas finanças.

E foi quando apareceu a empresa interessada na fusão; o convite naquela manhã para apresentar a proposta e iniciar uma possível negociação, segui confiante. Nos últimos anos a empresa ganhou muito dinheiro, suficiente para eu não precisar trabalhar pelo resto da vida e pensar que onde se encontrava o dinheiro de nada valia. Quem estaria usando o meu dinheiro? Como estariam gastando?

Observando a rica e abundante vegetação da sua nova morada, as mais variadas espécies de insetos que se alimentavam seguras sem a presença nefasta do homem, percebeu o quanto seus produtos teriam provocado dano e extermínio a todas as formas de vidas. As lindas borboletas, que planavam no céu e pousavam nas flores coloridas em busca de alimentos, polinizavam multiplicando a beleza da natureza intocada e livre das mãos agressoras dos homens.

Nas tardes ensolaradas e preguiçosas, deitava à sombra das frondosas árvores e observava as lagartas devorarem as folhas e dava graças a elas existirem fortes e saudáveis, já que faziam parte do seu cardápio.

Parecia que todas as fontes e lagos nasciam naquelas terras, tão fartas eram as nascentes de águas frescas e cristalinas que desaguavam em rios que alimentavam todas as vidas ali existentes, certificando-se de que não havia predadores nos arredores, arriscava um mergulho revigorante. Bendizendo a fartura que a natureza oferecia para a manutenção de sua existência, se sentia envergonhado de tardiamente ter se dado conta do quanto fora agressor.

Estações após estações o campo se mantinha rico e generoso, oferecendo tudo e um pouco mais para sua sobrevivência, e ainda que nada lhe faltasse, pensava no dia em que seria levado de volta à sociedade. Pretendia voltar com recursos e construir um polo turístico natureba destinado às pessoas amantes da natureza rústica e intocada pelo homem. Ganharia muito dinheiro com uma hospedaria estilo campestre feita com recursos naturais, voltada ao público seleto, ambientalistas e naturebas amantes da natureza.

Convidaria os hóspedes a admirar as variadas espécies de borboletas, algumas tinham asas tão grandes que pareciam pássaros, e mostraria os vagalumes, que apresentavam espetáculos nas noites escuras quando as estrelas estivessem cobertas pelas nuvens. E quando as estrelas despontassem iluminando o céu sem nuvens, os hóspedes sairiam para contemplá-las e sentirem o perfume das flores misturado ao cheiro de terra molhada que despertava todos os sentidos. A música ficaria por conta dos grilos cantantes e dos sapos que coaxavam em busca de seus pares. As noites eram maravilhosas e sempre haveria um convite para os amantes contemplarem seu silêncio longe dos roncos e das buzinas dos carros e limpar os sentidos das agressões da cidade.

É apaixonante o espetáculo noturno das estrelas e dos sons que a noite oferece.

Só quando recolheu e acomodou o último hóspede de sua pousada imaginária se deu conta de que estava declarando amor a sua nova vida. Homem da cidade acostumado a vestir ternos caros e gravatas importadas, estava deitado numa esteira com um cobertor de casca de bananeira, usando saia trançada de cipós e, na cabeça, um chapéu de folhas secas trançadas, sonhando com novos negócios.

Lembrou-se de que nos bolsos do terno sempre havia dois celulares caros que guardavam informações da sua vida pessoal e dos negócios. Estava sempre acompanhado do seu motorista uniformizado, que diariamente o deixava na porta do elegante prédio do escritório ricamente mobiliado, onde ocupava uma ampla sala no último andar. A localização privilegiada do moderno edifício era numa das avenidas mais famosas da cidade, considerada o coração dos negócios. Era chamado de doutor pelo manobrista, pela recepcionista e pela secretária e se sentia lisonjeado percebendo que sua presença impunha respeito.

– Quando eu passava as pessoas silenciavam e se aprumavam em suas cadeiras atrás das mesas, ao passo que aqui quando circulo os animais gritam, os pássaros voam e os macacos jogam sementes em minha cabeça. Que ironia!

Como estarão meus filhos? Pensam que morri – lembrou-se da bela e fina esposa, e a ideia de que estivesse vivendo com outro homem e usufruindo do seu dinheiro o incomodou profundamente.

Era inexperiente nos negócios e para assumir a frente da empresa, como supunha que havia feito após seu desaparecimento, certamente teve apoio e recorreu aos bons profissionais que o assessoravam, inclusive seu advogado de confiança, que muito possivelmente estava dando apoio jurídico, moral, financeiro e físico à sua esposa.

Esse advogado, ainda que de confiança, não perderia a oportunidade de uma aproximação. O conhecia o bastante para saber que não perderia a chance de aproximar-se da sua família e mostrar-se útil e necessário.

Afastou os pensamentos desagradáveis sobre os negócios e a família, principalmente sobre esposa, que já deveria estar se considerando viúva, e voltou a concentrar sua atenção na paisagem deslumbrante que não se cansava de admirar. Bem distante, uns três quilômetros, via a pedreira que havia visitado, e mais uma vez lhe ocorreu que o homem já tinha posto os pés naquele local. Existiam marcas e traços de escavações antigas, e definitivamente suas suspeitas se confirmavam, não estava numa planície virgem da presença humana.

Havia vestígios de mineração, percebia sempre que olhava atentamente a pedreira, cortes retos e precisos feitos com máquinas, a natureza não era capaz de linhas retas, a água e o assoreamento criavam curvas, lixavam e poliam as pedras, no entanto aquelas marcas eram diferentes. Quem quer que esteve na pedreira limpou os vestígios da presença humana, os rastros na pedra ficavam, as ferramentas desapareceram juntamente com seus usuários.

Pouco conhecedor de exploração de minérios, pedreiras e tudo que pudesse ser extraído do solo, não era um assunto que dominava, mas era observador o bastante para perceber que no passado houve escavações mineradoras ali. Os cortes na pedreira, os amontoados de sobras de minérios e a natureza que crescia generosa e abundante e não invadia a pedreira de solo negro e estéril deixavam à mostra o enorme buraco no paredão de pedra, a degradação ambiental, o esgotamento das riquezas naturais e a ferida feia na paisagem imaculada.

A aridez das pedras impedia que a natureza verde e exuberante invadisse o cinza e duro solo pobre sem nutrientes e, assim, o monte escuro era uma cicatriz grosseira enfeiando a paisagem.

– Que homens são esses que danificam o meio ambiente de maneira tão grotesca? – Surpreendeu-se quase imediatamente com seu comentário.

Não deveriam estar muito longe, o solo rico era um convite para homens com visão de negócios abandonarem o local por um tempo, mas certamente voltariam.

Ouro e pedras preciosas, quem sabe? Mármore e granito poderiam ter sido retirados das montanhas de pedras, especialmente aquela pedreira que apresentava a grande ferida escura e o empobrecimento das terras ao redor. Voltariam.

Inexplicavelmente sentiu alegria em saber que a maleta guardava os papéis que, se tivessem sido assinados, teriam colocado fauna e flora de vários campos do seu país em perigo. Os pesticidas favoreciam os agricultores que ansiavam por oferecer aos consumidores alimentos de excelente qualidade, sem altos custos com mão de obra barata, folhas perfeitas e banhadas com um caldo branco de venenos. Verduras e legumes perfeitos sem um único furo de lagartinhas gulosas, mas envenenadas por pesticidas que acumulariam no fígado e nos rins dos consumidores, provocando a morte por câncer alguns anos depois, e a doença jamais seria associada ao consumo de uma inocente alface ou um firme e suculento tomate.

Divagando sobre a sua antiga e distante vida, caminhou na direção sul da terra sem nome, observando a extensa planície que se alongava até os olhos não mais alcançar, terminando numa fina linha no horizonte. Estremeceu ao pensar que grandes agropecuaristas da sua cidade adorariam pôr as mãos naquelas terras ricas e deixar ali seu plantel de milhares de cabeças de gado sem se preocuparem com alimentos e manejos, tanta era a abundância de alimentos e a grande variedade de capim, sem falar da imensa área disponível que dispensava o rotacionamento de pasto, bastava soltar a boiada e voltar para buscar no tempo de abate, lotar os caminhões e conduzir aos abatedouros dos frigoríficos.

Assim como os pecuaristas, também tinha tirado da natureza os recursos para suas vestimentas simples, mas adequadas ao ambiente. Sua casa havia sido feita de madeira e coberta de folhas, e pensar que demorou a se dar conta de que a natureza oferecia mais do que suas calças em farrapos e a camisa, que de tão suja pouco lembrava o branco imaculado que contrastava com o elegante e caro terno escuro. Guardados em alguma caverna da redondeza, os sapatos que pouco usou. Logo aprendeu a andar descalço e nu, mas alguns lugares pedregosos o levaram a retirar da natureza elementos e fabricar suas vestimentas; abandonou os farrapos que o lembravam quem foi no passado e as razões pelas quais estava ali.

O que restou dos lustrosos sapatos pretos e da cara maleta de couro estava guardado na caverna escura na encosta do barranco mais ao norte, próximo do local onde construíra uma cabana usando recursos naturais, que não se mostrou segura, limitava a visão da área externa e no caso de algum animal entrar ficaria encurralado.

Saber que a região era rica em minérios não abandonava seu pensamento de homem de negócios, e a possibilidade de que os exploradores que já estiveram por ali retornassem era alentador, seria sua chance de deixar o local. Pedras preciosas e semipreciosas, águas minerais, minerais metálicos, calcário, grafite, amianto, quartzo, minérios de ferro, manganês, bauxita, estanho, cromo, níquel, rutílio, zircônio, prata, platina e com muita sorte também ouro, e tudo isso chegando às grandes casas de lapidação e sendo transformado em joias riquíssimas que adornariam mãos, orelhas e colos de mulheres ricas e consumistas ignorantes, que jamais se deram ao trabalho de entender e conhecer a origem e o trajeto de suas peças preciosas.

– Sim, os exploradores voltarão, ninguém larga ouro para trás.

Morava numa grande cidade do sudeste do país, onde grandes executivos trabalhavam incansáveis enquanto suas mulheres ostentavam joias até para ir às compras nos ricos *shoppings*, redutos das famílias abastadas.

Quando pensou que havia sido sequestrado e a qualquer momento alguém apareceria para discutir resgate ou se apresentar como responsável pelo seu sequestro, em vão esperou pela presença do negociador, assim como também esperou que lhe trouxessem alimentos. Quando percebeu que ninguém apareceria e a fome se tornou insuportável, saiu em busca de alimentos tentando compreender como acordara no local. Não teve nenhuma dificuldade em encontrar frutas e água, havia abundância de comida, e mesmo que seus sequestradores demorassem a fazer contato, as frutas e a água garantiriam sua subsistência. Saciada a fome voltou ao local onde acordou, esperançoso de que alguém aparecesse para lhe informar que seria deixado em alguma rodovia quando entregassem o dinheiro do seu resgate; viu a noite chegar.

– Deus Pai, o que estou fazendo aqui? Como cheguei a este lugar? – falou sentado à beira de um riacho.

– Foi trazido para este lugar a fim de conhecer e conviver com a natureza e com ela aprender o verdadeiro significado de respeito. Sua fábrica de pesticidas estava envenenando a natureza e causando doenças gravíssimas na população, precisávamos interromper o curso de destruição sob seu comando. Aprenda com a natureza e com o que nela se encontra e entenda que ninguém pode afetar mortalmente a vida, flora e fauna, impunemente; nenhum animal ou planta existe sem que não tenha uma razão de ser. O que você chama de lagarta nós chamamos de vida e de borboleta, o que você chama de praga nós chamamos de equilíbrio. Quando tiver aprendido tudo sobre o ecossistema e o equilíbrio natural, será devolvido no mesmo local de onde fora tirado. Seu tempo aqui será de dez anos, não está só, encontrará madeireiros e carvoeiros, incendiários e outros homens que derrubaram florestas e causaram danos irreversíveis à natureza, os encontrará no devido tempo. MAAME deseja evolução – disse uma voz, ressoando em sua cabeça.

Nunca encontrou uma viva alma, pelo menos não com vida, e desesperou-se ao se deparar com centenas de esqueletos a céu aberto, quando numa tarde cinzenta arriscou-se a avançar na exploração do território.

O choque foi devastador ao deparar-se com o cemitério a céu aberto como se todos os prisioneiros tivessem morrido num único dia. Era evidente que alguns esqueletos tinham sido trazidos para o local, muitos ainda estavam envoltos em cestas trançadas de cipós. Alguém trançou as cestas e recolheu os corpos que provavelmente encontrou pelo caminho.

– Quem fez isso está vivo em algum lugar destas terras. É questão de tempo encontrá-lo. Tem que haver alguém vivo, me recuso a acreditar que todos os meus companheiros de pena estão mortos. Quem terão sido estes homens que se encontram mortos aqui? O que terão feito contra a natureza para terem sido arrastados como eu a este mundo? – falou angustiado o doutor Levy.

– Deus Pai, dê-me outra chance, não permita que me torne mais um monte de ossos como os que aqui vejo! – implorou sentindo o craquelar dos ossos que se partiam sob seus pés enquanto explorava o cemitério.

Retornou para sua casa-cabana contemplando melancolicamente a paisagem de céu cinzento anunciando chuva. A cor do céu combinava com seu estado de espírito.

Lamentou tudo o que perdeu quando deixou de se perceber como parte da natureza, e lembrou-se de frases de autoajuda que sempre desdenhou quando se deparava em *e-mails* ou quando algum "ecochato" de plantão lhe enviava pelas redes sociais.

O universo cobra caro e dá o troco.

Aqui se faz, aqui se paga.

A natureza é implacável nas suas cobranças.

– Critiquei muito e exigi dos meus colaboradores mais do que podiam oferecer, exauri suas energias com minha sanha e ganância de poder, não sei ao certo quem sou e sei menos ainda do meu semelhante, daqueles que sob minhas ordens contribuíram para meu crescimento financeiro em detrimento da contaminação das terras e das águas onde foram despejados clandestinamente os resíduos da minha empresa. Aqui estou tirando da terra bruta e intocada e das águas límpidas e puras a minha sobrevivência, sem temer pela minha saúde e pelo meu corpo, porque nessas terras o homem é colocado para se redimir, para evoluir.

Terei uma segunda chance? Deus queira que sim, tenho muito a fazer quando voltar.

Por mais penoso que seja estar na prisão a céu aberto, o que vivi me fortaleceu e me abriu novos horizontes, quero poder sair daqui e viver em qualquer outro lugar a simplicidade que me foi permitida experimentar, a experiência mais gratificante da minha vida, esta de viver como um homem primitivo.

Viver primitivamente me conectou com uma força maior, vejo algo divino nas plantas, na água, em tudo que faz a natureza ao meu redor. Deus é a natureza, como não percebi antes quando vivia na Terra?

Sim, porque aqui é parte de outra dimensão, um mundo paralelo, não tenho dúvidas disso – concluiu.

Não havia cumprido um terço da pena e a monotonia de viver diariamente nesse estado de quietude e silêncio era mais do que um homem *workaholic* podia suportar. Bastariam alguns meses para se sentir punido o suficiente e se perceber capaz de retornar à sociedade e conviver em harmonia com seu meio.

Será que necessitava todos os dias se renovar e reencontrar-se com o novo homem ainda que se perceba lapidado e com todas as cascas da ganância removidas, deixando aflorar o novo homem?

– Com todos os instrumentos inventados pelo homem desde a Revolução Industrial há dois séculos e eu aqui, sem um único martelo ou um serrote, para melhorar a qualidade da casa rústica de finos galhos desalinhados e mal cortados que me abriga. Já que vou viver aqui por tantos anos, que seja pelo menos num chalé mais bem construído.

– Use as mãos, elas são seus instrumentos – ouviu o eco no centro de sua cabeça.

Algumas pedras brancas refletiam a luz do sol no solo mesclado de verde e marrom há poucos metros distantes da sua cabana, como se tivessem sido colocadas lá propositadamente, havia passado várias vezes por ali e nunca prestara atenção às pedras e lhe ocorreu que elas poderiam lixar os tronquinhos dos galhos de sua cabana e assim teria um telhadinho simétrico.

Ocupar-se para não enlouquecer enquanto duraria a sentença. Não seria lamentando que ajudaria o senhor tempo, por isso decidiu que seria o presidiário que faria a diferença naquelas terras, deixaria obras para quem viesse mais tarde, o mundo estava cheio de homens ambiciosos como ele e se a justiça extraterrena estava entre eles, certamente muitos ainda viriam; onde quer que estivesse em seu planeta haveria de se orgulhar por ter deixado algo que pudesse ser útil e amenizasse o sofrimento de quem quer que acordasse ali.

– O tempo é minha liberdade, quanto mais me ocupar, mais ajudo o tempo a passar e fico mais próximo da saída, então que meu tempo seja de construção – falou mais animado.

Sem angústia e com entusiasmo, livre de vaidade e indiferente ao envelhecimento do corpo no esforço do trabalho pesado, construía todos os dias uma cabaninha, antevendo a alegria do novo visitante que lhe faria companhia. E os meses se passaram e a planície se transformou numa vilinha de pequeninos chalés para um único morador; enquanto os demais não chegavam, os animais curiosos as exploravam e os macacos de pelos dourados teimavam em transformá-las em locais para brincadeiras.

Lapidava ali o homem que voltando faria a diferença entre os seus e refaria seu caminho deixando novas pegadas por onde pisasse. Resgataria os filhos e os abraçaria demoradamente para perceberem que no aconchego dos seus braços estariam seguros e nada deveriam temer. Cuidaria da esposa que escolheu para ser a mãe dos seus filhos e a continuidade da sua genética. Resgataria a decência de viver de cabeça erguida, valorizaria a vida e abandonaria os velhos conceitos do consumismo desenfreado.

– Vou sobreviver e retornar à minha vida, não serei mais um esqueleto naquele amontoado de ossos esbranquiçados e quebradiços. Deus Pai, permita que isso não aconteça, perdoe pelas vidas que prejudiquei com os venenos que produzi na minha indústria e me permita um tempo para corrigir o mal que fiz.

– Está fazendo promessas a divindades que não o ouvirão, aquele a quem chama de pai lhe forneceu na sua chegada ao mundo o que é seu por direito, não há divindade alguma devendo a você ou você devendo a ela, foi trazido pela MAAME A JUSTIÇA, que já o ouviu, e no momento certo terá sua vida de volta e a oportunidade que pede para corrigir os seus erros.

Sobressaltou-se mais uma vez quando a voz ressoou dentro da sua cabeça, como aconteceu outras vezes.

E os dias que se seguiram não foram dos mais animadores, havia muito trabalho a ser feito e, para tanto, teria de construir algumas ferramentas. Com a mente ocupada e o corpo envolvido nos trabalhos braçais sua alma encheu-se de esperanças, a ponto de esquecer-se de acrescentar os gravetos na cesta-calendário para marcar os dias de sua permanência na prisão.

Na cesta-calendário havia vários amarrados de gravetos, cada um deles continha trinta gravetinhos correspondentes aos dias. Essa contagem era feita à noite quando se recolhia para descansar na cabana construída estrategicamente no alto de uma elevação para dificultar a subida de animais predadores.

Sentado na esteira de folhas, mesmo tendo contado na noite anterior os amarrados de gravetos, virava a cesta na esteira de palha e os colocava de novo na cesta contando mentalmente.

E depois de acrescentar mais um dia em seus gravetos, desenrolava o cobertor de folhas preso ao teto da cabana e, cobrindo-se, deixava seus pensamentos viajarem na luz da lua, única testemunha da sua presença solitária na terra desconhecida.

Dando voltas nos becos da vida esqueceu seus medos, afinal, estava em casa.

Conversou com o senhor tempo e pediu para acertar seu relógio, pois os ponteiros estavam travando.

Abriu os braços como asas, para o infinito que se estendia a sua frente, e contando as horas chorou a solidão e o amor puro que lhe tem faltado.

Horas desconhecidas, inimiga curiosa e implacável.

Num piscar de olhos ou num fechar de olhos, voam para logo ao amanhecer quando devolvem o sol, testemunha silenciosa da sua pequenez.

A noite amiga oferecia seu aconchego, e para ela contava todos os seus segredos e sem pudor chorava como criança.

A luz do sol é para os fortes, assim como arregaçar as mangas, consertar a cabana, tecer cestas para pescar, buscar frutas e cavar raízes para seu alimento. Com sorte, capturar uma ave para garantir a proteína diária.

Nenhum segredo a partilhar com o rei Sol.

Domador de sonhos.

Escondido nas sombras, com a amiga Lua, mostraria seu jogo quebrado e seu coração partido em pedaços para serem consertados novamente.

– Sonho que a luz se apague para que eu possa retornar aos sonhos – refletiu Levy.

Edna Goulart: No Ártico

A cama quente e aconchegante era um convite para a preguiça que exigia mais cinco minutinhos, mais cinco minutinhos... Acordada há alguns cinco minutos sentia uma enorme vontade de ficar ali a manhã inteira, mas os compromissos a chamavam, teria um longo dia pela frente indo bem cedo ao cartório, depois seguiria para o *shopping*, onde compraria uma roupa para o próximo encontro com o casal estrangeiro interessado na adoção de um casal de gêmeos. Já tinha duas crianças em vista, a questão era saber o perfil do casal que desejava as crianças para depois contatar seus auxiliares funcionários do hospital que facilitariam a saída delas.

Eram filhos de uma mulher pobre da periferia que mal tinha condições de se sustentar, imagina cuidar, educar e transformar as crianças em pessoas de bem. Seus clientes eram ricos estrangeiros que não podiam ter filhos e vinham ao Brasil adotar uma das centenas de crianças abandonadas nos abrigos, cuidadas pelo poder público que emperravam os processos de adoção tornando-os impossíveis, burocráticos e demorados, e assim uma ajudinha em troca de uma boa quantia em dinheiro dava a esses casais a oportunidade de voltarem mais cedo para seus países de origem com os tão sonhados filhos.

– Vou comprar um terninho azul, uma camisa bege e um sapato preto. Preciso parecer uma pessoa de confiança para o casal que adotará as duas crianças, o negócio me pareceu bastante rentável e, se concluir, vou tirar o pé da lama com a grana alta que estão me oferecendo. Com esse dinheiro vou dar um tempo, porque os jornais estão noticiando que estão atrás de uma quadrilha de sequestradores de bebês. Os hospitais estão alertas, por enquanto estou segura porque os meus ajudantes são funcionários do hospital e estão acima de qualquer suspeita. Enquanto a polícia monitora e investiga pessoas insuspeitas que entram nos hospitais, estando os meus lá dentro ainda podemos agir com tranquilidade e fechar mais esse negócio.

Enumerando as atividades que ocupariam seu dia, Edna Goulart lamentou ter acordado tão cedo na manhã fria.

Virou-se na cama com dificuldade sob as roupas pesadas e afastando com a mão o grosso cobertor, tentou alcançar o celular na mesinha de cabeceira para ver a hora. A mão vagueou no ar, encontrou o vazio e imaginou que estivesse procurando do lado errado da cama, virou para o outro lado estendendo o braço que retirou rapidamente quando sentiu a mão tocar a fria e úmida barreira. Pensou ter colocado a mão dentro de um copo com água, mas se lembrou de que não tinha o hábito de levar água para o quarto. Estranhando o peso e a textura da roupa, levantou-se, e sentada na cama se viu dentro de um ambiente completamente estranho. Aquele não era seu quarto e muito menos estava sentada em sua cama, tinha dormido numa cama estranha. Sobre suas pernas havia um cobertor de pelos de animal e no canto extremo uma luz bruxuleante numa vasilha de alumínio, iluminando o quarto, onde pensou estar sonhando.

– Estou no interior de uma caverna de gelo iluminada por uma lamparina?

Apalpando o corpo vestido com roupas que reconheceu não serem suas, sentiu o tecido áspero de cheiro estranho, escorregou da cama e quando pôs os pés no chão congelado sentiu novamente o calafrio percorrer seu corpo, como quando encostou a mão na parede.

– Que pesadelo é esse? Parece que estou no bar de gelo de Boston.

Encontrou grossas botas no chão e as vestiu mesmo sabendo não serem suas, deixou a cama e tateou pela caverninha de gelo em direção a uma fresta clara que deveria ser a saída da caverna.

Avançando com dificuldade sob as roupas pesadas e grosseiras, chegou à porta estreita sentindo o ar gelado machucar seu rosto, e viu à sua frente as grandes geleiras árticas e, no horizonte, montanhas de gelo branco azuladas ofuscando sua visão.

– Meu Deus, onde estou? O que estou fazendo aqui e como vim parar no extremo do planeta? Não posso dizer que isso é um sonho, estou acordada e sei perfeitamente que despertei aqui; pesadelo, sonho ou alucinação, a verdade é que espero acordar rápido antes que eu congele nessa caverna ártica.

Avaliou a situação e percebeu que se saísse correria sério risco de vida, voltou para o interior da caverna em busca de algo que pudesse explicar sua presença e lembrou-se da bolsa e do celular que buscou ao acordar. Pediria ajuda.

No fundo da caverna avistou duas outras camas e no desespero de entender por que dormiu naquele lugar, não reparou que havia duas pessoas dormindo.

– Estou num albergue ou num hotel no Alasca?

Foi na direção de uma das camas no fundo da caverna e viu uma mulher que dormia com o rosto voltado para a parede, iria acordá-la para que a ajudasse a entender o que estava acontecendo.

Tocou levemente o ombro da mulher, que dormindo profundamente não se moveu, impaciente colocou a mão em seu ombro e balançou vigorosamente sem que ela se movimentasse um único milímetro.

– Moça, bom dia. Por favor, acorde, preciso da sua ajuda.

Debruçou sobre o corpo da mulher para ver o rosto da companheira de quarto e sentiu como se tocasse um bloco de gelo, o susto foi tamanho que se afastou rapidamente para trás perdendo o equilíbrio no chão escorregadio e caindo sentada no gelo.

– Meu Deus, ela está morta!

O rosto da mulher era um bloco roxo salpicado por uma camada fina de neve, seu corpo era uma estátua rígida.

Levantou-se do chão e foi na direção da outra cama onde a outra pessoa dormia virada para a parede e, sem esforço, viu que ela não dormia, como a primeira estava morta e congelada.

Arrastando-se de quatro pela caverna de gelo foi em direção à saída, não suportando permanecer mais tempo no interior da caverna com duas defuntas.

Passou pela cama onde havia dormido e pegou os seus dois únicos pertences, uma pasta azul e uma bolsa pequena e elegante onde sabia ter guardado seus documentos e o celular.

Abraçando os objetos, saiu da caverna com dificuldade e quando alcançou a porta foi recebida com uma forte e gelada lufada de vento. Diante do cenário branco que se abria a sua frente, concluiu que se saísse do abrigo da caverna por um longo período morreria, ficaria tempo suficiente para usar o telefone celular e pedir socorro, e retornaria imediatamente.

Retirou o celular da bolsa e, desolada, percebeu que tinha bateria suficiente para várias ligações, mas não havia sinal da operadora, teria de andar um pouco pela redondeza até alcançar sinal ou quem sabe encontrar alguém que pudesse ajudá-la.

Caminhando com dificuldade pela planície gelada, protegendo os olhos da luz excessiva do lençol branco de gelo que se estendia por todos os lados, desesperou-se olhando o sinal zerado do seu aparelho.

Se ficasse morreria, se voltasse morreria também como as duas outras mulheres e as chances de ser encontrada dentro da caverna eram mínimas. Para ser encontrada quando viessem em seu socorro precisava estar à mostra na geleira branca, onde sua roupa de tons marrons se destacava, foi nesse momento que se deu conta de que não estava sentindo frio dentro da grosseira roupa de couro curtido.

– Que roupa é essa? Quem me vestiu isso? Estou com a bolsa e a pasta com os documentos das crianças que seriam adotadas pelo casal estrangeiro. Estava a caminho do cartório quando fui atacada por alguma coisa que me retirou da porta do cartório onde meu amigo me aguardava para providenciar os registros falsos das crianças.

– Sim, você estava a caminho de mais um dos seus vários crimes hediondos e a retiramos para cessar o sofrimento que tem causado às mães de quem rouba as crianças. Ficará aqui por cinco anos, tempo suficiente para evoluir e respeitar a vida alheia, findo esse prazo será devolvida no mesmo local de onde foi tirada. Viverá harmoniosamente com o meio ambiente, ainda que agressivo e frio, foram-lhe oferecidas as condições de que necessita para viver um longo período, inclusive alimentos para sua manutenção, até que esteja preparada para iniciar a caça ou a pesca. MAAME, deseja-lhe boa evolução.

Edna ouviu atônita a voz que ressoou dentro da sua cabeça ditando a brutal sentença, desequilibrou-se com o susto e, atordoada, procurou ao redor quem havia falado o absurdo de que moraria ali por cinco anos, mas estava só. Alguém falou em sua cabeça e para a sua alma que, naquele momento, a justiça estava se abatendo sobre ela como sempre temeu, mas seduzida pelo dinheiro fácil não interrompera os crimes, também pela certeza de estar dando às crianças roubadas um destino melhor que teriam se continuassem com suas mães pobres e faveladas.

Entristeceu-se lamentando morrer tão jovem, tinha muitos projetos com todo o dinheiro que havia guardado ao longo de suas atividades criminosas. Não entendia seus atos como crimes, sabia que não era certo o que fazia, mas crime é matar e ela entregava as crianças para famílias ricas que davam a elas oportunidades que jamais seriam alcançadas com os pais naturais. Considerava aquilo um bem para a humanidade, quanto menos pobres no mundo melhor seria a sociedade. Estava certa de que, se as mães pudessem ver seus filhos mais tarde, se orgulhariam deles. Haveriam sido transformados em homens bem-educados e frequentadores de boas escolas e inseridos na sociedade dos países onde viviam. Era benfeitora, não uma criminosa.

Seu coração era gelado, e a julgar pelo ambiente onde se encontrava, em breve seu corpo também o seria.

Caminhou com dificuldade por cerca de meia hora e, à medida que avançava, sentia o vento cortante que a empurrava para trás machucar seu rosto. As lágrimas que caíam dos seus olhos viravam finas lascas de gelo em seu rosto, para protegê-lo colocou as maos sobre as bochechas e o nariz, que estava adormecido. As mãos estavam sem luvas, mas protegidas pelas mangas do casaco que era de tamanho grande e mantinham-se fechadas entre os dedos, impedindo a entrada do ar gelado, que fatalmente congelaria e necrosaria suas mãos em minutos. Mesmo sem termômetro era capaz de apostar que a temperatura do ambiente estava pelo menos 30 graus negativos, não sabia em que polo se encontrava, apenas que a imensidão gelada deveria ser o Ártico ou a Antártida.

Usando toda a energia que seu corpo acumulou na noite bem-dormida, avançou pelo gelo duro e escorregadio encontrando alguns pontos moles e fofos com o acúmulo de neve, determinada a encontrar auxílio se quisesse continuar viva.

Caminharia até conseguir ajuda, amava demais a vida para se deixar abater diante da primeira dificuldade, iria até o limite da sua resistência, mesmo porque precisava de alimentos, ainda que a voz tivesse dito haver o suficiente para sua sobrevivência, não viu nada que pudesse servir de alimento na caverna, além das duas mulheres mortas.

Um calafrio percorreu seu corpo quando entendeu o que a voz havia dito como *o suficiente para sua sobrevivência.*

– Carne humana? Nãooooooooooo.

O Ártico no extremo norte do planeta Terra é constituído por calotas de gelo de águas salinas que abrangem a superfície e quase 20 milhões de quilômetros quadrados. Toda a área é composta de gelo, e mesmo com o aquecimento global necessitará de milhares de anos para o seu desaparecimento total por meio do derretimento. Com temperatura de mais de 50 graus negativos, as estações são curtas e o verão muito quente beira os dez graus negativos.

Mesmo sendo o clima extremamente frio, muitos graus abaixo de zero, é possível encontrar várias espécies de animais vivendo bem adaptadas nessas áreas remotas, como o urso-polar, a lebre-ártica, a raposa-do-ártico, o leão-marinho, várias espécies de peixes de água salgada e as baleias, que são facilmente encontradas em todas as estações do ano, que basicamente são duas: inverno e verão, durando cada uma delas seis meses. Nas áreas habitadas pelos esquimós são criadas as renas e umas poucas raças de bois.

É possível encontrar vegetação nas florestas coníferas no ponto mais alto perto da Groenlândia, que tem aproximadamente três mil e quinhentos metros de altura. É possível também encontrar algumas raras comunidades de esquimós.

São homens de baixa estatura, porém bastante fortes, vivem em comunidades sem distinção de classes, todos trabalham para todos.

São bígamos, mantendo mais de uma mulher em casa, e as crianças são educadas pelos pais, que ensinam seus ofícios e jamais frequentam escolas. A alimentação consiste em proteínas na forma de carnes defumadas, vivem em casas fabricadas de madeiras, assim como também em seus barcos que são fabricados pelas mulheres. As roupas grossas e pesadas são feitas também pelas mulheres, com peles das caças trazidas pelos homens. Nenhuma pele é desperdiçada, todas viram roupas costuradas com tendões dos animais abatidos, sendo que todas as espécies animais que vivem no ártico são alimentos para esses povos fortes e corajosos. Também em seu cardápio entram os peixes como o salmão, retirados pelos buracos cavados no gelo, e as baleias abatidas com arpões. Também faz parte do cardápio desses habitantes das terras geladas os cozidos de carnes de renas, que cruas são fatiadas e salgadas.

Somente em regiões remotas de caça existem os iglus, que são casas feitas de grandes blocos de gelo cortados no solo. Os tijolos são colocados em espiral e empilhados até o teto e, por fim, vem o telhado, que serve de amarração para a construção. Dentro das casas de gelo as temperaturas podem chegar aos 15 graus negativos, o que é considerado muito agradável para os habitantes locais. As camadas de gelo podem atingir dois metros de espessura e só é possível locomover-se nestas remotas regiões usando trenós que são puxados por cães, alguns da raça husky siberiano, os veículos são pequenos e atingem até 50 quilômetros por hora.

A caverna no gelo é um bom isolante para se abrigar do vento, ajuda a reter o calor corporal de forma que apenas uma lâmpada aumenta a temperatura no interior das cavernas ou dos iglus, tornando o ambiente tolerável ao corpo humano.

As camas são colocadas sobre plataformas e as roupas, tanto pessoais quanto de cama, são feitas de couro e pele de animais. Dormem-se em sacos especiais para as temperaturas internas, que costumam ser muito quentes; enquanto dormem as roupas de caça são colocadas para secar, sem nunca serem lavadas.

Nas extremidades da Terra estão localizados os pontos mais frios do planeta, ficando os dois cobertos por gelo e neve permanentemente.

O Polo Norte, ou o Ártico, não tem terra, é mar congelado; diferentemente do Polo Sul, a Antártida que é um continente coberto por muito gelo, sendo o sul bem mais gelado, indo de 30 a 90 graus negativos na estação mais fria do ano, mas com vegetação baixa, predominando a rasteira.

No Ártico a temperatura costuma ser mais quente variando de zero a 60 graus no inverno, mas sem nenhuma vegetação no mar congelado. Na Antártida, no sul do planeta, não existe população nativa, todos os habitantes são estudiosos do mundo, que lá se instalam com seus laboratórios por tempo indeterminado.

Ao contrário, no Ártico ninguém reside por muito tempo, os pesquisadores passam para fazer estudos rápidos e não fixam moradias, pois a região é inóspita até para os esquimós que moram nos países ao redor dele, como Groenlândia e Alasca. Os polos são gelados porque o eixo da Terra é inclinado e os dois extremos recebem menos luz solar, permanecendo todo o período do inverno na escuridão com e os dias de verão alongados.

Há milhares de anos, no período Cretáceo, existiram grandes florestas habitadas por animais, o que prova que nem sempre foi tão fria.

Cada polo tem suas características e seus habitantes nativos, como ursos, morsas, leões-marinhos, raposas e baleias no Ártico; e pinguins, focas, orcas, jubartes e crustáceos na Antártida.

A temperatura da Terra é equilibrada pelo mar graças a esses extremos, sem eles o planeta viveria numa fornalha. Se as calotas geladas derretessem, alguns continentes desapareceriam, assim como muitas ilhas e cidades nos diversos continentes.

Ainda que por desconhecimento muitos acreditem que os dois polos são iguais, existem grandes diferenças que valem ser notadas e entendidas, pois estão intimamente relacionadas à nossa existência.

Entender as diferenças é favorável, caso alguém seja levado a evoluir nesses extremos. Edna saberá o momento de retornar à sua caverna de gelo e desfrutar no calor da sua cama o único alimento que lhe será possível.

Dr. Geraldo e Dr. Rafael Ouvem os Homens-Gafanhotos e os Tetraplégicos

Médicos, cientistas e pesquisadores de vários lugares do mundo investigavam a origem da misteriosa doença que estava contagiando milhares de pessoas em todos os continentes. Sem sintomas que justificassem o mal, as pessoas perdiam a mobilidade nos membros superiores e inferiores movimentando somente o pescoço e a cabeça; fala, visão e audição ficavam perfeitamente preservadas. Tronco, membros superiores e inferiores apresentavam estado vegetativo, sem nenhum controle da musculatura, todos os movimentos do pescoço para cima permaneciam dentro da normalidade, enquanto seus corpos apresentavam insensibilidade ao toque e não se movimentavam.

Ainda que desconexas e incompreensíveis em seus relatos fala estava presente em todos os pacientes, ouviam perfeitamente e os testes de visão apresentavam negativos para cegueira. Quando questionados, os pacientes eram reticentes em seus comentários sobre em que condições se encontravam quando acometidos da imobilidade, informavam que não sentiam dores nem apresentaram febre nos dias que antecederam a tetraplegia, como estava sendo chamado o surto de paralisia, uma vez que não havia nenhum outro nome que coubesse ao quadro que os pacientes apresentavam. O número de pessoas infectadas crescia, sem informações conclusivas que levassem a um diagnóstico; os médicos estavam atônitos.

Ausente a febre que poderia ser indicativo de virose ou infecção bacteriana e com resultados negativos para os testes neurológicos, os médicos e pesquisadores alarmados com o problema iniciavam novas pesquisas. Todos os exames laboratoriais aos quais foram submetidos os pacientes apresentavam resultados negativos e, surpreendentemente, todos gozavam de perfeita saúde e relatavam estarem em suas atividades diárias quando perderem o controle do corpo. Cada paciente que chegava aos hospitais era uma incógnita para os profissionais. Depois de submetidos aos exames clínicos de praxe os resultados eram negativos, inclusive para patologias cerebral e neural.

À medida que os exames e testes apresentavam resultados negativos, os pesquisadores voltavam a se debruçar sobre novos estudos. Revezando com os colegas noite após noite e dia após dia, viam suas teorias se esvaírem e as chances de dar à população a resposta que esperavam ficava mais distante.

A desesperança era visível nos olhos dos profissionais da saúde, na medida em que os casos aumentavam, tomando proporções de epidemia. Mais pesquisadores se colocavam à disposição dos hospitais e dos órgãos de saúde para ajudarem na busca de um diagnóstico que resultasse na fabricação de vacinas ou outra droga que interrompesse a epidemia galopante, que não respeitando bandeiras atravessou fronteiras, já era considerada pandemia.

Por semanas e meses a fio pesquisadores, cientistas, médicos e estudiosos da saúde e um sem-número de voluntários se dedicaram, incansáveis, em pesquisas e testes na busca da causa da doença misteriosa e da possível descoberta de uma droga que interrompesse seu avanço, enquanto hospitais superlotados recusavam internações e orientavam as famílias a cuidarem de seus pacientes em casa.

Os casos se multiplicavam em várias cidades brasileiras, lotando hospitais privados e particulares; postos de saúde e pequenas clínicas se declaravam incapazes de curarem os doentes que estavam sendo deixados nas portas das unidades de saúde pelos familiares desesperados em busca de ajuda. Os municípios cobravam ajuda financeira do governo estadual para continuarem a atender os doentes e dar suporte às famílias, enquanto o estado pedia socorro ao governo federal se declarando incapaz de atender a tantos pedidos.

Os primeiros casos foram registrados no início do ano, logo após o país sofrer um blecaute que durou 11 minutos, deixando boa parte do território nacional em total escuridão. O apagão causou inúmeros transtornos e muitos acidentes, pessoas haviam ficado presas em elevadores, os semáforos apagados provocaram acidentes, inclusive com mortes, e toda sorte de transtornos foi relatada no dia seguinte estampadas nas manchetes dos jornais de todo o mundo. Surpreendentemente, a falta de energia havia ocorrido também em várias partes do mundo, em especial nas grandes cidades, com duração maior que nas cidades menores.

O mundo globalizado sofreu prejuízos imensuráveis nesses 11 minutos em que boa parte do planeta ficou às escuras.

Na mesma noite, os primeiros doentes começaram a aparecer, e os hospitais recebiam os primeiros casos de pessoas lúcidas, neurologicamente saudáveis, porém com seus membros superiores e inferiores comprometidos. Falantes mas alterados com a falta de mobilidade. As primeiras vítimas que deram entrada nos hospitais foram tratadas com o diagnóstico de AVC – Acidente Vascular Cerebral. Em menos de 24 horas os médicos já descartavam esse diagnóstico, depois que avaliaram os pacientes com exames específicos, como ressonância e tomografia. Alarmados com o fato de numa única noite mais de cem pessoas darem entrada em um único hospital com o mesmo quadro patológico, os médicos se comunicavam com outros centros de saúde e constatavam perplexos que as queixas dos colegas eram semelhantes. Em todos os hospitais do país havia casos semelhantes de jovens, adultos e alguns poucos idosos em plena forma física e, sem nenhuma razão aparente, paralisados. Conforme relatos de amigos e familiares todas as vítimas estavam plenas de suas consciências e saudáveis fisicamente quando caíram e não conseguiram levantar-se ou se movimentar.

Os casos apresentavam características idênticas, membros superiores e inferiores paralisados, sem autonomia e precisando dos cuidados para as tarefas básicas, por exemplo, se alimentar e na atenção à higiene pessoal, como banho e após necessidades fisiológicas; os hospitalizados tinham esses cuidados dos auxiliares de enfermagem.

Os infectados chegavam amontoadas em cadeiras de rodas como se não houvesse ossos em seus corpos, tão flácidos que pareciam gelatinas. Outros chegavam carregados por duas ou mais pessoas. O cenário das recepções dos hospitais era dramático: pessoas choravam, outras blasfemavam e havia os mais exaltados que ameaçavam os médicos caso não recebessem seus doentes, até então não tinham se dado conta de que pouco ou nada se podia fazer por eles. Grossamente dizendo, o cenário era composto de cabeças presas a corpos sem movimentos respirando, falando, ouvindo, enxergando e fisicamente saudáveis.

Não havia distinção de classe, cor ou idade, em sua maioria eram adultos, sendo que no Hospital Municipal de São Paulo foi confirmada a internação de dois garotos menores de idade, bastante assustados com suas novas condições; pelas vestimentas sujas e malcheirosas, não deixaram dúvidas de serem moradores de rua. A esmagadora maioria dos casos era adulta de todas as faixas etárias, não havia relato de crianças, pelo menos não trazida pelo noticiário que a todo o momento atualizava a estatística macabra.

Pessoas foram encontradas na rua por familiares que, alarmados com as notícias, saíram à procura destes, quando demoraram a retornar do trabalho ou nos locais onde sabiam estarem. Encontrados em seus carros em estacionamentos, parados em grandes avenidas correndo sérios riscos de colisão, funcionários de empresas e órgãos públicos em plena atividade foram encontrados inanimados sobre suas mesas aguardando ajuda. Ouviram-se comentários sobre um médico que sofreu do mal enquanto operava uma paciente e enfermeiros que sofreram da paralisia em pleno expediente de trabalho.

Na manhã seguinte ao apagão, os jornais traziam as estatísticas assustadoras estampadas nas primeiras páginas.

CATÁSTROFE NA SAÚDE.

EPIDEMIA DESCONHECIDA COLOCA O MUNDO EM PÂNICO.

O medo estava presente nos rostos da população e dos médicos que, cansados e longe de terem respostas, eram perseguidos por jornalistas ávidos por notícias novas.

Tentavam tranquilizar as pessoas quanto ao contágio, provada que a doença não era contagiosa, insistiam para que a população assumisse os cuidados de seus familiares em suas casas, uma vez que os hospitais não estavam aplicando medicação que pudesse reverter os quadros, tudo que faziam era hidratar e dar atenção nos cuidados básicos para a manutenção da vida. Os hospitais lotados e sem acomodações para o grande volume de pessoas que chegava a todo instante mantinham seus doentes em situação precária, deitados em colchonetes nos corredores e nos próprios carros dos familiares no estacionamento.

Enquanto isso, nas bancadas de estudos, os pesquisadores das universidades federais e cientistas de renomados laboratórios insistiam nos estudos em busca de respostas para a cura, a doença se propagava velozmente e as mais variadas hipóteses surgiam a todo instante, desde a suspeita de um vírus raro desconhecido trazido por imigrantes em rota de fuga dos países em guerra até a contaminação das águas distribuídas à população por empresas estatais.

Abraçadas essas hipóteses, voltavam seus estudos para elas, e em curto espaço de tempo vinham a público com ares cansados informar que os resultados dos testes haviam sido negativos.

A incidência maior da doença se deu nos países de terceiro mundo, na Europa havia relatos da doença em proporção menor que nos países da América Latina; na Suíça apenas uma dezena de casos registrados, e ainda assim todos os continentes estavam alertas mantendo os hospitais preparados e capacitados para atenderem seus cidadãos quando o vírus sofresse mutação e apresentasse complicações.

O contingente de cientistas e pesquisadores, assim como responsáveis pelos grandes laboratórios farmacêuticos se colocaram à disposição do mundo para ajudar a conter a doença, e a toda hora surgiam interessados em participar das pesquisas trazendo novas ideias e prontos a ajudar a interromper seu avanço e dar aos governantes e à saúde pública a rápida resposta que pudesse trazer senão a cura, pelo menos um caminho que levasse a ela.

O ministro da saúde veio à TV em rede nacional dizer à população que os hospitais brasileiros estavam tendo dificuldades em lidar com a enorme quantidade de vítimas. Falou da falta de profissionais suficientes para cuidar dos internados, que só precisavam ser alimentados e receberem os cuidados de higiene quando nas suas necessidades fisiológicas, e esperou que a população entendesse ser mais seguro manter seus doentes em casa e viessem buscá-los nas unidades de saúde, aliviando a carga de trabalho e os corredores dos hospitais.

Os estudiosos reunidos discutiam a forma como a doença se apresentou e estagnou, não evoluiu nem regrediu, sendo os mesmos sintomas que se apresentaram no início do surto que avançava e crescia sem novidades e sem um único relato de morte. Inacreditavelmente, os pacientes gozavam de perfeita saúde física, os resultados dos exames eram negativos para todas as doenças pesquisadas, somente aqueles que apresentavam anteriormente algum quadro de doença o tinham sem agravamento na nova condição.

Os presídios da cidade também contabilizaram casos entre os presos, que foram recusados no hospital local e encaminhados aos hospitais de segurança máxima, destinados aos reclusos de alta periculosidade.

Em geral, os grandes hospitais das capitais destinavam meia dúzia de leitos em quartos especiais com segurança especial para pacientes prisioneiros de alta periculosidade, mas o número era crescente, e como o tratamento não apresentava novidades, o deslocamento aos hospitais tinha suas entradas recusadas. Nenhum hospital ousava receber tais pacientes que só precisavam de cuidados básicos e poriam toda a estrutura já fragilizada em risco caso a doença desse sinal de melhoras e, desaparecendo da mesma forma como chegou, colocariam os envolvidos em situação de risco; fatalmente os presos fugiriam usando de meios violentos, assim, estabeleceu-se que os presídios cuidariam dos seus doentes sem deslocá-los para hospitais.

Após duas semanas da pandemia disseminada praticamente em todos os continentes, os hospitais da América Latina fecharam as portas para a entrada de qualquer paciente que apresentasse o quadro, e a recusa era anunciada pelos jornais, rádio e TV.

Ninguém deveria buscar ajuda nos hospitais para seus familiares, a ordem era para que ficassem em casa e quando houvesse informação relevante que elucidasse o caso, esta seria informada imediatamente em rede nacional pelos meios de comunicação.

A doença não era infecciosa e tampouco contagiosa, e a falta de verbas, leitos e mão de obra obrigou os hospitais a tomarem medidas drásticas que desagradaran a população e também as autoridades que eram chamadas a providenciar ajuda e retirar pessoas dos mais inusitados lugares. O poder público se dirigia com menor frequência à população, raramente falava em rede nacional e, quando o fazia, era para trazer informação sem importância, de certa forma havia lavado as mãos e deixado que as autoridades médicas fizessem seu papel.

As autoridades dos países europeus corriam contra o tempo para rastrear a origem do patógeno que infectara pessoas em vários países, e buscavam com os meios possíveis cruzarem as informações em todos os países, esperando elucidar o caso ou jogar luz sobre sua origem. Interrogavam doentes que possivelmente pudessem ter visitado países da África, onde existiam vírus ainda desconhecidos do mundo.

Algumas autoridades apostavam na possibilidade de pessoas terem adoecido por comerem alimentos vencidos. Falou-se em leite com excesso de antibióticos que eram injetados nas vacas e fatalmente teriam contaminado o leite no período de lactação. Cogitou-se que pudesse ser de água contaminada com rejeitos de indústrias farmacêuticas ou de pesticidas e inseticidas. Depois de alguns dias, os resultados dos exames negativavam todas essas especulações e os estudiosos atônitos arquivavam os resultados e partiam para novas buscas.

Surgiram boatos de um pó branco sob o asfalto numa importante rodovia na entrada de uma capital num Estado do Brasil. Essa substância ficou praticamente um dia e toda a vegetação da região ao redor estava esbranquiçada pelos resíduos levantados quando os carros passavam em alta velocidade. E para lá rumaram vários pesquisadores protegidos em suas roupas brancas lunáticas para a coleta do material que foi enviado para análise; em poucos dias, para alívio dos que haviam passado pelo local, o noticiário informou que o pó branco era proveniente de um saco de cal que havia caído de um caminhão vindo do interior com carga para ser entregue numa construtora da capital. E quando o pó de cal foi descartado falou-se em fumaça tóxica de queimadas, pólen de flores raras, sem que nenhuma fosse submetida à análise, já que teria de estar presente em todos os países onde a doença havia sido diagnosticada, inclusive nos países europeus que se encontravam embaixo de camadas de gelo provocadas pelo inverno que os castigava brutalmente.

Um rígido controle na importação e exportação de plantas e no controle e acompanhamento do transporte interestadual e internacional de animais, que podem ser portadores e disseminadores de doenças ainda desconhecidas, estava em curso, mesmo se constatando queda drástica nas viagens nacionais e internacionais e nos registros de transportes de plantas e animais selvagens em trânsito nos aeroportos.

Foi sugerido que a contaminação pudesse ser falta de higiene, mas como explicar a contaminação em pessoas das mais variadas classes e em condições adversas quando acometidas pela paralisia? A tetraplegia vinha trazendo danos morais e físicos a executivos e homens de negócios, políticos e artistas e alguns destes desenvolveram depressão em consequência da nova condição que interrompeu suas carreiras, outros desenvolveram diarreia de fundo emocional agravando a crise de mão de obra e sobrecarregando médicos e cuidadores.

A cepa que os cientistas esperavam encontrar nas pesquisas não existia, nenhum vírus nas placas de sangue, secreções e de qualquer outro material biológico colhido para estudo. Não havia febre, inchaço ou edema, e nenhum médico arriscava sugerir um novo estudo que trouxesse luz ao mistério. A pandemia era uma incógnita fazendo vítimas em números crescentes.

À medida que as pesquisas avançavam sem respostas satisfatórias nos laboratórios, os cientistas partiam para o campo, e em contato com os pacientes os entrevistavam tentando entender ou encontrar algo em comum nos casos que pudessem direcionar a novos estudos.

Quando compilavam as entrevistas notaram que a incidência maior da doença estava concentrada em homens com idade entre 20 e 60 anos, a criança mais nova diagnosticada com o mal tinha em torno de 14 anos e raros casos de pessoas acima de 76 anos.

As estatísticas mostravam que entre as mulheres contabilizadas em todo o país havia mil meninas entre 13 e 19 anos, na faixa compreendida entre 20 e 65 anos os números apontavam aproximadamente 200 mil pessoas.

Os porta-vozes dos hospitais, jornalistas e curiosos alimentavam as estatísticas provendo os pesquisadores com informações relevantes; ávidos por soluções que ajudassem a diminuir o número de internos, os hospitais contabilizavam os doentes por faixa etária, classe social e sexo e enviavam os dados aos pesquisadores, que agradeciam pelas informações.

A rotina dos hospitais e centros de saúde sofreu mudanças radicais nos últimos tempos desde que chegaram os primeiros casos da doença. Temendo uma possível contaminação com o mal desconhecido, alguns casos foram recusados, cirurgias canceladas e partos foram realizados nas residências das parturientes com acompanhamento de profissionais especializados.

Mais tarde, com a situação dos hospitais próxima da normalidade, as cirurgias foram remarcadas e executadas com êxito, no entanto a situação não estava melhorando, uma vez que as famílias relutantes não queriam assumir a responsabilidade de cuidar dos seus familiares e os mantinham internados; com a recusa dos hospitais alguns foram abandonados nas portas e recepções nas frias e chuvosas madrugadas, e como nenhum hospital queria assumir mortes em suas portas, os recolhiam e dispensavam a assistência necessária.

As delegacias continuavam registrando desaparecimentos, recomendando, porém, que as buscas fossem feitas pelos familiares que conheciam a rotina de seus entes e deveriam refazer os percursos, e assim grande parte deles foi encontrada nas mais variadas e suspeitas situações.

Intrigavam os pesquisadores alguns relatos de doentes ao lado de armas, seminus próximos a crianças.

Fóruns de debates foram criados na internet com a intenção de auxiliar e colher o máximo possível de informações para ajudar tanto a população quanto as áreas de saúde interessadas em desvendar o misterioso mal. À medida que as informações eram descritas, ficava claro que a maioria dos acometidos pela paralisia estava em situação suspeita e bastante constrangedora e vergonhosa, como o caso de um homem que foi encontrado nu ao lado de uma criança assustada.

Os comentários que surgiam nas redes sociais e na internet não animavam os pesquisadores, em comum tinham atitudes violentas e transgressoras, atos suspeitos de homens seminus, políticos portando valores inexplicáveis e suspeitos, homens armados fichados e procurados pela justiça. Uma senhora relatou que ao ser abordada por um ladrão na saída do banco, viu a arma ser apontada para sua cabeça e, no momento em que anunciou o assalto, ele caiu como uma gelatina sobre a calçada.

E como esse muitos outros relatos nada convencionais ocorreram em diversas partes do país, apresentando pessoas doentes em atitude suspeita.

Um médico desmaiou ao iniciar um procedimento cirúrgico na ex-esposa que havia extorquido boa parte do seu patrimônio por ocasião do divórcio. Público e conhecido era o ódio que esse médico nutria pela mulher, tendo dito no início da cirurgia que seria sua grande oportunidade de cobrar o que ela havia levado do seu patrimônio, mas não foi capaz de concluir a cirurgia, saindo carregado do centro cirúrgico pelos braços dos colegas que deram continuidade ao procedimento da ex-esposa.

Um estudante relatou que, ao sair da faculdade e dirigir-se ao ponto de ônibus onde costumava encontrar outros colegas foi abordado por um homem com revólver em punho anunciando o assalto, pegando-o totalmente distraído enquanto falava ao celular com sua namorada viu a arma ser engatilhada e apontada para sua cabeça enquanto o ladrão tomava seu celular com violência, porém o dedo recuou milímetros no gatilho e o tiro foi disparado para o alto quando o bandido amoleceu tombando aos seus pés como se não houvesse um único osso em seu corpo.

Assustado, recuperou seu celular e recuando alguns passos para certificar-se de que não havia perigo de o assaltante levantar-se, saiu do alcance do homem caído, que acreditou ter enfartado.

As histórias causavam espanto pelas coincidências constrangedoras, os relatos continham elementos que levavam os cientistas a crer que os doentes estavam praticando crimes. Assaltantes tinham sido resgatados pela polícia com a arma ao lado de seus corpos paralisados e pediam por socorro, erguendo a cabeça e implorando por ajuda sem esboçar reação de fuga ou indignação quando socorridos, tamanha era sua agonia ao se darem conta de que estavam incapacitados de forma irremediável.

Sem grande esforço, a justiça identificava entre os socorridos bandidos foragidos e procurados.

A maioria dos doentes suspeitos foi levada para presídios sem esboçarem reação, insistentemente pediam a presença de médicos ou que fossem levados para os hospitais públicos. Sabendo que os hospitais recusavam novos casos, os policiais debochavam dos doentes e os colocavam deitados nos bancos das recepções dos presídios sem a mínima preocupação com uma possível fuga.

– Fica sentadinho aí, cara, nada de fugir – diziam os policias rindo da cara dos bandidos sem ação.

A justiça do mundo recebia os bandidos e agradecia pela pandemia.

Os pedidos de ajuda continuavam chegando de várias partes da cidade, sem que nada pudesse ser feito além do que estava sendo oferecido. Os telefones fixos e os celulares ficaram congestionados, as redes sociais e os grupos do Whatsapp desempenhavam o papel de trazer notícias e disseminar informações.

De acordo com os dados divulgados pelos meios de comunicações, havia cerca de trezentas 300 mil pessoas doentes no país. Ignorando a orientação de aguardar em casa alguns parentes ainda se arriscavam nas enormes filas dos hospitais e centros de saúde, na esperança de se livrarem do estorvo de cuidarem dos doentes.

O ministro da saúde desistiu de vir a público acalmar a população, desapareceu da TV e dos jornais. Policiais, promotores e os meios de comunicações relatavam as últimas atividades dos enfermos e constatavam que 99% deles se encontravam em situação suspeita no momento em que ficaram doentes.

Jornalistas disputavam espaços onde houvesse um doente que pudesse dar informações em primeira mão, procuravam aqueles cujos relatos eram curiosos e ricos em detalhes, e na ânsia de verem seus problemas solucionados, os doentes não escondiam informações e despudoradamente contavam com detalhes fatos picantes, se desculpando e esperando de alguma forma se redimir e voltar à condição normal.

Algumas histórias causavam horror, e quando apareciam novos casos, havia aglomeração de jornalistas e curiosos exigindo os relatos.

- Você estava roubando?

- Matou alguém?

- Conte, conte o que você estava fazendo, estava nu?

As autoridades tinham elementos e provas suficientes para deter toda pessoa acometida pela tetraplegia. A todo o momento chegavam comentários que mais atrapalhavam que ajudavam, dado que as ações das pessoas em nada valiam para o diagnóstico que solucionasse a questão da paralisia. A linha de investigação não evoluiu com os relatos, porque a doença continuava avançando, e até então silenciosas, as entidades religiosas começaram a falar em apocalipse, castigo dos céus e toda sorte de julgamentos demoníacos.

É CASTIGO DE DEUS.
É A VOLTA DE JESUS.
É O FIM DO MUNDO.
SATANÁS FAZENDO JUSTIÇA.
A LEI TRÍPLICE - AQUI SE FAZ, AQUI SE PAGA.

Os jornais estampavam chamadas alarmantes e histórias picantes e, envergonhadas, as famílias abandonavam seus doentes nas ruas ou nos lugares onde eram encontrados, não havia dúvida de que estavam em situação criminosa, e houve até quem deixasse um doente em cadeira de rodas no lixão à margem da estrada.

As autoridades em vão tentavam acalmar as pessoas, convencendo-as de que não dessem crédito às notícias dos jornais e que fossem responsáveis pelos cuidados com seus doentes. Ameaças de prisão em caso de abandono eram usadas como argumentos para convencê-las a não praticarem abandono até que tivesse uma solução por meio de vacina, medicamento ou droga que revertesse a pandemia que assolava o mundo.

Analisando atentamente as notícias e as matérias publicadas pela mídia escrita, cientistas e a classe médica juntamente com as autoridades concluíram que alguns doentes deveriam ser encaminhados a presídios e aos tribunais para serem julgados pelos crimes que cometeram no momento em que perdiam o controle sobre o corpo.

Desesperados, doentes presos aos corpos imobilizados confessavam despudoradamente estarem em situação delituosa, prestes a cometer crimes quando sentiram forte rajada de vento e o corpo sendo comprimido como se fossem espremidos por lufadas de vento vindas de todas as direções. Parecia ter sobre suas cabeças um helicóptero silencioso e transparente sobrevoando e espalhando o vento sem nenhum barulho, uma máquina voadora de vidro transparente, difícil de explicar porque os fatos aconteciam muito rápido.

Não se sabe ao certo quem foi a primeira vítima a ser infectada, mas os relatos se repetiam igualmente sobre o vento que os comprimiu no momento em que foram infectados, um drone ou objeto voador que trazia algum elemento contaminante.

Mas que elemento contaminante era esse que não fora detectado nas centenas de exames e testes estudados há semanas? Onde quer que se busque respostas, havia sempre uma pergunta para se fazer. Que vento era esse? Que mal era esse trazido por esse tal vento que não aparecia nos exames?

Ainda sobre a presença do veículo de vidro transparente repetido por vários doentes, os cientistas preferiram acreditar em histeria coletiva ou alucinação visual, uma vez que ninguém relatou ter perdido a consciência, entendeu-se que foi defesa do cérebro ao se assustar quando perceberam perder o controle do corpo.

– Meu Deus, me cure, por favor – disse o homem deitado na maca, enquanto o médico examinava seu pulso.

– Você ficará preso ao seu corpo por quatro anos, está será sua pena pelos crimes cometidos.

Ouvindo a sentença, José Manuel abriu os olhos, e vendo o médico segurando seu pulso com o olhar fixo no relógio, perguntou:

– Como assim, doutor? Por que ficarei paralisado por quatro anos? – perguntou.

– Não entendi sua pergunta!! Repita, por favor – pediu o doutor Geraldo, sem compreender o delírio do paciente.

– Disse que vou ficar preso ao meu corpo por quatro anos? – perguntou.

– Eu não disse isso, você está alucinando, procure ficar calmo, estou tentando ajudar – pediu o médico.

– Doutor, alguém falou que ficarei preso ao meu corpo por quatro anos pelos crimes que cometi. Por um momento achei que pudesse ter sido o senhor, mas sei que não foi. Tá certo, cometi sim muitos crimes, mas ficar aleijado é demais, prefiro ir para a cadeia disse José Manuel, erguendo a cabeça num esforço sobre-humano para levantar-se.

– Você ouviu isso onde? – perguntou o médico.

– Neste instante, enquanto o senhor me examinava e eu orava pedindo a Deus que me ajudasse.

– Você teve uma alucinação, nem eu nem nenhuma outra pessoa falou isso, estamos sozinhos na sala – afirmou o doutor.

– Não doutor, não é alucinação, ouvi perfeitamente, ficarei preso por quatro anos no meu corpo, pagando pelos erros que cometi. Se não foi o senhor deve ter sido um desses homens esquisitos que estão aqui por todo lado, mais cedo vi um no corredor.

– Quem você viu? Quem está aqui por toda parte? – perguntou o médico preocupado.

– Eles, os homens-gafanhotos. Já os vi antes em uma nave sobrevoando o rio Pinheiros.

Eles estão em todos os lugares e passeiam pelo hospital desde que chegamos aqui, parecem feitos de água limpa, são azulados e transparentes, têm o corpo menor que o nosso e a cabeça alongada, olhos grandes, boca e nariz bem pequenos. Eles são fisicamente desproporcionais, não falam com a boca, apenas se comunicam com o olhar e a gente escuta dentro da nossa cabeça. Também conseguimos falar com eles somente com o pensamento, sem usar a voz. É muito chato, porque às vezes pensamos coisas que não queremos que ouçam e eles reagem rapidamente. Não somos seres treinados a dominar o pensamento, falamos com a boca e escondemos os nossos piores pensamentos, mas com eles isso não é possível, leem nossos pensamentos e ficam zangados, fazem zumbidos na nossa cabeça. É muito chato.

– Como posso ver esses homens que você está relatando? – perguntou o doutor.

– Alguns deles já passaram pelo corredor enquanto o senhor me examinava, estão por toda parte visitando os doentes – disse o paciente tranquilamente.

– Seus relatos são preocupantes, se esses homens mencionados estivessem circulando no hospital, certamente as pessoas estariam assustadas e haveria correria, no entanto, se pudesse ver o corredor se certificaria de que todos se comportam com tranquilidade. Acho que você está enganado – disse o médico.

– Eles só vêm quando nós, aleijados, os chamamos, não virá para um cardíaco ou para uma mulher que deu à luz. Somos presidiários deles e aparecem meio esfumaçados e meio transparentes para darem as sentenças. Fiz muita merda e vou ficar aleijado por quatro anos, disse o cabeçudo.

– Estamos aqui no hospital ocupando a mesma sala e os mesmos corredores e só você vê esses homens pequenos e transparentes? – perguntou o médico colocando o termômetro na axila do homem paralisado.

– Descanse, logo mais volto para ver sua temperatura, vou ver o paciente do quarto vizinho – disse doutor Geraldo saindo rapidamente da enfermaria.

– Aguarde um pouco, ele está conversando com o homem de água – o enfermeiro informou.

O médico entrou no quarto ao lado, dividido por uma pesada cortina, e viu o paciente fixar o olhar num ponto entre a parede e a maca, como se prestasse atenção em alguma coisa. Estremeceu ante a possibilidade de estar próximo de um ser que não conseguia enxergar.

Depois de alguns minutos, o paciente olhou para o médico com ar desolado dizendo:

– Não perca seu tempo comigo, não estou doente, estou preso no meu corpo como punição pelas besteiras que fiz na vida. Vou ficar assim por um longo tempo, doutor, acabei de ouvir a minha sentença.

Sem acreditar no que ouviu, o médico olhou longamente o homem paralisado na maca e decidiu que precisava conversar com o colega que atendia em outra ala do hospital.

Saiu apressadamente do pequeno quarto e, quando passou pela porta, sentiu o ar mais frio, como se naquele local houvesse um aparelho de ar-condicionado ligado.

– Rafael, estou bastante assustado, tem acontecido coisas estranhas neste hospital e os pacientes têm feito relatos no mínimo preocupantes – falou com o colega.

– Geraldo, se está se referindo aos homens transparentes que leem pensamento fique tranquilo, também já ouvi falar deles. Não pode ser histeria coletiva, os relatos têm riqueza de detalhes e começo a aceitar que não somos só médicos, pacientes e enfermeiros neste hospital, temos outras companhias. Tem coisas acontecendo e nos ainda não atinamos o quê. Não estamos sós, acredite.

– Executem seus trabalhos de acordo com os valores éticos da profissão e nada devem temer. Estão em suas mãos indivíduos que foram penalizados por suas ações nefastas e nada que farão os ajudará a retornar à condição normal. Cada um deles tem um tempo de reclusão no próprio corpo de acordo com as suas ações e devem receber os cuidados básicos para a manutenção da vida. A Terra foi povoada por humanos ainda não prontos para a vida em sociedade, mas estes tempos estão por acabar. Sigam suas verdadeiras vontades, o propósito a que se propuseram respeitando o que a sociedade e a medicina esperam de vocês.

Se assim o fizerem, não serão simplesmente médicos, mas partículas divinas em corpos humanos fazendo a diferença e deixando para o universo grande e rico legado no tempo em que permanecerem aqui. Sucesso.

Ambos os médicos ouviram o recado ressoando em suas cabeças como se alguém houvesse cochichado em seus ouvidos. Mudos, doutor Geraldo e doutor Rafael se entreolharam e, ao se dirigirem aos seus pacientes, viram com respeito que eram capazes de enxergar no ambiente mais que seus olhos de médicos podiam ver.

– A justiça falha, mas não tarda, e é uma pena que não tenha sido executada pelos homens da Terra. Somos pobres em princípios e atitudes e estamos sob a intervenção de uma justiça desconhecida. Implacável Justiça – disse Geraldo.

– Não precisávamos chegar a tanto, mas ela se faz necessária e, portanto, é bem-vinda – concluiu Rafael.

Jonas: Cidade Destruída pelo Vulcão

Jonas despertou no confortável sofá da sala ricamente decorada, a mobília confortável o fez reagir rapidamente e num salto sair do sofá se colocando em pé no meio do local onde não havia ninguém. Nunca tinha estado na sala onde acordou e, imaginando um daqueles sonhos esquisitos que costumava ter quando tomava seus medicamentos, apostou em mais uma alucinação. Esfregou as mãos nos olhos e os manteve fechados por alguns segundos e, abrindo-os, viu que a sala continuava brincando com seus sentidos, a porta de saída estava apenas encostada e a chave na fechadura, o que facilitou sua saída rápida temendo que alguém aparecesse e o agredisse por ter invadido a casa.

Atravessou o quintal ricamente ajardinado e viu o jardim dividido em canteiros bem tratados e floridos, chegou ao portão de madeira envernizado na altura da sua cintura, o abriu e avançou para o meio da rua. Do outro lado da calçada, segurando o portão da casa, de frente um homem abanava as mãos para o alto como se espantasse algum inseto, o olhou rapidamente e em seguida saiu correndo com as mãos cobrindo as orelhas, como se negasse a ouvir quem lhe dirigisse a palavra.

Observou atentamente a rua, sem entender sua localização em um lugar que não conhecia, avistou no lado norte do bairro uma montanha escura altíssima nunca antes vista em sua vida, jamais estivera naquele bairro que não sabia o nome. As casas bem cuidadas assim como a a montanha escura eram completamente novas e desconhecidas, também a casa onde despertou no sofá, nada daquela vila fazia parte da sua vida, estava perdido numa cidade desconhecida.

Caminhando no meio da rua deserta e arborizada, notou que todas as casas estavam com seus portões e portas abertas e nenhum morador na porta ou nos quintais e jardins, como era de supor naquela tarde fresca. A cidade parecia deserta sem uma alma viva, exceto o homem que saiu correndo com as mãos nas orelhas.

Como cheguei a esta cidade? Não estou entendendo nada.

Continuou avançando pela rua deserta e, se sentindo atraído por uma bela casa branca no centro do quarteirão, foi impelido a entrar e para se assegurar de que não seria flagrado entrando sem ser convidado, chamou no portão várias vezes e por fim bateu palmas; como ninguém apareceu abriu o portão baixo e avançou pelo jardim em direção à porta principal de entrada da casa.

– Ó de casa!!! Senhores...

Ninguém respondeu e, virando a maçaneta, a porta abriu sem dificuldade e se viu no centro de uma bela sala deserta. Ainda temeroso de ser descoberto, chamou mais uma vez e bateu palmas e não aparecendo os moradores, percorreu a sala admirando os móveis e os quadros nas paredes, por fim parou na cozinha.

– Que esculhambação é esta? Onde estou, que cidade é esta? Parece abandonada e vejo que há poucas horas pessoas estiveram aqui, a geladeira está repleta de alimentos frescos e sobre o fogão estão alimentos quentes.

Abriu novamente a geladeira e sentiu a cozinha inteira gelar como se tivesse entrado num frigorífico. Sobressaltou-se e segurando um pedaço de queijo, saiu rapidamente da cozinha retornando à sala.

– Ferrou, essa merda é mal-assombrada.

Saiu apressadamente e assustado da casa e na rua, mastigando o pedaço de queijo que havia roubado, continuou explorando as várias residências abandonadas com as portas abertas e todos os seus pertences expostos sem nenhuma segurança.

– A cidade foi esvaziada por questões de segurança. Você foi trazido para esta cidade para cumprir pena pelos crimes hediondos cometidos no seu país ao assassinar 23 mulheres inocentes e indefesas. A justiça da sua Terra jamais o alcançaria, pois você é mais astuto que ela, mas nada se esconde dos olhos de MAAME, portanto aqui está para cumprir a pena de 30 anos de reclusão, mas um acidente natural nos obrigou a esvaziar a cidade e, dessa forma, para sua segurança, também deve deixá-la em 30 minutos. Retire de uma das casas o suficiente para sua subsistência de 24 horas e dirija-se ao sul da montanha às suas costas, caminhe rapidamente por duas horas sem parar e só então poderá descansar em segurança. Seja rápido e até breve.

Naquele momento entendeu por que o homem que encontrou há pouco abanava as mãos na cabeça e saiu correndo pela rua na direção sul com as mãos nas orelhas, possivelmente ouviu também essa voz com as instruções para fugir da cidade deserta, a voz metálica que ressoou no centro de sua cabeça e fazia eco passado mais de cinco minutos. Não tinha medo de vozes, estava acostumado a ouvi-las muitas vezes no dia e não se importava com o que elas diziam, a que ouvira há pouco pareceu amigável, algumas diziam coisas ruins e davam instruções para machucar e matar mulheres.

– Eu heim... que maluquice é essa? Por que tenho que sair da cidade deserta se posso ficar e desfrutar do que foi largado para trás? Estou alucinando, mas louco seria se deixasse toda essa fartura e saísse correndo por duas horas com uma garrafinha de água nas mãos. Sem essa, vou ficar por aqui mesmo, logo mais essa droga de voz desaparece, isso é efeito dos remédios para esquizofrenia. Nem sei se tenho esquizofrenia... Quero mais e aproveitar o que largaram para trás, inclusive vou procurar valores, quem sabe encontrarei joias e dólares?

Certificou-se de que não havia de fato ninguém o espreitando e adentrou num dos muitos quintais cujos portões estavam abertos, avançou alguns passos, entrou em uma sala belamente decorada e quando observava os quadros nas paredes, ouviu um forte trovão que estremeceu a casa de tal forma que sentiu o chão tremer alguns segundos sob seus pés.

– Então teremos um temporal pela tarde e aquele doido que falou no meu ouvido queria que eu saísse por aí andando por duas horas? Depois eu sou o doido.

Entrou no quarto e, observando a grande cama de casal que ocupava boa parte do ambiente, sentiu-se tentado a repetir as brincadeiras de infância e jogou-se sobre ela abrindo os braços e pernas ocupando todo seu espaço. Avaliou que se ficasse no bairro voltaria à noite para dormir naquela confortável cama, mas somente depois de explorar todas as casas do vilarejo. Olhou curioso o grande armário de madeira maciça com portas altas que iam do teto ao chão e, preguiçosamente, se levantou para abrir uma das portas onde havia dezenas de camisas sociais masculinas, puxando duas delas aproximou do nariz para constatar que elas de fato estavam limpas. Saindo do quarto passou novamente pela sala e seguiu para a cozinha belamente decorada; abrindo a geladeira desta vez apoderou-se de uma garrafa de vinho branco com metade do líquido ainda por ser servido.

Puxou a rolha e levou a garrafa à boca sorvendo o líquido de sabor forte, sentindo o sabor do bom líquido descendo por sua garganta levantou a garrafa e fez um brinde aos céus. No segundo gole sentiu o vidro tilintar em seus dentes e pressionar seus lábios quando a cozinha estremeceu com o segundo trovão que, dessa vez, pareceu que derrubaria a casa que ficava de costas para a grande montanha.

– Essa chuva vem para molhar de verdade, já está escuro lá fora e não levará mais que minutos para ela desabar. Vou ficar por aqui mesmo, mais tarde saio e exploro as outras casas que esse povo doido abandonou abertas. Caralho, meu, espero que a chuva não demore porque está um calor da porra, acho que é o vinho, será que tem cerveja nesta geladeira?

Abriu novamente a geladeira e achou numa das gavetas inferiores algumas latinhas de cervejas e, segurando duas delas, foi para a sala, onde pretendia ligar a TV enquanto se refrescava com a bebida.

Quando saiu da cozinha rumo à sala ouviu um forte estalo que identificou como queda de energia e percebeu que as luzes de *stand-by* do micro-ondas e da TV se apagaram.

– Que merda, vou tomar cerveja sem TV e no escuro. As porras dos trovões devem ter sido seguidos de relâmpagos que provavelmente queimaram algum transformador. Resta-me tomar essa *cerva* e cochilar nesse sofazão gostoso da porra.

Um terceiro trovão ressoou tão forte que estremecendo a casa quebrou algumas vidraças, deixando Jonas bastante assustado.

– Eita, porra, chuva de pedras?

Levantou-se do sofá e foi na direção da janela cujos vidros estavam estilhaçados no chão do quarto, e tudo que avistou do jardim lateral da casa foi fumaça, cinza e, na direção da montanha, um clarão avermelhado que imaginou ser o transformador de energia em chamas.

O ar estava impregnado de forte cheiro de enxofre e minúsculas partículas de cinzas entravam pela janela e se depositaram rapidamente sobre a cama impecavelmente arrumada com uma linda colcha listada que, combinando com as fronhas dos quatro travesseiros, davam uma nota de elegância e bom gosto ao quarto. Pensou em fechar a janela para preservar a cama onde dormiria à noite, mas preferiu sair da casa e dar uma olhada na distância do transformador que queimava, já que o calor na casa e no quarto estava beirando os 50 graus.

– Calor do cacete.

Saindo do quarto atravessou a sala e abriu a porta principal da casa para se deparar com um cenário desolador no lindo jardim que havia cruzado há poucos minutos. Parecia um pesadelo, todo o jardim estava coberto por uma camada fina de cinzas e do céu caíam minúsculas partículas pretas, como se fosse neve preta. O bairro inteiro, as ruas e praças e tudo mais que seus olhos alcançavam estavam cobertos de cinzas e extremamente quente, como se estivesse dentro de uma fornalha.

Virou-se na direção da montanha iluminada de vermelho e laranja e seu coração saltou do peito, não havia o menor sinal de chuva e nenhum transformador estava pegando fogo, estava diante de um vulcão em plena atividade despejando magma incandescente. Da abertura superior formava dois grandes e largos rios de lavas que desciam da montanha abraçando todo o bairro e a casa onde se encontrava, que estava localizada exatamente no centro desses rios vermelhos. O cheiro forte que havia sentido alguns minutos antes era dos gases altamente tóxicos, e os trovões nada mais eram que as explosões que resultaram no lançamento de lavas e na expulsão do magma e das partículas de cinzas que cobriam o vilarejo, tornando-o sombrio e cinzento. O calor infernal alcançava e estilhaçava as vidraças das residências.

Raios cortavam o céu próximo ao vulcão em plena atividade, e o atrito das partículas das cinzas gerava descargas elétricas que riscavam lindamente o céu. Entorpecido pelas cervejas e o vinho, Jonas se lembrou das recomendações da voz em seu ouvido há cerca de 20 minutos. Teria de ser rápido se quisesse sobreviver, apesar da fumaça e as partículas tornarem o ar irrespirável, haveria tempo para recolher alguma coisa e sair rapidamente do bairro, iria na direção sul e correria as duas horas recomendadas como ouviu antes.

Voltou correndo para a casa que teve parte do seu telhado comprometido e, recolhendo algumas bebidas, duas trocas de roupas retiradas do armário masculino e um tênis caro guardado ainda na caixa, saiu apressadamente do local na direção do portão e viu o mar de magna avançando rapidamente do alto da montanha na direção da casa.

Segurando entre os braços os objetos que considerou essenciais para sua subsistência como recomendou a voz, saiu em disparada pela rua na mesma direção que o homem que há pouco julgara louco. No entanto, agora em desvantagem, faria o mesmo percurso.

Alcançou o fim da rua e virando a esquina sentiu o rápido aumento da temperatura, levantando a cabeça para ver a direção em que seguiria, viu a 200 metros de distância o rio incandescente que avançava na sua direção.

A substância fluídica vermelha alaranjada era tão quente que poderia beirar os 500 graus, tornando o ar irrespirável. O calor e o cheiro dos gases sufocaram seus pulmões, quase o levando a perder os sentidos, mas não era hora de sentir-se mal, teria de recuar e ir no sentido sul, porém pela outra rua, onde alcançaria o campo que divisava atrás do quarteirão de casas a sua frente e escaparia de ser alcançado pelo mar incandescente que, derramado em volta da montanha vulcânica, abraçava rapidamente o vilarejo.

Retornou velozmente e quando virou a esquina por onde havia passado minutos antes, arriscou um olhar na direção da casa e viu que a lama incandescente estava muito próxima, já havia alcançado as residênciais no fim da rua e todas eram brasas ardentes. Cruzou rapidamente a rua e seguiu na direção da outra rua que acreditou ser uma das saídas do bairro, correu com dificuldade por três quarteirões com o ar quente poluído e cheio de partículas de cinzas e o forte cheiro de gases que provocava tosses doloridas, parando somente quando faltava o fôlego e a tosse o impedia de avançar. Chegando ao fim da rua, virou à esquerda e continuou apressadamente até o fim da estreita rua enevoada pela fumaça, de onde pôde avistar a uma distância de meio quilômetro a vegetação em chamas. Os gases vulcânicos formados por dióxido de carbono e sulfureto de hidrogênio entravam em seus pulmões e ardiam provocando tosses insuportáveis e falta de ar, sua pele coçava dolorosamente, mas não havia como cuidar dela ou ao menos coçá-la com as mãos ocupadas com as roupas e alimentos.

Chegou ao fim da rua e avistando a baixa vegetação por onde sairia do vilarejo em direção ao campo rumo ao sul, sentiu-se esperançoso e aliviado em poder afastar-se e ficar a salvo, teria de ser rápido porque o calor se tornava intolerável e temia que a qualquer momento pudesse perder os sentidos. Consciente de que seu corpo tinha um limite, arriscou-se a aumentar a velocidade para alcançar um lugar seguro, deu uma olhada rápida para trás e viu a grande montanha e o enorme e vibrante colar vermelho em seu pescoço escuro que abraçava o vilarejo carinhosamente.

No fim do quarteirão, onde empreenderia fuga rumo ao campo, se deparou com um cenário estarrecedor. O colar de magma que descia pelo pescoço da montanha do lado direito estava há menos de cem metros de distância do colar da esquerda, e os dois rios de lama vermelha incandescentes produziam um calor tão infernal que não havia a menor possibilidade de atravessar o pequeno espaço entre eles sem ter o corpo calcinado como a vegetação que, infelizmente, se incendiava com a aproximação dos rios quentes, que em minutos se encontrariam.

– Estou preso pelo vulcão, morrerei torrado e serei sepultado para sempre ao pé desta montanha maldita. Meu corpo estará irremediavelmente perdido para sempre nesse cemitério fervente.

Lembrou-se das mulheres que havia assassinado e jamais seriam encontradas pela polícia ou familiares.

– Detesto pensar nisso, mas estou nas mesmas condições que muitas delas. Jamais serei encontrado ao pé desse vulcão e ninguém chorará minha morte.

Pela primeira vez em sua vida sentiu vontade de chorar, não se lembrava de ter chorado desde que se entendeu por gente, nem mesmo quando ainda criança, seu pai o espancava a ponto de deixá-lo por dias sem conseguir andar. Não chorou quando seu pai assassinou sua mãe na sua frente e nunca chorou ou se sentiu arrependido quando as mulheres que estuprou e assassinou violentamente, algumas delas enforcadas com as próprias roupas, pediam por suas vidas. Nunca conseguiu chorar, era imune a qualquer sentimento, frio e indiferente ao sofrimento alheio. Não entendia como se podia chorar por dias e semanas pela morte de alguém, era apenas uma pessoa e a vida continuaria normalmente e outras pessoas viriam em suas vidas, mas agora era sua vida que estava prestes a extinguir-se, e diante dessa possibilidade, alguma coisa rompeu dentro do seu peito e o atingiu de forma devastadora. Nunca se pensou como um ser finito, sentia-se poderoso e senhor da vida quando as mulheres, na iminência da morte, imploravam pela sobrevivência e ele de posse dela negava com alegria quase infantil.

– Não posso implorar pela minha vida?

O colar vermelho que descia lentamente da montanha e abraçava o vilarejo lembrou-lhe o sutiã vermelho que apertou contra o pescoço de uma mulher depois de mantê-la presa numa construção abandonada e de ter abusado dela por dias seguidos. Quando seu corpo estava sujo e não reagia às suas investidas, perdeu o interesse e a enforcou com o próprio sutiã vermelho.

Os dois rios de magmas que desciam da montanha parecendo um grande colar era o sutiã vermelho que estava prestes a enforcá-lo. Procurando por algum lugar aberto onde pudesse encontrar água e um ambiente mais fresco, avistou uma padaria com as portas semicerradas e uma porta de metal na lateral esquerda com uma escadaria íngreme que levava ao piso superior, onde tinha uma placa da sala de um consultório dentário. Empurrou a porta de metal quente e subiu as escadas desviando dos vidros estilhaçados e, quando alcançou o primeiro andar, entrou no consultório vazio, e na direção da grande janela que dava vista para a praça de onde sairia, constatou da vista alta que de fato não era possível atravessar o estreito caminho entre os rios de magmas.

Da janela o que viu o fez segurar-se firmemente no parapeito e o manter em pé enquanto suas pernas se dobravam negando-se a sustentar seu corpo, tamanho foi o desespero de ver a morte quente e colorida se aproximando e nada poder fazer.

Um filme passou pela sua cabeça e, naquele momento, se deu conta de que meia hora atrás alguém havia dito que deveria pegar o suficiente para sua sobrevivência e andar por duas horas na direção sul e, no entanto, equivocando-se com a boa alma que veio salvá-lo, a desprezou quando a confundira com as costumeiras alucinações a que estava acostumado. Invadiu casas, tomou bebidas alcoólicas, comeu queijos, abriu armários e agora diante da janela via a morte se aproximar, e tudo que havia julgado poder usufruir, porque malucos da cidade haviam abandonado suas casas e todos os seus pertences, que de nada valiam nas atuais circunstâncias. Todos os cidadãos abandonaram suas casas sem se importarem com os bens materiais, preservando o bem maior que é a vida. Estavam a meia hora de distância e prontos a reconstruírem suas vidas, enquanto a lama vermelha calcinava e consumia suas casas e anunciava a morte do único homem que ousou roubá-las.

Lembrou-se das várias mulheres que matou e da alegria que o invadia quando observava os corpos inertes largados no chão. Nenhuma dor é igual à outra, a dor física delas não era igual a sua quando sentia vontade de matar, a sua dor era maior e agora imensamente maior, porque sentia a aproximação da dor física e uma vontade imensa de tirar outra vida no vilarejo deserto onde a única vida era a sua própria, esperava sentir alegria quando a morte o abraçasse.

Morreria sem realizar seu último desejo, se encontrava num lugar desconhecido e isolado e seu corpo seria coberto por lavas de um vulcão e jamais seria encontrado, aliás, nem sabia se estava em seu país, sabia apenas que estava muito longe, sim, muito longe, porque na sua cidade e nas cidades próximas não havia vulcões.

Afastou-se da janela e foi até o filtro preso na parede para tomar um pouco de água, aliviaria um pouco o ardor que tanto incomodava sua garganta provocando tosses. Não se deu ao trabalho de pegar um copo e, abrindo a torneira, deixou a água cair no chão, e com as mãos em concha impediu o curso da água a fim de levá-la à boca, quando a água caiu entre seus dedos fechados os abriu rapidamente e esfregou de forma vigorosa as mãos queimadas na camisa. A água estava fervendo e era impossível de se tocar, se quisesse beber água deveria abrir a geladeira na sala de equipamentos do consultório, onde certamente encontraria água fria. A porta branca da geladeira se abriu sem a costumeira pressão e, desolado, deu com um armário de equipamentos organizadíssimos, no qual nenhuma corrente elétrica passava e não havia nenhum sinal de água ou gelo, tinham transformado uma velha geladeira em armário para equipamentos cirúrgicos.

Virou as costas para a geladeira engolindo a saliva pastosa que havia em sua boca tentando desesperadamente aliviar a ardência em sua garganta. O ar que penetrava em seus pulmões parecia pimenta, inalava com ele dores atrozes em cada partícula que entrava em seus pulmões, nunca prestou atenção aos seus pulmões e só agora se dava conta de quanta dor eles eram capazes de provocar quando o ar lhes faltava. Seria essa a mesma dor que as mulheres haviam sentido quando enforcadas por ele?

Ouviu o som de vidros estilhaçando, e quando olhou para a janela onde estava a poucos instantes, viu uma quantidade enorme de partículas de cinzas invadindo e sujando o imaculado e branco consultório.

Jonas aproximou-se da janela e contemplou as alças do sutiã vermelho se fechando e apertando-o ao encontro da morte. A morte sorria rubro-alaranjada há cerca de 500 metros da janela, e ao redor tudo era morte nas chamas barulhentas que calcinavam e transformavam em cinzas tudo que alcançavam.

– Minha dor não é curada com remédio, porque minha dor reside na alma. Vou morrer sem o remédio que me cura; que minha dor e minha morte curem a dor imensa que me vai na alma. A morte é vermelha como sangue e alaranjada como os reflexos do sol. A morte é quente. A morte é cinzenta e fria, mas para mim chega vermelha e ardente – disse Jonas.

Celso: Na Caverna com Morcegos

A água estava bastante fria e o fundo do lago escuro dificultava saber a direção a tomar para chegar à superfície. Buscou claridade e desesperado percebeu que na profundidade em que se encontrava não era possível enxergar além de um metro. Celso deu longas braçadas em direção ao ponto mais claro da lagoa esperando chegar rapidamente à superfície, já que os efeitos da longa permanência na água esvaziaram o ar dos seus pulmões que começavam a entrar em sofrimento.

Superfície... ar urgente para os pulmões que estavam estourando.

Após longas e várias braçadas, impulsionou o corpo e alcançou a superfície da lagoa escura e, quando sentiu o ar entrando em seus pulmões juntamente com a água que escorria de sua cabeça, percebeu que mais uma vez sua vida havia sido poupada. Por que e como havia sido jogado no fundo do lago era uma questão a ser verificada mais tarde, no momento precisava recobrar a energia e melhorar a consciência, quase perdida depois do mergulho profundo além da sua capacidade física.

Deitado na margem fria do lago, respirou profundamente agradecendo pelo ar que invadia seus pulmões. Abriu os olhos e viu no teto da caverna centenas e milhares de estalactites cristalizadas pendentes, assustadoramente apontadas para seu corpo largado no chão.

– Que teto lindo! Nunca vi nada igual, é de uma beleza indescritível.

Permaneceu deitado por um longo período embevecido com a beleza cristalizada que estava inexplicavelmente próxima.

– Estou dentro de uma caverna maravilhosa e como cheguei a esse lugar não faço a menor ideia.

Os cones cristalizados e pontiagudos pendiam do teto como dedos longos apontando para sua cabeça, cresciam no sentido do chão e, a julgar pelo tamanho, estavam ali há milhares de anos. Das paredes brilhantes escorriam finas camadas de água infiltradas pelas fendas do terreno, muito certamente pela chuva acumulada no subsolo. Algumas gotas que não se sustentavam nas milhares de pontas penduradas no teto caíam sobre seu corpo, gotas geladas como o ar que circulava no ambiente.

O teto côncavo em forma de arco abobadado dava à caverna a aparência de um gigantesco anfiteatro iluminado pelos calcários brilhantes que completavam a espetacular arte da natureza.

O cenário de rara beleza abrigava as centenas e milhares de formas criadas ao longo dos anos pela água gotejante, beleza rara que enternecia até a alma mais bruta do mundo.

Sua altura deveria ser de aproximadamente sete metros e a área do anfiteatro aproximadamente de cinco mil metros quadrados.

Era uma visão única e notadamente intocada pelo homem, que certamente teria retirado pedaços das estalactites para guardar de lembrança. Eram frágeis, assim como algumas estalagmites que faziam o chão parecer cama de faquir.

– Estou numa caverna. Como isso se explica?

A luminosidade que chegava à caverna vinha de uma fenda no teto a cerca de 20 metros de altura no canto mais distante do local. Da abertura iluminada de aproximadamente dois metros de diâmetro se podia ver o céu límpido e salpicado de nuvens, porém inalcançável sem os equipamentos de rapel adequados, corda ou escada magirus de bombeiros.

Embaixo do vão claro estava o lago de onde emergiu, e a única lembrança que tinha era de estar comprimido numa caixa que mal o cabia, a qual se abriu na estreita boca da caverna e despencou rumo ao fundo do lago.

– Essa caverna é antiquíssima e muito distante da Vila Carreteiro onde moro. Parece que viajei no tempo, entrei num túnel veloz e caí dentro dessa caverna. Preciso achar uma saída, por este vão vai ser impossível sair, não tenho equipamentos, mas há outras saídas com certeza. Vou seguir por aquele túnel de onde vejo um pouco de claridade e alcançar a saída.

O túnel à esquerda parecia uma grande boca com a garganta assustadoramente escura, mas caminharia sim por ele, pois certamente o levaria a algum lugar, parado é que não poderia ficar.

Levantando-se com dificuldade do chão escorregadio e evitando as formações pontiagudas e frágeis das estalagmites, seguiu na direção da garganta escura em busca da saída. A luminosidade era pouca e o chão irregular o obrigava a andar apoiando as mãos nas paredes úmidas e viscosas do túnel estreito que parecia não ter fim. A empreitada exigia cuidado e atenção no terreno desconhecido, temendo cair em algum buraco seguiu tateando cautelosamente.

Avistou um ponto de luz 20 metros à frente e encorajado com a possibilidade de chegar logo à saída, seguiu confiante e determinado a alcançar em curto espaço de tempo a área iluminada.

Quase no fim do corredor a luminosidade aumentou sensivelmente e foi invadido por uma alegria enorme que o impulsionou a avançar com determinação.

– Que corredor longo, ainda bem que consegui chegar sem cair nessas pontas do chão, se caísse a coisa ficaria feia. Caralho, tem que haver explicação para eu ter sido trazido para essa caverna. Nunca vi nada igual em toda a minha vida, nem em sonho.

Nos últimos metros conseguia avistar parte do salão iluminado pelo sol, que certamente o levaria à porta na superfície da Terra.

No último metro antes de alcançar o salão mal iluminado, pôde ver a ampla área de paredes escuras; o ar que vinha daquela direção tinha forte cheiro de amônia e podridão, e o chão era forrado por uma lama escura de aspecto escorregadio.

Quando por fim deu o último passo na boca do túnel estreito e alcançou o grande salão, ouviu um farfalhar de asas e grande revoada de pássaros atordoados que planaram no grande salão em todas as direções, obrigando-o a abaixar-se e proteger o rosto com as mãos, porque alguns deles haviam se chocado com sua cabeça.

– Que merda é essa, caralho?

A caverna escureceu, e entre revoadas e fortes sons harmônicos e estridentes, que pareciam atordoar as aves que se chocavam com as paredes da caverna sem conseguir alcançar a saída, estava Celso, que com sua presença havia quebrado a harmonia dos morcegos.

– Morcegos...

Milhares de morcegos cegos e confusos com a presença estranha do homem se assustaram, e tentando fugir emitiam sons que não tinham retorno simultâneo do eco que os orientava contra as barreiras e obstáculos e se batiam sem encontrar a saída, muitos deles caíam se debatendo na lama preta do chão. Os sons de orientação não recebiam o eco de retorno porque a revoada foi geral e seus sensores de resposta neural ficaram totalmente confusos.

Assustado, Celso se manteve abaixado com as mãos na cabeça, ora protegendo os olhos e a boca, ora a cabeça sem tirar os olhos do chão de lama preta e fétida. Alguns pingos caiam na lama preta do chão vindos dos animais que ainda tentavam encontrar a saída, e quando vários desses pingos caíram em seus braços e cabeça se deu conta de que estava sendo bombardeado com fezes de morcegos, e seus pés estavam mergulhados até os tornozelos na enorme e escura lama de fezes.

– Há pelo menos uns cem anos esses morcegos cagam aqui. Este lado da caverna me proporcionou a pior das experiências da minha vida. Esperando sair da gruta, acabei num gigantesco vaso sanitário sem saída. Fim de linha, voltarei para a primeira caverna e tentarei achar saída pelo outro lado, porque não há como atravessar essa fossa gigante, que possivelmente tem metros de fezes empoçadas, sem sair do outro lado com uma grande infecção generalizada que me matará rapidinho. Não vou morrer na merda – disse Celso.

Os raios de luzes que entravam pela claraboia do teto da caverna mostravam o vaivém dos morcegos atordoados tentando fugir do intruso que invadiu o santuário.

– Vou voltar antes que me afogue na merda. A outra caverna pelo menos é de água limpa e não tem morcegos, talvez pelas estalactites que não permitem que eles se grudem no teto. Que natureza estranha é essa, de um lado a beleza criada pelos deuses e a menos de 20 metros uma fossa fedorenta e milhares de ratos voadores apavorantes. Quero acreditar que eu esteja tendo um pesadelo, nada mais explicaria minha presença neste lugar.

A roupa encharcada no corpo incomodava menos que o cheiro da caverna escura, morada dos morcegos. Tateando pelo túnel que já conhecia, voltou rapidamente para a caverna de cristais, e sentado na margem do lago de águas claras lamentou a perda dos tênis caros cobertos de fezes visguentas.

Dificilmente os recuperaria, mesmo lavando, a questão era mantê-los nos pés e avançar na direção do outro túnel, que certamente o levaria a alguma saída ou encontraria exploradores de cavernas que o orientariam a sair do buraco no fundo da Terra, onde o haviam deixado. Sim, não chegou ali espontaneamente, lembrou-se de que fora jogado, as razões não conseguia entender.

A luz do sol já não iluminava o centro do lago quando estava subindo pela parede da caverna, o que significava que ele estava inclinando e logo mais escureceria, precisava agir rápido, senão a noite o encontraria ali.

Seguiu rumo ao longo e escuro corredor, e mais experiente dava passos curtos sem deixar de se apoiar nas paredes, algumas vezes não alcançava as duas paredes, o que significava que o corredor era mais largo, e temendo cair se mantinha com uma mão apoiada na parede e outra estendida, esperando que a qualquer momento o corredor estreitasse e conseguisse ter o apoio das duas mãos.

Esse túnel parecia bem mais longo e a luz que esperava encontrar estava demorando a aparecer, mas não iria esmorecer, continuaria, era a única forma de salvar sua vida. Andou aproximadamente cem metros em total escuridão, apoiando uma mão na parede, e pôde ver uma nesga de luz não muito distante, e animado agradeceu.

– Graças a Deus vou sair daqui.

“Graças a Deus vou sair daqui”, ouviu de volta sua voz e, por um momento, achou que havia mais alguém ao lado brincando com seu medo.

– Quem está aí?

"Quem está aí?, sua fala se repetia".

Assustado com a voz que não parecia ser eco, percebeu que, quanto mais avançava, mais a luz fosca e o cheiro podre que causava náuseas se tornavam fortes.

Faltando cinco metros para alcançar a entrada da caverna, esbarrou em algo volumoso no chão e, buscando com os pés o piso firme, teve a impressão de ter pisado em uma poça de gelatina podre, cujo cheiro era nauseabundo.

Tinha um celular com lanterna no bolso, mas depois de ter sido mergulhado no lago e se encontrar num dos bolsos da calça encharcada, havia se recusado a funcionar quando tentou usar no outro túnel, estava totalmente apagado e sem sinal de operadora e internet.

– Deu um trabalho do caramba conseguir este celular. Tomei da madame que fazia compras nas ruas de comércio popular de São Paulo, as tais sacolinhas de natal para os pobres, aproveitei e fiz minha sacolinha. Vamos sair dessa porra, para dar uns rolés nas estações de trem onde só tem neguinhos distraídos com pressa de chegar em casa, todos dando mole. A mulherada também dá mole, então mostro meu duro para elas nos ônibus e trens lotados.

Lembrando-se das malandragens que ocupavam todos os seus dias e boa parte das noites, continuou mais uns metros do percurso, até perceber que somente nos últimos metros havia obstáculos no chão e os cheiros eram diferentes e mais fortes que os sentidos na caverna dos morcegos.

Desviando-se dos volumes que atravancavam a passagem no estreito corredor, enfim deu o último passo e avistou a gigantesca caverna iluminada por uma grande abertura no teto, de onde avistou o céu azul salpicado de nuvens algodoadas e, aos seus pés, o precipício sem fim. Estava em pé nos últimos dez centímetros que o distanciavam de um buraco na terra, tão profundo que não conseguia ver o fundo. Sentiu vertigem e seu corpo foi tomado de arrepios e forte descarga de adrenalina que provocaram taquicardia, obrigando-o a recuar meio metro para trás e sentar-se no chão para não cair direto para a morte.

– Fui enterrado vivo, não há saída.

– Não há saída, assim como você não deixou saída para as pessoas que cercou nas ruas escuras para assaltar com canivetes e armas de brinquedo, como as mulheres assediadas nos transportes públicos sem saída quando as prensava e as submetia às suas necessidades físicas. Como deixou sem saída os caminhoneiros quando saqueava suas cargas derramadas no asfalto após acidentes. Como a idosa que roubou na saída do caixa eletrônico e que mais tarde faleceu, pois seu coração não suportara o susto. Como a moça que teve o corpo arranhado quando tirou violentamente a corrente de seu pescoço. Como seu jovem irmão que iniciou na vida de crime. Aqui também não tem saída e ficará o tempo necessário para evoluir e atingir o grau de ser humano. Viverá com os recursos que a caverna tem para oferecer: sol, água e alimento abundante. No devido tempo, o resgataremos e o devolveremos ao local de onde foi tirado, MAAME espera sua evolução assim como dos demais que aqui foram deixados. Boa evolução.

A voz com timbre eletrônico que se fez ouvir deu a Celso a exata dimensão da sua situação, estava sendo punido por uma justiça além da vida. De fato vinha cometendo pequenos delitos há muitos anos e sabia já ter incomodado a polícia, que nunca conseguia chegar nele pela boa aparência e boa conversa. Recordou-se do momento quando foi arrancado bruscamente do ônibus lotado onde estava prensando uma garota de 11 anos que pedia ajuda se retorcendo e se agarrando à blusa da mãe, que não percebia sua ação. Quando desceu a mão para alcançar as nádegas da criança, sentiu um forte vento e seu corpo ser arrancado bruscamente do ônibus e comprimido dentro de uma caixa que se movimentou rapidamente; quando abriu, foi jogado dentro do lago da caverna mergulhando até o fundo. De fato estava enterrado vivo e sem saída, como costumava agir com suas vítimas, meticulosamente estudado o momento de modo a deixá-las sem saída. E como disse a voz ali, estava com outros que certamente haviam cometido crimes, mas esteve nas duas outras cavernas e não encontrara ninguém.

Estremeceu ao lembrar-se de que havia esbarrado em alguns obstáculos volumosos nos últimos metros do túnel que davam para a caverna do precipício, e podiam ser corpos em decomposição pelo cheiro fétido que emanavam.

– Santo Deus, o que é isso? O sol e a água, é verdade, tem, ainda que uma nesga de sol vinda da claraboia, mas o alimento eu não vi, não há peixes no lago. Morcegoooooos? Terei de comer morcegos.

"Morcegoooooos? Terei que comer morcegos."

– Ao diabo vocês, não vou comer esse bicho nojento.

"Ao diabo você..."

Desta vez o eco não completou a frase.

Planeta Maame

– Estamos aqui há centenas de anos e me surpreendo a todo instante com o comportamento dos terrestres. Destroem com a mesma rapidez que criam, lamentam o sol e a chuva que encharca a terra que faz brotar suas sementes, lamentam quando esta entra em suas casas, mas ocupam os leitos dos rios com lixo e entulhos bloqueando as águas que deveriam correr livremente. Desejam o que pertence ao próximo e matam para tirar do seu semelhante aquilo que não lhes pertence e, quando são punidos com a privação da sua liberdade, tornam-se piores onde deveriam se recolher a fim de redimirem seus erros. Abandonam seus filhos e recolhem em suas camas e mesas animais que são tratados como humanos. Não respeitam sua liberdade, como se a vida que lhes foi emprestada não significasse nada, se ferem na dignidade de cidadãos escolhendo como governantes homens sabidamente ladrões que espoliam recursos públicos destinados ao atendimento das necessidades básicas. Veneram os políticos como seus salvadores, ignorando que são seus servidores bem pagos para isso. Separam os irmãos terráqueos por cor e classes, escravizam humanos e os submetem a serviços brutais sem o devido reconhecimento financeiro. Mentem, enganam a sociedade, amigos e familiares, se fazem de vítima para receber atenção, emprestam valores e jamais os devolvem, usam as pessoas como se fossem objetos, tentam levar vantagens onde não são merecedores. Sentam em cima dos próprios rabos sujos e falam do próximo.

– Já percebeu como os humanos que agem dessa forma têm suas feições físicas feias, Mestre? – comentou Aril35.

– É fato que a maldade que vai no coração reflete no semblante e no campo energético das pessoas – concordou Liguts37.

– Fingem serem bons e generosos, mas trazem o coração cheio de dores e rancores colocando o corpo físico em estado de sofrimento e doenças – comentou Ahniuq88.

– São tantas as injustiças cometidas pelos terráqueos que é passada a hora da intervenção. Há milhões de anos combatemos as injustiças nos vários planetas do universo e este tem se mostrado um dos mais difíceis no aprendizado da evolução, mas não desistiremos dele.

– Sim, não desistiremos, são em número de sete bilhões de habitantes e sendo uma população pequena de terráqueos, muito rápido nosso trabalho se fará notado para o equilíbrio e bem-estar deste planetinha azul.

– NNA71, você é jovem nos trabalhos da missão, se surpreenderá com os terrestres que se julgam evoluídos e únicos no universo. Yendis0808, você terá como missão viver como um cidadão comum entre os terrestres brasileiros, chegará adulto e logo se envolverá com uma terrestre fêmea, com quem se casará e terá filhos, sua missão será a de ensinar harmonia no meio onde viverá e retirar de circulação aqueles que de fato não estão prontos para a convivência harmoniosa com a teia de emoções familiares.

– Mestre, estou pronto para a minha missão, sei que a tarefa será desafiadora, mas estou disposto a ensinar e a aprender com eles. Haverá sofrimentos e muitas discórdias, serei rejeitado pelas diferenças que serão percebidas facilmente, mas saberei conduzir os conflitos de forma a ajudá-los na evolução. Não desistirei de nenhum humano enquanto permanecer entre eles como um igual.

– Sim, os 99 membros aqui reunidos partirão para distintas partes da Terra, com a nobre missão de ajudar seus habitantes na evolução. Todos os continentes receberão alguns de vocês que também terão como missão procriarem seres híbridos e povoar a Terra com humanos especiais, conscientes e respeitosos com a preservação da mãe terra, com a harmonia e agenerosidade entre seus iguais irmãos terrenos. Os filhos híbridos gerados nas terráqueas fêmeas terão o DNA dos seres de MAAME e em suas células integridade moral, bondade e fraternidade. Plantaremos uma nova raça com grau mínimo de violência. Brevemente a Terra será um planeta ideal para seus habitantes, toda a imperfeição será retirada da superfície com a presença dos seres de MAAME e seus filhos híbridos manterão a harmonia para as gerações futuras.

Enquanto o Grande Ancião designava cada um dos seres para as missões no planeta Terra, os 99 seres MAAMESES atentos às suas missões mantinham as mãos esquerdas sobre a esfera de cristal, trans ferindo as informações das localidades e das sociedades onde seriam inseridos para o cumprimento das missões.

Recebendo as instruções do Grande Ancião Girri80, que as transmitiam por meio das duas mãos apoiadas sobre a grande esfera de cristal azul-turquesa, as recomendações das missões eram passadas diretamente para o DNA dos membros da mesa, por intermédio da corrente elétrica da esfera azul de cristal sob suas mãos.

A comunicação se dava por telepatia, quando conectadas as esferas acumuladoras de informações. Nenhum ser de MAAME usa a voz como meio de comunicação, em missão teriam de fazer uso dessa forma de se comunicar, uma vez que os terráqueos não tinham capacidade de comunicação mental. As informações eram recebidas com tranquilidade mesmo quando ouviam o Ancião dizer que entre os habitantes terráqueos existiam humanos com pouca evolução, ainda em estado primitivo, que precisavam ser retirados rapidamente para que a harmonia entre os terráqueos se fizesse o mais breve possível.

– Não julguem seus passados, a todos será dada uma nova oportunidade, e serão colocados fora de combate aqueles que derem o primeiro passo rumo ao crime a partir do momento em que se encontrarem entre eles. Terão vidas duplas, viverão em dois mundos: na sociedade terráquea trabalhando, estudando e entre os amigos e familiares e, quando se fizer necessário suas presenças para impedirem eventos desastrosos, se ausentarão por frações de segundos sem que jamais os humanos percebam suas ausências. Transitarão entre o mundo dos humanos e os planetas paralelos, o que será bastante fácil, pois os viventes desse planeta enxergam com olhos físicos e não estão aptos a ver seres interplanetários.

Ficarão ausentes por muitas horas na contagem do nosso tempo e segundos no tempo da Terra. Em grandes conflitos, poderão ser convocados a viajarem entre continentes, a fim de ajudar os trabalhadores da justiça em outros países. Todos receberão socorro extra quando os conflitos forem demasiados para um único elemento MAAME, estaremos em número suficiente em cada um dos continentes, mas se necessário todos se juntarão para colaborarem na solução de grandes conflitos, somos um contingente de 99 membros para cuidar dos sete bilhões de habitantes, lembrando que há entre eles milhares de seres íntegros e harmoniosamente belos. Em contrapartida, há os indivíduos hostis fabricantes de armas de destruição em massa que devem ser contidos.

Todos os humanos que colocarem o meio ambiente em situação de risco e em desarmonia, e a convivência com outros indivíduos em sociedade devem ser retirados para cumprirem pena máxima de 30 ano,s em locais remotos ou em mundos paralelos. Serão prisioneiros e livres em seus locais de evolução e, quando retirados dos seus meios, deverão levar somente os objetos que estivem portando quando interrompidos em ações perturbadoras.

A vocês serão cedidos meios de transporte eficientes e ágeis, os telecarros estarão disponíveis entre os veículos terrestres e poderão ser usados a qualquer momento em que necessitarem para o transporte dos terráqueos para seus campos de evolução; vocês se ausentarão por segundos e lhes caberá, seres de MAAME, encontrarem o momento oportuno para entrar em ação e se ausentarem do meio social, a fim de executarem suas missões de forma a não serem notados. Devem entrar nos campos na forma física extraterrestres, ajam a tempo de impedir tragédias e dores, neutralizem indivíduos em vias de usarem bombas nucleares e seres imbeciloides que usam arma de fogo e objetos cortantes que ferem seus iguais. Haverá dias que tirarão de circulação centenas de terráqueos impedindo desequilíbrios nas teias familiares, dores e vazamentos em seus olhos, farão várias viagens pelos campos e a distribuição terá de ser de forma a não promover encontros entre eles, caberá a essas almas impuras o esforço de encontrar outros iguais nos locais do cumprimento da pena.

Deixem-nos com o mínimo para a sobrevivência de 24 horas e os façam conhecer as razões por que foram retirados de seus meios e jamais informe suas localizações. Em seus locais de reclusão podem dar as respostas que pedem em suas lamentações quando fazem pedidos para os deuses que veneram, é benéfica essa conversa com o invisível. Muitos perderão o corpo para a fome, mesmo havendo alimentos ao alcance das mãos, que não verão porque são deficientes e só os alcançam quando empilhados nas prateleiras dos centros de compras, são subdesenvolvidos e necessitam de outros seres para cuidar do seu alimento e o colocar ao alcance das suas mãos no ponto de ser ingerido, são incapazes de sobreviverem na terra bruta e rica, mas haverá felizes regressos de seres plenamente evoluídos.

Allerim26Y, você irá para o continente europeu e sua base será na França. Terá a forma de uma linda mulher que se casará com um muçulmano radical, e sua missão será o árduo combate à intolerância e ao radicalismo religioso, os humanos não sabem que todos se originaram de uma célula divina e vivem na fantasia de cultuar diversos deuses, ficariam chocados com a verdade sobre seus deuses, então os deixemos na ignorância para manterem a mente saudável, estão com os pés fincados em arcaicos e milenares ensinamentos, que assim continuem mortais e ignorantes.

Djan98 irá para o continente asiático e se infiltrará como uma bela oriental entre os terrestres belicosos e conquistará seus corações, tirará o dedo do homem destemperado do botão da bomba que iniciará um desastre mundial.

A missão nesta jovem civilização, o Brasil, é retirar do meio os indivíduos que desequilibram a teia familiar com emoções malévolas, com interferência da infalível justiça de MAAME, uma vez que a justiça do homem é lenta e falha.

Serão belas figuras que conquistarão facilmente os terrestres vaidosos e volúveis, mas a vocês caberá mostrar a beleza da vida harmônica e respeitosa no planeta Terra. Sejam implacáveis e inflexíveis no cumprimento dos seus propósitos e na eficiência das missões. Nenhum terrestre em cujo DNA estejam ausentes as células da benevolência e generosidade será poupado, nem quando os seus corações forem conquistados e se envolverem nas suas teias de emoções.

Encontrarão seres estudiosos e evoluídos entre eles, que possivelmente os tocarão com suas sabedorias, estudiosos que discutem nossa existência e afirmam que estamos entre eles, como o caso de jovens candidatos a doutorado nas universidades do primeiro mundo, que consideram a existência de universos paralelos com descrições próximas da nossa existência, seres extraterrestes harmonizando e ocupando o mesmo espaço da Terra, exatamente como nosso programa atual para a execução da missão.

Não estão de todo errados, mas para afirmarem com certeza terá de haver mais estudos e contar com nossa anuência e permissão para provarem a nossa existência e dos mundos que afirmam terem encontrado em seus laboratórios. Por hora, convém que fiquem na dúvida.

Caso os estudos de algum desses cientistas terrenos avancem e comprovem nossa existência e alcancem a tecnologia na criação de instrumentos que os permitam nos ver, muito da nossa missão será comprometida, então vamos mantê-los por um tempo como estudiosos prestes a grandes descobertas e a mercê do governo, no que diz respeito aos financiamentos para os avanços das pesquisas, sem as quais não andam.

Ironicamente, o governo nos favorece segurando a liberação das verbas, temendo que as pesquisas resultem em afirmações positivas que os deixariam em segundo plano e sem credibilidade, se confirmarem a existência de seres mais evoluídos que os terrestres.

A linha das pesquisas dos terráqueos cientifica que esses universos estariam todos relacionados ao universo deles, quando na verdade eles derivaram do nosso, que por sua vez foi derivado de outros mais antigos.

Se fosse o contrário, teríamos entre nós os extintos tigres-dentes-de-sabre e por outro lado circulariam entre eles, sem causar espanto ou medo, nossos homens que foram chamados de gafanhotos, por aqueles que já nos encontraram na missão anterior quando os penalizamos paralisando temporariamente.

Muitos extraterrestes que no passado se deixaram ver foram abatidos como animais e hoje estão contidos em urnas de vidros longe dos olhos da população. Na Terra, há algumas divisões nas esferas governamentais chamadas serviços secretos, que não admitem e negam categoricamente a existência de vidas inteligentes extraterrenas, fazendo a população acreditar serem os únicos seres do universo, acreditamos que os ocupantes de altos cargos que dirigem a massa populacional terráquea temem perder o poder, se a massa aceitar que existem seres intelectualmente superiores.

Seria intolerável para os humanos aceitarem ordens de outros planetas, desconhecem que muito do que acontece por lá são ações planejadas pelos campos paralelos para minimizar os estragos que levariam o planeta à morte em horas na contagem de MAAME. Como levar ao conhecimento deles que habitamos o mesmo espaço e interferimos na ordem ou na desordem, enquanto juntam as mãos para o alto e agradecem a seus deuses, sem se darem conta da nossa presença harmoniosa?

Ah, se soubessem que estamos a milímetros de distância e anos-luz em capacidade tecnológica, iríamos parecer produtos de ficção científica aos olhos destes seres incapazes de usarem o cérebro em sua totalidade.

Os terrestres aceitam que suas existências consistem em gestar, nascer, viver e morrer ignorando que as vidas estão entrelaçadas de maneira indissolúvel há milhares de anos, e que estão apenas mudando os veículos que abrigam a vida, no caso o corpo, contando várias histórias nas diversas vidas evolutivas sem que se lembrem do próprio nome da passagem anterior, vivem no limbo de ignorância e ingenuidade.

Há estudiosos a nossa procura e nos faremos visíveis se for conveniente àqueles a quem usaremos em nosso favor na proteção do planeta que julgam donos.

Katno90 terá a oportunidade de conviver próximo desses estudiosos e será infiltrado em seus laboratórios e centros de estudos, e os ajudará direcionando suas pesquisas em favor das nossas propostas, fazendo-os entender que alguns fenômenos naturais são manipulados com o propósito de limpar o planeta, ainda que com o sofrimento dos humanos.

Terá a oportunidade de auxiliá-los e os ensinarão sobre a teoria dos muitos mundos, física quântica pura, fótons e níveis quânticos genuínos.

Ensinará e aprenderá sobre partículas, pacotes de luz e ondas, e os meios que desenvolveram para nos alcançar.

Os vários continentes da Terra trabalham na busca do universo paralelo individualmente e perdem a oportunidade de alcançarem grandes feitos chegando perto de interessantes descobertas. Quando escondem seus estudos bem-sucedidos dos outros com grandes avanços, cada um guarda um pouco do conhecimento, que se fosse somado resultaria em anos de progresso, os humanos estariam lendo nossos pensamentos e interagindo em nossos ambientes se não fossem tão individualistas.

Graças a esse comportamento egoísta, MAAME continuará por alguns anos inalcançável e longe de ser compreendido pelos terráqueos; a ignorância é bem-vinda aos nossos propósitos como agentes da paz.

Enquanto os terráqueos se empenham em estudos em busca de descobertas tecnológicas e vidas extraterrestres que, se encontradas, não saberão como lidar, deixam de cuidar do planeta que pede socorro com a gama de produtos químicos e venenos despejados na natureza, afetando o ecossistema, oriundos da fabricação de produtos para erradicar o que chamam de pragas. À medida que os seres avançam em estudos infrutíferos com suas teorias descabidas, provocam perdas de recursos imensuráveis, necessitando da nossa interferência para direcioná-los no caminho de interessantes descobertas, que beneficiem seu mundo e estejam de acordo com as regras do bom viver. Se necessário, os faremos experimentar a vivência no mundo paralelo com as drogas existentes e conhecidas em seus meios, com chances de alguns elementos enlouquecerem e serem desacreditados após tomarem conhecimento de tecnologias avançadas, sabemos que há entre eles dementes, quando na verdade são sábios e cultos incompreendidos.

Voltando aos apenados, contabilizamos mais de um bilhão de homens concentrados nos campos de evolução, alguns pereceram e seus restos mortais se encontram a céu aberto, outros ainda estão em cumprimento das penas e uns poucos voltaram e se encontram entre os seus, alguns foram abandonados pelos amigos e familiares após ouvirem seus relatos e os julgarem loucos.

Com o propósito a que nos destinamos, nos colocaremos em existência dupla com os terráqueos, não vamos permitir que nos vejam em nossa real condição física, se entre eles houver quem possa ver além do permitido, que seja fruto do seu esforço, pois não estão preparados para interação física e nossa aparição afeta seus comportamentos, causaríamos medo e nos chamariam de aberrações e monstros dada nossa forma anatômica e a capacidade de comunicação que invade seus cérebros.

Deixemos que patinem na ignorância e divaguem nos pensamentos da existência dos Mundos Paralelos em ação desde os primórdios dos tempos, relatados em suas escritas sagradas que citam naves voadoras vindas do céu. Quem as leu com atenção e olhos sábios encontrou em suas páginas vários relatos da presença de homens de outros mundos visitando a Terra, compreendeu a linguagem técnica e científica, enquanto a massa pedinte e manipulada que leu com alma carente de milagres nada viu além de relatos poéticos e fantasiosos.

Cientistas e pesquisadores discutem e divergem das várias seitas religiosas quanto da existência de outras dimensões e mundos idênticos aos deles com características geográficas semelhantes e pessoas fisicamente parecidas com os habitantes do planeta T, estão certos quando afirmam que existem os seres, mas com diferenças físicas e biológicas, isentos dos sentimentos que dominam e desarmonizam os terráqueos e o meio em que vivem.

As naves que foram avistadas por terráqueos resultaram em relatos assustados e descrição de criaturas bizarras, alguns experimentaram fenômenos extrassensoriais e, amedrontados, repetiram os fatos por longos períodos acrescentando e retirando detalhes que hoje não representam a verdade.

Os humanos chamam de catástrofes naturais os movimentos e sacudidelas da Terra que, saturada das agressões dos homens, movimenta-se para se livrar das impurezas que despejaram sobre ela. Nossa missão no minúsculo planeta do sistema solar é interferir a seu favor, retirando os agressores e as impurezas que o desarmonizam, assim cessando seus bruscos movimentos.

Nos incêndios, enchentes, maremotos, terremotos, degelo das calotas e nas erupções vulcânicas há a mão destruidora dos homens desde os primórdios dos tempos.

Com a intenção de compreender os homens e suas atitudes destruidoras, os estudiosos de comportamento interplanetário retiraram do planeta Terra elementos para serem estudados em MAAME, uns poucos não retornaram e preferiram ficar em nosso planeta, ainda que insistíssemos na devolução de seus corpos, estes tinham em suas células traços do DNA dos alienígenas do passado, alguns datados de cinco mil anos, da época em que nossos antepassados visitando a Terra acasalaram com fêmeas humanas gerando seres híbridos.

Há milhares de humanos na Terra que sabem serem diferentes e estarem habitando um mundo estranho, sentem-se fora de casa, são evoluídos, sábios, e há os decaídos e confusos, certos de estarem habitando um mundo do qual não pertencem, e esse sentimento de não pertencimento é resultado das memórias celulares da metade de seu DNA e dos humanoides interplanetários.

Vivenciam e participam de fenômenos que não entendem e não compreendem os eventos em vigília ou em sonhos, sentem-se infelizes e não compreendidos, em geral são pouco sociáveis por se sentirem fora do contexto ambiental.

Muitas destas condições já deveriam ser do conhecimento dos cientistas e estudiosos, poupariam de ser ridicularizados pelos céticos quando afirmam a existência de tais seres.

Entramos recentemente no planeta Terra na forma líquida e gasosa, e alguns terráqueos nos viram por frações de segundos. Quando piscavam para se certificarem de que seus olhos não os enganaram, saímos do alcancem de suas visões e atribuíram os fatos a fantasmas e espíritos de entes mortos, não deixamos de ser entes de outras dimensões e temos algo de seus DNA, mas somos reais, de tecidos ósseos, articulações, membros inferiores e superiores, cabeça pensante, nove sentidos e a capacidade de nos tornarmos invisíveis, viajar na velocidade da luz, estar em mais de um lugar em frações de segundos na contagem do seu tempo.

E assim nasceu entre os estudiosos terráqueos o Princípio da Incerteza – concluiu o Grande Ancião.

– Os terráqueos têm existência curta em seu planeta, nós atingimos a idade de 90 anos na contagem terrena, na contagem de MAAME podemos chegar a quatro mil anos. Participamos da construção das pirâmides do Egito e dos outros milhares de monumentos espalhados pelo planeta Terra. Nesta mesa há MAAMESES que estiveram na construção da Ilha de Páscoa e de Machu Picchu, e pensar que os terráqueos discutem teorias sobre essas construções com afirmações inverídicas que os fazem sentir vontade de expressar seus sentimentos de euforia, o sorriso... Quando ouvimos afirmações sem verdade é tentadora a vontade de sair da condição de invisibilidade para informar a esses humanos quem foram os construtores desses pontos de energia na Terra. Como dito nesta plataforma de estudo, se fossem observadores atentos não precisariam se debruçar em teorias errôneas, bastando somente que lessem com atenção suas escritas sagradas cujas páginas descrevem a chegada de carros voadores com cauda de fogo vindos dos céus e trazendo deuses que se juntaram aos humanos em convivência harmoniosa. Deviam saber interpretar com sabedoria os mitos, seres interplanetários que povoaram a Terra e colaboraram com tecnologias avançadas na construção das obras que ainda geram especulações e nada mais são que pontos de captação de energias e localização bussolar para os habitantes de outros planetas – afirmou Mter97.

– Mestre Girri80, até quando o terráqueos viverão em ignorância sobre sua verdadeira natureza? – perguntou Asor54.

– Tudo tem seu tempo e sua hora, não nos cabe antecipar os fatos. Caminham rapidamente para grandes descobertas, é questão de tempo e tudo ficará claro para seu mundo, também será um choque, uma vez que ídolos religiosos cairão em descrédito, e ao se sentirem traídos em sua fé muitos perderão o equilíbrio mental, gerando desarmonia na teia de emoções familiares – explicou Nton82.

– À medida que a verdade for descortinada haverá sofrimento quando se virem obrigados a abandonarem suas medíocres crenças, também virá a evolução e maior compreensão sobre a não existência da morte e o entendimento da transição entre planos.

Será perturbador, e a aceitação se consolidará à medida que estes deixarem a Terra, dando lugar a outros seres que estão sendo gerados. Será fácil a compreensão e a convivência entre estes nascituros que terão parte do nosso DNA, e viverão em estado permanente de harmonia – explicou Jtiv96.

– No nosso planeta não existe o conceito de tempo que nos dá a vantagem de podermos estar em dois ou mais lugares ao mesmo tempo, já que é mundo dentro de mundo. Podemos executar em milésimos de segundos as tarefas que os terrestres levariam semanas para finalizar, esse é o diferencial que nos permite ajudá-los – explicou Manj92.

– Estamos anos-luz na frente, temos obrigação de dar atendimento e levar ensinamentos aos habitantes da Terra que não têm consciência das barbaridades cometidas contra o solo mãe, comprometida a tal ponto de desequilibrar todo o sistema interplanetário – comentou Jsu88.

– A tetraplegia está sendo considerada como a prisão mais difícil a ser cumprida, a privação da liberdade para os terráqueos condescendentes com os crimes hediondos, prisioneiros no próprio corpo, é quase a morte em vida para eles. Precisam entender que a reclusão no corpo serve à evolução, um tempo para reavaliar as ações e se conscientizar sobre os riscos da própria existência quando agridem a natureza, que em sofrimento afeta todos os sistemas que orbitam à sua volta – comentou Allerim26.

– Continuaremos a aprisioná-los em seus próprios corpos quando as penas forem curtas. Não haverá danos aos corpos físicos e tão logo cumpram o tempo de reclusão lhes serão devolvidas a mobilidade e a capacidade de domínio de suas atividades físicas, nesse ínterim, enquanto avaliam sua existência, dependerão da ajuda de amigos e familiares. Serão tetraplegiados os pequenos infratores em condições de recuperação na própria sociedade, diminuiremos o número de exilados nos campos remotos do planeta e as viagens interplanetárias. Nenhuma vida terrestre sucumbirá com a súbita paralisação, haverá sofrimento psicológico intenso e sobrecarga de trabalho para autoridades, familiares e amigos sem os quais não sobreviverão, mas essa dependência do próximo os levará à evolução. Manterão os cinco sentidos e ganharão a percepção da sua existência como integrante do sistema, alcançarão a limpeza da consciência e a melhoria genética da raça humana, restabelecendo a harmonia com o rico planeta que lhes foi emprestado como morada – disse o Mestre Girri80 e continuou:

– Jsen87, você viverá de forma sábia e discreta entre eles, com a missão de harmonizar as famílias retirando dos seus meios os frágeis de caráter e personalidade que dificultam a harmonia com uso inútil de substâncias que roubam sua razão e provocam sofrimento na teia de emoções familiares. Cabe a você equilibrar os vícios que denigrem o meio e desarmonizam as teias de emoções. Cure os gananciosos e os desalmados que, tendo posses em abundância dessas substâncias, desprezam e não têm olhos para os que rastejam na miséria. Harmonizar riquezas entre os homens não é tirar dos ricos e dar aos pobres, respeite os que alcançaram a fartura com seus esforços, em sua maioria são generosos entre os seus. Faça os gananciosos e desalmados enxergarem os menos privilegiados que de alguma maneira colaboraram com suas riquezas trabalhando arduamente. Retire os habitantes sem ética, e nessa categoria incluem-se aqueles que saqueiam cargas derramadas nas estradas, os que se apossam dos bens públicos e deixam terráqueos morrerem nas portas das casas de doenças sem atendimentos dignos. Identifique os políticos acumuladores de riquezas ilícitas retiradas do poder público e, quando interpelados, negam a origem dos seus bens. Retire do meio os sequestradores que dilapidam famílias em troca de vidas, cuidem dos homofóbicos e preconceituosos, não se esqueçam dos políticos corruptos que roubam verbas públicas pagas por trabalhadores por meio de impostos escorchantes nos alimentos, vestimentas, materiais escolares, lazeres e prazeres. Punam os hipócritas que ocupam cargos conquistados com promessas mentirosas para população. Interfiram no instante em que o humano for praticar o pecado, intercedam antes de sua concretização.

– Pecado, mestre?

– Sim, dão o nome de pecado a todas as mazelas que fazem por lá. Matar, roubar, espoliar, agredir o próximo e destruir o planeta, tudo é pecado, depois vão aos templos, se ajoelham, oram fervorosamente, pedem perdão e fica por isso mesmo. Existem entre eles alguns seres investidos de poderes para conceder esse perdão.

Haverá pânico e correrias aos hospitais e abandonos à própria sorte, aqueles que não tiverem a sorte de contar com seus familiares perecerão e deixarão seus corpos incapazes de conquistar amigos terráqueos para seus cuidados, mas isso não é um problema nosso.

Sejam imunes dos sentimentos terrenos e não se deixem impressionar interferindo favoravelmente no curso de suas histórias, mesmo vivendo próximos e no seu meio; a imparcialidade é primordial para que tenhamos sucesso em nossa missão.

Viverão separados e unidos conforme a Teoria do Tudo, em ação transitarão em bolhas nos televeículos perto dos terráqueos, não somos uma hipotética possibilidade, somos de fato reais e estaremos na Terra trabalhando a seu favor, onde todas as probabilidades quânticas e eventuais são possíveis. Há bastante espaço para acoplarmos outros universos em sua estrutura dimensional, também chamado de multiverso, estamos interconectados com os buracos negros ou os chamados de buracos de minhoca e, na missão que se aproxima, a Terra estará interligada aos buracos no trânsito das missões.

Agregamo-nos na infinita vastidão com outros planetas velhos e antigos e infinitamente mais avançados, sabedores que somos de suas existências no vasto e infinito universo desconhecido, onde orbitam milhares de planetas ainda sem nomes, ignorados pelos terráqueos pretensiosos que acreditam ser a Terra o único a ter vida inteligente, são desrespeitosos para não dizer ultrajantes. Iguais a MAAME são milhares, superiores a nós milhões.

Os humanos são criativos e têm grande potencial imaginativo, criam em laboratórios histórias e as transformam em filmes para deleite de grande número de espectadores leigos, sensíveis e curiosos para saberem sobre outros mundos. Participam de congressos de UFOs, consomem livros com relatos de avistamentos de objetos voadores e contatos de primeiro grau, produzem documentários fantasiosos, trancam-se em salas por horas para consumirem palestras com poucas verdades e muitas suposições e quando se deparam com um avistamento, duvidam da credibilidade daqueles que viram e aprisionam escondidos sob sete chaves corpos e restos mortais de irmãos abatidos quando em visitas à Terra. A incoerência dos incoerentes.

Respeitemos suas capacidades de enviarem sondas ao espaço a fim de captar recursos energéticos para alimentar seus meios de comunicação global, alguns desses equipamentos desintegram e viram poeira de estrelas.

Mais um milênio para atingirem os vórtices de comunicação entre os mundos.

Os estudiosos terráqueos demorarão um tempo para alcançarem a tecnologia de viagens interplanetárias, por ora brigarão no trânsito caótico de suas cidades mal planejadas e apinhadas de veículos de cinco metros de comprimento ocupados por um único e egoísta ser; aprimoram e criam espaços para frágeis veículos de duas rodas que circulam em estreitas ruas pintadas de vermelho, porque nas ruas grandes serão atropelados pelos veículos ocupados por um único terráqueo.

MAAMESES, boa estadia entre os terráqueos - concluiu o mestre.

Dário e Carol: Encontro Romântico

Carol estava nas nuvens, saltitante e feliz diante do armário de portas abertas onde passou boa parte da tarde experimentando os vestidos enfileirados por cores. Lamentava não ter saído durante a semana para comprar uma roupa nova, sairia à noite com um rapaz que havia conhecido e a ocasião merecia algo novo.

– Tati, venha me ajudar. Vou sair à noite com um gato dos deuses e não consigo encontrar uma roupa bonita para pôr.

– Carol, você tem mais de 50 vestidos lindos e me diz que não tem roupa?

– Ah... sei lá, estou confusa, não sei o que vestir nesse primeiro encontro.

– No primeiro encontro se deve usar uma roupa simples e pouco chamativa. Nada de roupa curta e com brilho.

– Eu sei, amiga, mas está difícil, venha me ajudar.

Quando Tati chegou ao apartamento da amiga Carol, assustou-se com a quantidade de roupas que encontrou espalhadas sobre a cama. A amiga já havia experimentado todos os vestidos do armário e não conseguia se decidir sobre o que vestir para o jantar com o belo rapaz que conhecera naquela manhã.

– Jantar, minha amiga, pede roupas sóbrias e cores em tom pastel. Use esse vestido verde-água que realça a cor dos seus olhos e contrasta com seus cabelos louros alaranjados.

– Alaranjados?

– Sim, você é uma ruiva interrompida – disse rindo.

– Vamos lá, fale-me desse homem que está deixando você maluca por não ter roupa, mesmo diante de uma tonelada de vestidos espalhados na cama.

– O Dário surgiu do nada hoje mais cedo, quando eu passava pelo calçadão do comércio central. Entrei numa loja feminina para perguntar o preço de uma saia lindíssima da vitrine, quando saí da loja nos esbarramos e meus objetos foram ao chão, pastas de trabalho, minha bolsa de mão e até meu celular. Foi um encontro de novela, nos abaixamos para recolher meus objetos, enquanto ele se desculpou gentilmente e se apresentou perguntando meu nome.

– Uau, cena de novela mesmo.

– Logo que me entregou meus pertences, achei que ia sair correndo, já que pareceu ter pressa quando quase me derrubou na calçada, mas ao contrário, se mostrou tranquilo e disse que para compensar sua falta de cuidado gostaria de me pagar um café.

– E você aceitou na hora, certo, assanhada?

– Nenhuma mulher deste mundo resistiria àqueles olhos e a tanta gentileza, a menos que estivesse louca. O homem é um deus grego.

– Mama mia, quanto entusiasmo.

– Tati, fomos a uma cafeteria e enquanto tomávamos o café ele me contou boa parte da sua vida, foi tudo muito rápido, empatia à primeira vista. Ele nem tocou na minha mão e me convidou para jantar logo mais à noite. Não tinha motivos para não aceitar, não preciso prestar contas a ninguém e ele me pareceu livre e sincero, estou há muito tempo só e fiquei bastante interessada em saber mais sobre esse gentil e belo homem. Não nego que esteja contando os minutos para beijar aquela boca linda, amiga.

– Nesse caso, vá lá e descubra se o seu deus grego é de fato gostoso, e se tem um primo ou um irmão para me apresentar, afinal eu também estou só há muito tempo. Você sabe que sou exigente e homens interessantes estão em extinção.

– Me deixe conhecê-lo mais e conte comigo, vou ajudá-la a arranjar um namorado também.

– Também? Então você já o considera um namorado? Mal, amiga, muito mal, vá devagar para não se decepcionar, os homens bonitos e interessantes costumam ser *gays*, casados ou galinhas. Desejo-lhe muita sorte, afinal você é uma linda mulher, além de um ser humano admirável acima da média e merece ser muito feliz.

– Acima da média é ótimo. Você também é acima da média e também merece ser muito feliz.

Depois que a amiga Tati foi embora, Carol olhou para o vestido sobre a cama e continuou com dúvidas se seria realmente aquele o ideal para esse primeiro encontro. Abriu a gaveta de *lingeries* e escolheu um conjunto também verde-pastel, imaginando que todas as peças verdes das suas roupas seriam um bom presságio para esse primeiro encontro. Quando abriu a sapateira, saltou aos olhos uma sandália bege de salto muito alto que havia usado apenas uma vez.

Poderia usar saltos bem altos, Dário era uns 20 centímetros mais alto que ela, que não era de estatura baixa, estando acima da média das mulheres, mas ele era de fato bem mais alto, o que lhe conferia um belo porte complementado pelo terno de corte elegante.

– Esta combinação de verde com bege vai muito bem, agora me resta ver uma bolsa pequena e discreta suficiente para meu celular, um batom e os documentos.

Morava sozinha há cinco anos desde que veio do interior do Estado para assumir o departamento de química de uma indústria de cosméticos.

Trabalhava arduamente durante a semana, amava seu trabalho e tinha pretensões de crescer e, para que isso fosse possível, havia se matriculado numa boa escola de inglês no mesmo bairro onde trabalhava e duas vezes por semana saía do trabalho direto para a escola de idiomas, retornando para casa às 23 horas.

– Estou megacansada esta semana, mas vou aproveitar o máximo esta noite relaxando e bebendo um pouco na companhia do gato.

Estava desiludida com o sexo oposto, sofreu grandes decepções no último relacionamento, e o que a ajudou a se livrar dos sentimentos angustiantes foi a mudança de cidade. Havia tantas coisas a fazer que logo esqueceu o antigo namorado que a havia traído com uma colega.

– Não importa onde parei, o importante é ter coragem para recomeçar.

É sempre importante dar uma segunda chance a si mesma, mas em nenhum momento lhe ocorreu que estava vivendo uma segunda chance, tudo estava acontecendo de forma natural, nada era de caso pensando e em nenhum momento depois daquele esbarrão lembrou-se do seu antigo namorado.

Sua alegria estava no fato de poder sair com uma companhia masculina, o que não ocorria há algum tempo. Nas vezes em que saiu à noite estava na companhia das amigas e colegas do laboratório onde trabalhava, sempre em turma, e nos últimos cinco anos era a primeira vez que sairia à noite e ficaria a sós com um homem, então era natural sentir euforia e deixar que suas esperanças se renovassem naturalmente, enchendo sua alma de alegria, uma alegria diferente e cheia de paz e tranquilidade, como a que sentiu nos poucos minutos em que esteve com ele na cafeteria pela manhã, pouco comum nos primeiros encontros onde todas as inseguranças vêm a tona.

Havia sofrido muito com amores perdidos e roubados, e as dores a fizeram fugir dos homens e esquivar-se das aproximações com intenções além da amizade, razão de estar há muito tempo sem namorado, mas sua alma estava livre para receber as emoções que, contrariando sua vontade, aqueciam seu coração.

Era tempo de sorrir, perdoar dores, abrir as cortinas e deixar a brisa fresca entrar.

Deixar os velhos desejos reacenderem, abandonar os velhos perfumes. Soltar os cabelos e caminhar na chuva e deixar a alma ser lavada.

Sentiu-se invadida por um imenso desejo de ter uma caixa de lápis de cores para desenhar um arco-íris. Por que um arco-íris? Estranho desejo, não tinha os lápis de cores nem havia tempo para sair e comprar, mas o desejo continuou e, adiando o projeto, prometeu a si mesma desenhar o arco-íris na manhã seguinte depois de comprar os lápis coloridos.

– Faltam cores na minha casa, talvez eu faça um arco-íris e coloque num quadro para dar vida a esta parede quase branca. Minha casa está sem identidade, trabalho muito e não tenho tempo para decorar e alegrar estas paredes, coitada da minha sala, quase chega a parecer que ninguém mora nela, só tem a TV e o sofá. Deixe estar, amanhã cuidarei disso.

Voltou a prestar atenção nas roupas que usaria no encontro logo mais à noite e seguiu para o banheiro com a intenção de escolher o sabonete e o perfume, acessórios fundamentais, afinal tudo precisava ser elaborado com atenção. Por alguma razão desconhecida sentia uma vontade imensa de ficar linda para ele, mostrar o melhor de si, havia no ar o presságio de que aquele encontro era definitivo em sua vida.

Algo dizia que sua vida estava mudando para melhor, sempre se sentiu um peixe fora d'água nos vários lugares por onde havia passado, teve raros relacionamentos e todos duraram muito pouco, faltou sintonia com os homens com quem se envolveu, eram fluídicos e voláteis, suas essências duravam menos que as fragrâncias de perfumes baratos.

Tinha dificuldade de relacionar-se com pessoas desinteressantes, acreditava que existia uma força divina que não era fácil ser encontrada em algumas pessoas vazias de espírito, era difícil encontrar pessoas completas no físico, no espírito e na alma, a grande maioria passava pela Terra sem saber de fato as razões a que vieram. Todos temos um propósito, ninguém está desligado e solto totalmente na planície terrena, somos interligados por cordões invisíveis e com objetivos claros e definidos.

Quando perguntada sobre sua religiosidade, imediatamente respondia entre gargalhadas:

– Sou agnóstica, graças a Deus.

Devoradora de livros, sempre tinha algum título interessante para recomendar, gastava boa parte do salário em livros e programas culturais, e a vida lhe ensinou que quanto mais culta uma pessoa era, mais solitária a vida se apresentava.

– Tomara que o Dário goste de livros e programas culturais. Vou convidá-lo a visitar a exposição do Rodin. Trago para mim o melhor do melhor, então que ele seja o melhor que o universo tem para me oferecer.

Colocou o celular para carregar, ajustando o toque no volume máximo para não perder a ligação do Dário que a chamaria quando chegasse à portaria do prédio onde morava.

Jantar, guardanapos datados e esquecidos entre páginas de algum livro na estante. Cinema, viagens, jantares, caixas de chocolates e embalagens dobradas, tranqueirinhas inúteis guardadas que lembrariam momentos únicos dos amantes apaixonados.

Era o momento de esvaziar as dores passadas, as histórias mal contadas, abrir o novo livro de páginas brancas e escrever uma história de fadas.

Após longo e demorado banho voltou para o quarto e, vestida com a lingerie verde, pôs-se a secar os cabelos enquanto cantarolava uma canção que falava de encontros felizes.

Seus longos cabelos voavam com o vento quente do secador e seu rosto ruborizado denunciava os pensamentos que iam pela cabecinha sonhadora.

Em pé na frente do espelho do banheiro, maquiou-se deixando o vestido para colocar depois dessa tarefa, que poderia ser desastrosa, e assim evitando que manchasse ou amassasse.

Olhou-se no espelho e gostou da imagem que viu, era mais que a Carol de todos os dias, havia ali uma mulher radiante e feliz como nunca esteve em sua vida.

– Ainda não entendi o porquê de tanta euforia, afinal este é meu primeiro encontro, já houve outros antes, mas nenhum me deixou neste estado flutuante inexplicável.

Dário não era somente um rapaz que conheceu pela manhã após um esbarrão na rua, um homem bonito e gentil e certamente um cavalheiro, sua alma sensível havia captado mais que um rapaz comum, e os registros do universo estavam antecipando a linda história que viveria com o belo homem com quem esbarrou na saída da loja pela manhã.

Olhou para o relógio e sobressaltou-se com o avançado da hora, precisava colocar o vestido e dar os últimos retoques na maquiagem. Teria tempo para um copo de suco de maracujá que acalmaria seu estômago ansioso.

Dário chegaria nos próximos 30 minutos e teria de estar pronta para descer quando a chamasse no celular. Dirigindo-se até a janela da sala do seu apartamento no sétimo andar, olhou para a rua e imaginou que um dos vários carros estacionados poderia ser o dele, que chegando mais cedo aguardava o momento de chamá-la.

Voltou correndo para o quarto e colocou o vestido puxando o zíper das costas com dificuldade enquanto admirava sua silhueta esguia na frente do espelho, subiu nas sandálias altas e jogou um beijo para sua imagem refletida.

– Vá que é sua, Carolzita, fique linda para o lindo que a espera lá embaixo.

Dividida entre dois perfumes suaves, optou por um amadeirado e marcante, passando na nuca, nos pulsos e no generoso decote que realçava seus seios pequenos.

Dizem que o melhor da festa é se preparar para ela, e realmente as duas últimas horas desde que a amiga a deixou foram os melhores momentos do seu dia. Queria causar boa impressão neste primeiro encontro, seria um erro parecer perua exagerada. A maquiagem realçava seus olhos cor de mel, o batom rosa queimado acompanhava o rubor natural das bochechas em fogo. Em geral os homens preferem mulheres com pouca maquiagem, o mais próximo do natural, não precisava exagerar porque seus melhores atributos já estavam em evidência no vestido justo que, acentuando sua cintura fina, realçava os quadris arredondados.

Pegou a pequena bolsa e colocando dentro um documento de identidade, cartões, algum trocado, batom e o celular foi para a sala em direção a janela.

Olhando o movimento dos carros que passavam viu quando um carro preto parou desligando as lanternas. Eram 19 horas.

A porta do carro do motorista se abriu e o homem moreno alto desceu e em pé na calçada tirou o paletó, deixando à mostra a camisa bege e a gravata marrom contrastando com o preto da calça. Antes de colocar o paletó no banco traseiro do carro, retirou o celular e com um único toque na tela levou o aparelho ao ouvido, enquanto seu celular vibrava e tocava alto em sua pequena bolsa de mão.

Sobressaltando-se, afastou-se da janela e atendeu ao telefone.

– Boa noite, Carol, já cheguei na frente do seu prédio, se estiver pronta eu a espero.

– Sim, sim, já estou pronta, chegarei em minutos.

Atravessou a pequena sala com o coração aos pulos, saiu fechando a porta da sala e chamou o elevador, que demorou eternos 50 segundos. No seu interior em frente ao grande espelho deu a última conferida na imagem e constatou que estava tudo em ordem.

Passou pela portaria cumprimentando o porteiro com um largo sorriso e, quando pôs os pés na calçada, sentiu uma mão forte segurar seu braço por trás. Virando-se, levantou a cabeça para ver o rosto de Dário com um largo sorriso e um olhar enigmático.

Elegantemente vestido com uma camisa cinza-clara que contrastava com a gravata cinza-chumbo em harmonia com a calça preta, o deus grego perfumado a conduziu ao outro lado da calçada e abrindo a porta do carro a ajudou a acomodar-se; quando fechou a porta, deu a volta para tomar a direção do carro.

– Boa noite, moça bonita! Você está muito linda com estas roupas verdes – disse com um sorriso encantador.

Sorrindo um pouco sem graça, passou por sua cabeça que seu vestido pudesse ser transparente deixando ver a lingerie também na cor verde, senão como teria se referido às suas roupas verdes, sendo visível apenas o vestido?

– Obrigada, adoro a cor verde, mas você também está muito elegante. Olhando de longe tive a impressão de que sua camisa era bege, mas acho que me enganei, deve ser a luz fluorescente da rua.

– Sim, é verdade, pode ser a luz. Como passou o dia?

Teria que mentir rápido, não iria contar que passou o dia em função do encontro com ele.

– Tive um dia ótimo, encontrei uma amiga, conversamos e no fim do dia finalizei alguns trabalhos pendentes. E seu dia como foi?

– Muito bom, fiz alguns trabalhos bastante interessantes. No fim do dia voltei para casa e me dediquei a um desenho para presenteá-la.

– Que surpresa boa, não consigo imaginá-lo desenhando, você me sugere um alto executivo. Obrigada pela gentileza.

– Posso ser um executivo e também um bom desenhista.

– Sim, eu como dona de casa e trabalhando num laboratório, sou capaz de várias atividades, como ser uma boa química e queimar uma torrada no forno.

Ambos riram alegremente.

Seguiram por alguns minutos em silêncio contemplativo, esperando quem iniciaria uma nova conversa, e os segundos pareceram uma eternidade.

Continuou dirigindo até sair da cidade e entrar numa rodovia, deixando Carol um tanto apreensiva, que olhando para as luzes da cidade que se distanciavam, perguntou:

– Para onde estamos indo?

– Para um restaurante a meia hora da cidade, lá tem uma comida portuguesa dos deuses. Não se preocupe, eu a trarei de volta sã e salva, não há razão para ficar preocupada.

– Não estou preocupada, apenas imaginei que jantaríamos perto de nossas casas. Imagino que você mora na redondeza, perto de onde nos conhecemos. Estou certa?

– Errada, moro no centro da capital. No centrão mesmo.

Passados vinte minutos diminuiu a velocidade, e Dário deu seta sinalizando que entraria à direita na rodovia, o que tranquilizou Carol, que leu o grande letreiro do restaurante famoso que ainda não conhecia.

O estacionamento estava vazio, poderiam estacionar bem próximo à entrada, mas Dário escolheu a vaga mais distante do restaurante e teriam que andar uns cem metros até alcançar a porta principal, onde ostentava um letreiro em luzes neon verde e vermelha. Lembrou-se de que estava com saltos muito altos, mas o piso do estacionamento era plano e liso e não seria sacrifício fazer aquele trecho ao lado de Dário.

Estacionou e, descendo, deu a volta abrindo a porta e segurando delicadamente em sua mão ajudando-a a descer do carro. Colocou a mão de forma suave em sua cintura e a conduziu vagarosamente pelo estacionamento; parando repentinamente no centro vazio a convidou a olhar para o céu.

– Veja como o céu se apresenta belíssimo visto daqui. As luzes da cidade não permitem que vejamos as estrelas, na nossa cidade nem lembramos de que elas existem, no entanto aqui me encantam e tento aproveitar o máximo dessa beleza gratuita oferecida aos homens pelo universo.

– Estupendo, magnífico! Há muito tempo não via um cenário tão lindo. Esse céu pontilhado de luzes é uma obra maravilhosa do Cosmo, só agora me dou conta de que há muito tempo não aprecio espetáculo tão encantador.

– É todo seu, aproveite agora e sempre que possível. Essas luzes fazem bem para o espírito humano, renovam nossas energias.

O homem reside em grandes cidades e esbarra diariamente em milhares de pessoas, no entanto vive solitário. Não se conecta com sua essência, vive rodeado de pessoas e se sente sozinho de forma incômoda e extremamente dolorosa, evitável se soubesse se conectar com o universo. Essa conexão é uma forma de estar em comunhão com o TODO, somos filhos das estrelas residentes nos planetas resultado de suas poeiras, e quando nos afastamos da nossa essência perdemos a conexão com o essencial e encontramos a solidão emocional interior, que fere a alma.

Precisamos saber reconhecer quando estamos nos sentindo realmente sozinhos, quando perdemos a conexão com o conjunto.

Constantemente me questiono sobre essa relação que tenho comigo mesmo e busco a harmonia em longas caminhadas pela natureza, mas evito a noite, apesar de todos os encantos que se apresentam, quando observamos atentamente a nossa volta, temo a violência, a noite esconde muitas armadilhas – disse Dário.

– Sim, é verdade, mas não deixe de sair para contemplar a beleza que existe na ausência da luz, pois há mais beleza no escuro que na luz que ofusca nossos olhos, a noite é companheira e confidente – completou Carol.

Caminhando de mãos dadas na fresca noite sem lua, de repente Carol sentiu imensa vontade de permanecer ali e não entrar no restaurante onde havia muitas luzes. Aquele estacionamento estava se revelando o local mais encantador que já estivera nos últimos anos.

– Vamos entrar, fiz reserva com hora marcada e já estamos no horário. Mas antes vou voltar ao carro para buscar algo do qual me esqueci, espere apenas um segundo e aproveite para comtemplar aquela estrela brilhante a 11 horas de você.

Com passos rápidos foi até o carro e voltou com um canudo de mais ou menos um metro. Tomando a mão de Carol que tinha o rosto iluminado pelas estrelas, se encaminharam para o restaurante, onde foram recebidos na entrada por uma bela recepcionista vestida a caráter, sendo conduzidos a uma mesa para dois na qual havia uma grande luminária de luz fosca suspensa no centro da mesa.

O jantar e o vinho haviam sido encomendados no ato da reserva, e assim os pratos foram servidos rapidamente. Entre risos e conversa agradável, Dário e Carol jantaram sem serem incomodados pelos garçons, que só apareceram no final para trazer a sobremesa.

– Maravilhoso. Como pude viver tanto tempo na cidade e não conhecer e experimentar os pratos deste restaurante tão peculiar.

– É importante gostar da noite e das estrelas. Este restaurante é só mais um se vier durante o dia apenas para almoçar. A beleza dele está no prato principal que são as estrelas, o jantar é apenas um complemento, digamos, uma entrada.

Dário, estou encantada, obrigada por ter me presenteado com a bela visão das estrelas.

– Estou feliz por ter gostado. Voltaremos mais vezes e lhe ensinarei mais sobre as luzes do universo. Tenho um presente para você, conforme disse mais cedo – falou entregando o canudo que tirou do carro quando a deixou contemplado estrelas no estacionamento.

– Obrigada, estou emocionada. Conheci você pela manhã, sou convidada a jantar menos de oito horas depois e já sou merecedora de presentes.

Puxou a tampa de alumínio do canudo e retirou a cartolina enrolada do interior. Abrindo o desenho sobre a mesa sentiu um calafrio percorrer seu corpo, tamanha foi a emoção diante do desenho manual e delicadamente colorido exposto a sua frente.

Trêmula, permaneceu por longos segundos olhando o enorme arco-íris com traços perfeitos e cores vibrantes que magnificamente alegravam os olhos.

– Um arco-íris? Como sabia que desejei hoje desenhar um para pôr na parede branca da minha sala? Estou assustada, como você escolheu desenhar um arco-íris para mim? Você disse que desenhou para mim. Não foi?

– Inspiração, Carol. Pensei em você e achei que gostaria de um arco-íris.

Levantaram e, despedindo-se dos garçons, saíram do restaurante abraçados, caminhando lentamente rumo ao carro e, mais uma vez, pararam para contemplar as estrelas no centro do estacionamento. Apertando contra o peito o canudo que protegia seu arco-íris, Carol sorriu olhando para o firmamento pontilhado de luzes; vendo o rosto iluminado da moça bonita que conhecera há poucas horas, Dário também voltou o olhar para o céu e falou como se se dirigisse a alguém que estivesse entre as estrelas:

– Achei a minha estrela.

– Sim, achamos nossas estrelas – disse Carol tomada por fortes emoções.

Somente as estrelas puderam testemunhar o beijo ardente que os dois trocaram.

Sentindo-se flutuar, Carol contemplou os olhos do homem que a mantinha entre os braços e, encostando a cabeça em seu peito, sentiu-se inebriada com a colônia masculina de perfume raro que exalava do seu corpo.

Caminharam até o carro e depois de ajudá-la a acomodar-se no banco e fechar a porta, contornou o veículo. Nos segundos que duraram a sua passagem pela frente, Carol teve a certeza mais uma vez de ter encontrado o homem da sua vida.

Jamais havia se sentido tão envolvida e com tanta certeza de estar diante do homem com quem viveria os restos dos seus dias.

Dário entrou no carro e saiu do estacionamento indo em direção à rodovia, seguindo de volta para a cidade, e a estrada escura e assustadora de antes agora lhe parecia romântica e encantadora.

– Vou deixá-la em casa, Carol, é tarde e amanhã vamos trabalhar, nos encontraremos novamente na sexta-feira, se você quiser, lógico.

– Sim, eu quero muito – falou sentindo uma paz imensa em seu coração.

– Tati, preciso falar com você, venha jantar comigo hoje.

– Nem precisava convidar, estou tão curiosa para saber como foi a noite passada que passaria aí mesmo sem convite.

O trabalho foi bastante agitado com vários pepinos a serem resolvidos, e no fim do dia sentia-se agradecida, por não ter tido tempo para distrair-se pensando na noite anterior.

Foi inevitável lembrar-se do jantar algumas vezes, da conversa agradável e das estrelas que selaram o início e o fim da noite de forma romântica.

Encerrou o expediente com um aceno aos colegas que haviam notado e comentado seu ar distraído e feliz, não passou despercebido aos colegas seu rosto iluminado e o jeito leve e alegre durante todo o dia. Mesmo quando os problemas eram exaustivos, fugiu das perguntas e dos comentários algumas vezes e atribuiu sua alegria a uma noite bem dormida. Não convenceu os colegas e vibrou quando encerrou o expediente e rumou para o estacionamento em busca do carro.

Eram 18 horas e havia muita luz, mesmo com o sol se pondo, quando chegou ao centro do estacionamento cheio de carros parou e olhou para o céu em busca das estrelas, assustou-se com o firmamento manchado de nuvens brancas e azuis e, no horizonte, uma faixa cinzenta atestando que a poluição estava presente.

– Onde estão minhas estrelas?

Rindo da sua maluquice em desejar ver estrelas com a luz do sol, entrou no carro e rumou para casa, onde prepararia um jantar rápido para dividir com a amiga enquanto falariam da noite anterior. Passando pelo porteiro, avisou da chegada da amiga e pediu para não interfonar, que ela subisse direto.

Entrou em casa e seguiu direto para o banheiro, onde tomou um banho rápido e, vestindo uma roupa leve, foi para a cozinha preparar o jantar.

A campainha da porta tocou 40 minutos depois e Carol saiu disparada para receber a amiga.

– Que bom que você chegou! – abraçou a amiga com a colher na mão e quando a soltou, levou-a para a cozinha.

Vim correndo, estou curiosa para saber como foi o encontro com o desconhecido maravilhoso.

– Desconhecido nada, parece que o conheço há mil anos, minha amiga. Estou assustada comigo mesma e ao mesmo tempo feliz e sem medo, porque mergulhei de cabeça. Estou tão envolvida e tão apaixonada que não saberia explicar o que está acontecendo, ele é encantador, educado, carinhoso, além de ser um homem sensível e muito inteligente. Percebe que são muitas qualidades para uma única pessoa?

– Pelo jeito você encontrou um deus. Conte-me, vocês transaram?

– Nãooooooooo. Que é isso? Ficamos somente num beijo, ele é muito cavalheiro e não havia clima para sexo, estamos nos conhecendo e foi tudo tão lindo e suave que em nenhum momento me ocorreu fazer sexo com ele. Não havia espaço para sexo.

– Para mim, uma coisa anda junto com a outra. Você falou de um monte de atributos e não fez sexo. E se o cara for fraquinho na cama?

– Vou ficar com ele fraquinho mesmo, porque todo o resto é forte e compensa.

– Jesus, me abana! Você está realmente apaixonada pelo cara.

– Você acredita que ontem senti uma vontade imensa de pintar um arco-íris, sei lá, uma maluquice que passou na minha cabeça, e à noite ele me presenteou com uma pintura à mão feita por ele e quando abri quase tive um treco, era um arco-íris. Fiquei passada. Tem um ar misterioso, cheguei a pensar que ele não era daqui, parece que o homem veio das estrelas.

– Sob encomenda para você, aposto – disse a amiga rindo.

– Quem sabe, eu acredito que o universo nos manda exatamente aquilo que buscamos, eu admiro todas as qualidades dele, nunca pretendi conhecer um homem com tantas, uma delas já seria suficiente, mas eis que me chega esse homem que além de lindo carrega todos esses atributos, me explique como não se apaixonar?

– Você merece, amiga, se é verdade que esse homem é tudo que me contou, segura com as duas mãos. Falou de mim para ele, sabe se tem um primo sobrando?

– Nem me lembrei de você, não havia clima para abordar o assunto, vamos com calma.

– Egoísta você, me dê uma forcinha, porque se vier um parente tenho a garantia de que o DNA dos atributos esteja no priminho lindo também.

– Engraçadinha. Sexta-feira vamos nos encontrar novamente para outro jantar, e se tiver espaço para falar da amiga solteirona e assanhada, pode apostar que falo.

– Outro jantar? Esse promete, um jantar, dois jantares e adivinha quem será a sobremesa?

– Serei seu manjar branco e ele será meu pudim de leite caramelizado.

Rindo alegremente, as amigas continuaram a conversa sem se preocuparem com o relógio que, cúmplice dos agradáveis momentos, girava silenciosamente.

Emmanuelle e Iman: Cantando nas Ruas de Paris

Emmanuelle Peirac é uma cantora que vive em Paris e ganha a vida tocando para os turistas nas ruas, praças e becos da cidade. Vestida com uma calça de linho branco, bata azul-turquesa, envolvida no pescoço uma echarpe estampada com flores de cores vivas, tinha os longos cabelos cobertos com uma boina lilás completando a bela imagem da jovem cantora de 18 anos.

Residente no subúrbio, todos os dias se locomovia de trem até o centro histórico da cidade, onde sabia estar cheio de turistas que se encantavam com sua voz rouca cantando melodias românticas.

Uma de suas canções preferidas, também de uma cantora parisiense de nome Isabele Geffroy, era cantada várias vezes ao dia, nos diversos lugares por onde parava montando sua pequena tenda com seus instrumentos e a inseparável garrafinha de água, que aliviava a garganta a cada canção que terminava.

Coração Voador

Animado, vida, sonhos das cores,
Veja a lua, as estrelas, tudo se encontra novamente.
Dando voltas pelos becos,
No esquecimento, no medo,
Pequeno gênio de dedos ágeis,
Concertando as horas,
Abrindo suas asas,
Um coração que chorou, que voa
O amor puro é o que tem lhe faltado.
Ela era desconhecida, curiosa e amigável.
Num piscar de olhos ofereceu
Uma pequena sereia nos olhos da noite.
Sua chave tornou o sonho realidade,
Um segredo que agora partilham.
Ele era um mágico, de imagens de poesias,
Domador de sonhos,
Escondido nas sombras,
Sozinho com seu jogo quebrado,

Seu coração partido,
Objetos em pedaços para serem consertados novamente.
Sonho...
Não se esqueça dos sonhos!
Sonho...

Sempre que cantava nas imediações do Sacré Coeur, a estupenda basílica do Sagrado Coração, templo da Igreja Católica Romana em Paris, situada no topo do bairro de Monte Martre e considerada o símbolo do bairro, via por alguns minutos um jovem alto e moreno com traços orientais, que parava por alguns momentos para ouvi-la cantar e logo desaparecia no meio da multidão, carregando uma volumosa mochila nas costas.

Algumas vezes teve a impressão de já lhe ter visto em outros pontos onde cantou, mas a cidade era grande e seu rosto, apesar de bonito e trazer os traços dos homens do Oriente Médio, era comum, e como o via de relance poderia estar enganada.

– Belo e misterioso, nunca se aproximou e tampouco colaborou como fazem aqueles que gostam da minha música.

Ao mesmo tempo em que se sentia lisonjeada com a presença rotineira do belo jovem a ouvindo, Emmanuelle também sentia anseio e urgência na aproximação quando via sua figura, o país vivia dias difíceis com a entrada sem precedentes de refugiados de países muçulmanos e em estado de alerta contra o terrorismo, que ameaçava constantemente os países europeus.

Tinha as características físicas dos imigrantes dos países em guerras noticiadas diariamente, de onde vinha o terrorismo, informadas nas páginas do jornais mundiais: pele morena, a cor escura do cabelo de fios grossos e também as vestimentas de cores sóbrias e escuras. Além do que era fácil reconhecer em Paris os estrangeiros residentes e os turistas como o belo homem moreno de olhar triste, que não era francês e tampouco turista, sempre portando uma mochila onde possivelmente carregava uma bomba, alimentos ou vestimentas de trabalho que poupariam suas roupas escuras e impecáveis, testemunha de suas canções românticas.

– Gostaria de ouvir sua voz e saber seu nome.

Pensando no rapaz que parava para ouvir suas canções todos os dias, cogitou introduzir numa das canções um refrão dirigido a ele, se entendesse sua língua certamente teria alguma reação e se aproximaria.

Terminou a tarde com uma rápida parada no museu de Orsay, próximo à margem esquerda do rio Sena, e como sugeria o local as músicas cantadas por ela eram românticas e cheias de dor, anunciando as separações dos casais apaixonados.

A cada refrão procurava entre os ouvintes a bela imagem do rapaz misterioso, mas ele não estava entre os muitos espectadores que colocavam na vasilha de lata aos seus pés generosas moedas de euros em agradecimento ao belo espetáculo.

Enquanto guardava seus pertences na grande mochila e acomodava o violão num saco protetor, sussurrou algumas frases na tentativa de compor uma canção que falasse de ausência.

Dói sua ausência jovem, o não poder ouvir sua voz.
Dói não saber seu nome e vê-lo desaparecer na multidão.
Como posso cantar amanhã sem a certeza de que vê-lo...
Eu quero ver sua alegria e seu bom humor
Por favor, sorria, preciso dessa alegria...
Eu quero cantar sua alegria...
Vamos juntos descobrir o que falta na sua vida...
Bem-vindo ao meu mundo de amor e liberdade
Saia da linha, transgrida suas regras e bata palmas...
Se o alcancei com minha alegria.
Eu sou música, cante comigo...
A canção que vai no seu coração.
Bem-vindo ao meu mundo de liberdade...

– Preciso juntar esse amontoado de frases e transformar numa letra até amanhã, só assim conseguirei mandar o recado para o homem moreno.

Acomodando a pesada mochila nas costas, seu corpo vergou-se para frente e o movimento a fez lembrar-se do rapaz que carregava a mochila preta que ela supunha guardar seus pertences para um dia de trabalho, como roupas ou alimentos. Paris é uma cidade linda e cara principalmente para imigrantes e turistas. O hábito de comer fora ficava para os turistas, e quando os franceses precisavam alimentar-se fora de casa, sabiam onde encontrar boas refeições e os melhores preços em locais desconhecidos e bem escondidos dos turistas. Quando descobertos pelos estrangeiros, estes eram recebidos com cardápio contendo preços diferentes dos praticados para os moradores da cidade.

– Bem-vindos à cidade luz.

Caminhou na direção da próxima estação de metrô que a levaria ao norte da cidade, onde faria baldeação para outro trem que a deixaria bem perto de sua casa, e o pouco que faltava para alcançar sua residência seria completado a pé. Morava numa casa simples de uma família que a recebeu muito bem quando chegou pedindo para ocupar um quarto que sabia estar vago e, em contrapartida, ajudaria nas despesas e na arrumação da residência. De imediato a família se apaixonou pela moça bonita e sorridente que vinha de uma cidade pequena do interior do país em busca de oportunidades na capital francesa. Reconheceram o sotaque sulista e sentiram na presença da moça um alento para o sofrimento que a família vinha passando desde que perderam dois filhos num atentado terrorista na cidade há alguns meses. A caçula da casa estava inconsolável e, desde o dia fatídico, deixou de cantar e a família nunca mais ouviu sua linda voz nas melodias e canções de amor que encantavam a todos. A chegada de Emmanuelle trazia para a casa uma alegria que pensavam não ser mais possível existir.

No entanto, a moça desconhecida havia conquistado seus corações feridos, e todas as noites após o jantar sentava com todos da família e os ensinava a cantar lindas canções de amor.

– Hoje vocês me ajudarão a compor uma canção de amizade, preciso conquistar um jovem e só vejo isso possível por meio da música.

– Ah, não... se você conquistar um jovem ele vai tirá-la de nós.

– Impossível, vocês são minha família e não correm o risco de me perder, não tenho mais ninguém no mundo além de vocês. Por que eu iria embora?

A família se entreolhou e seus rostos se iluminaram quando tiveram a certeza de que a doce e meiga cantora havia entrado em suas vidas para sempre.

– Vamos lá, queremos conhecer esse moço que conquistou seu coração.

– Amigoooo, pessoas amadas, apenas um amigo.

Naquela noite as luzes da casa se apagaram muito tarde, e quando Emmanuelle se recolheu ao seu quarto estava feliz com sua nova composição, para a qual já tinha uma música pronta só esperando a letra.

Pela manhã, bastante empolgada, tomou um café rápido com a família e depois de acomodar a mochila e o violão nas costas partiu para a estação de metrô que a deixaria no Arco do Triunfo, um dos vários pontos turísticos de Paris, que mais atraía turistas, ficava no centro da praça de l'Étoile de onde saem 12 avenidas, entre as quais a avenida dos Champs-Élysées. Cantaria lá pela manhã e à tarde voltaria para a basílica do Sacré Coeur, que também era muito visitada, contabilizando aproximadamente oito milhões de pessoas por ano; especialmente nessa tarde não iria lá pelos muitos euros que ganharia, mas por ser a rota de passagem do moço moreno.

Cantou lindamente pela manhã contando os minutos para encerrar o período matutino. Almoçaria e depois seguiria de metrô para alcançar o bairro onde ficava a basílica Sacré Couer. Por volta das 13 horas havia pouco movimento, juntou seus pertences e olhando feliz para a vasilha cheia de moedas a fechou, ouviu a lata pesada cair tilintando no fundo da mochila, e mesmo com bastante peso nas costas caminhou em direção ao metrô a passos rápidos, quase saltitando pelas ruas estreitas da cidade, cantarolando a música que havia composto com a família na noite anterior. Pela manhã a cantou duas vezes e recebeu aplausos dos ouvintes; boa parte das moedas que carregava em sua mochila tinha vindo após cantar essa canção de nome "Cante Comigo".

Desembarcou do trem e subiu rapidamente as escuras escadarias que a levaram à superfície da cidade iluminada por um sol brando na tarde de primavera. Entrando em uma das ruelas do bairro encontrou um restaurante simples e aconchegante, onde tomaria um lanche rápido. Sentou numa banqueta e debruçada no balcão pediu a refeição, entregando duas garrafas vazias ao garçom que as encheu de água fresca e, ao devolvê-las, sorriu o sorriso de um homem encantado, mas Emmanuelle não notou, estava muito preocupada em terminar rapidamente o lanche para ocupar um bom lugar na praça em frente à basílica, que em geral abrigava vários artistas de rua.

Terminou rapidamente o lanche e pedindo para o garçom cuidar dos seus objetos, dirigiu-se ao fundo do pequeno restaurante onde encontrou um banheiro para recompor a bela imagem refletida no espelho. Arrumou os cabelos embaixo da boina e acertou pequenos detalhes na echarpe colorida, peça do vestiário que fazia o diferencial nas suas belas e exóticas vestimentas, que também davam certo ar de elegância na sua figura esguia.

Escovou os dentes e passando um batom rosa-claro, que iluminou seus lábios, saiu do banheiro; pegou seus pertences, agradeceu sorrindo e dando uma piscadela para o apaixonado garçom, mais um que se juntaria aos turistas no fim do dia para ouvi-la cantar o amor nas ruas parisienses.

Encontrou seu espaço na praça e, enquanto arrumava os objetos, não deixou de levantar a cabeça várias vezes para as pessoas que passavam, demorando o olhar nos homens altos de roupas escuras, esperando encontrar entre os muitos ali parados o rapaz bonito, mas este ainda não havia chegado por ali, pelo menos até aquele momento.

Cantou cinco canções, algumas com os pulmões e a garganta e outras com o coração e a alma. Ao seu redor centenas de pessoas se aglomeravam, a maioria turistas que aplaudiam ruidosamente e levavam até a lata aos seus pés as moedas com as quais se sustentava e ajudava a família que a acolhera com amor de filha.

Após terminar a canção, as pessoas se dispersaram ficando algumas dezenas e, entre elas, estava a moço moreno em pé com o olhar triste vestido em suas roupas escuras e levemente inclinado com o peso da mochila em seu ombro esquerdo.

Os cabelos negros impecavelmente penteados e o olhar fixo em sua direção a deixaram desconcertada, mas foi o seu desejo desde a tarde anterior e agora precisava cantar a canção que havia feito para ele. Sem tirar os olhos da sua figura enigmática, o deixou pouco à vontade e sem descansar a voz como fazia depois de cinco canções, deu os primeiros acordes no violão e soltou a voz rouca cheia de promessas.

À medida que a canção avançava, percebeu que o rapaz se movimentou várias vezes como se algo o incomodasse, e feliz em ver seu intento alcançado o chamou por meio da letra da música e pediu que se aproximasse e falasse seu nome. O recado estava sendo entendido, ele a compreendia e restava saber se teria seu pedido atendido.

A alegre música chegou ao fim, e ainda sustentando o olhar na direção do desconhecido, descansou o violão, dando a entender aos demais espectadores que faria uma pausa, alguns dispersaram após colocar as moedas em sua lata e uns poucos ficaram assim como o moço desconhecido, que parecia um pouco sem jeito e envergonhado depois de ouvir a canção.

Emmanuelle sorriu de forma tímida e seu coração aplaudiu silenciosamente no peito quando o rapaz caminhou na sua direção, ficando a apenas dois metros de distância ainda em silêncio. Percebendo que ele dera um grande passo, sentiu que deveria iniciar uma conversa, mas sem saber como iniciar um diálogo, retirou da mochila sem baixar os olhos sua garrafa de água e a ofereceu a ele que, timidamente, avançou dois passos e, agradecendo, colocou a mochila no chão de onde também tirou uma garrafa de água, e sorrindo de modo discreto ofereceu à cantora. Alguns turistas presentes olharam a cena e possivelmente entenderam que ali se encontravam dois amigos.

– Obrigada, quer sentar-se comigo no chão enquanto bebemos nossa água?

Arrastando a mochila para perto dos instrumentos sobre a toalha no chão, o rapaz sentou com as pernas cruzadas em posição de meditação, enquanto a jovem cantora se acomodava de cócoras tão perto dele que pôde ver seus olhos cor de mel contrastando com sua pele morena.

– Sou Emmanuelle, é você como se chama?

– Sou Iman. Você canta bonito, gosto de suas canções que falam do amor.

– Sim, gosto de cantar o amor e a vida. Você canta, Iman? O que você faz, Iman?

– Trabalho numa loja de móveis de amigos do meu país. Somos também fabricantes de móveis. Não sei cantar, mas tenho vontade de aprender a tocar esse instrumento que parece extensão das suas mãos.

– De onde você é? De qual país, sei que é muçulmano, mas a região é muito grande e sou péssima em geografia.

– Sou afegão. Saí do meu país há três anos, fugi da guerra e da violência, mas a guerra e a violência têm pernas longas e logo nos alcançam.

– Não é assim, cada um tem a guerra e a violência interior que deseja. Meu país também vive uma onda de violência por causa do terrorismo, recentemente tivemos violência e muitas perdas humanas, no entanto venho para as ruas cantar o amor.

– Mas você não tem nas veias as lembranças das violências nem tem no peito a saudade da sua terra e da sua família morta pela guerra.

– Está aqui agora, longe da guerra, e cabe a você refazer sua história e interromper o fluxo de violência e terrorismo. Tirar do peito a dor que o consome.

– Cantando o amor na rua? Você acha que isso é possível?

– Sim, plantando o amor nos corações cheios de guerras, rancor e intolerância religiosa, você ajuda a desarmar as muitas bombas que circulam perigosamente nas muitas mochilas em Paris. Cante comigo o amor e verá que a guerra não mais existirá. A última canção que ouviu hoje foi feita para você.

– Você veio do céu? Ninguém além de Alá poderá explicar sua presença na minha vida. É como se eu a conhecesse há milhares de anos. Esse é um encontro que vai além da vida?

– Eu vim das estrelas, Iman, isso não é um encontro de Alá, é a justiça sendo feita, vamos cantar nas ruas e desarmar as bombas que estão circulando na cidade, como a que desarmei hoje.

Iman estremeceu e, olhando para Emmanuelle, sentiu dissipar o ódio e a dor que pesavam fundo no seu coração. Sorriu deixando mostrar os dentes brancos, iluminando a pele morena do seu rosto.

– MAAME agradece.

– Nao entendi o que você disse.

– Nossa mãe agradece por sua presença aqui comigo.

Meimei: A Oriental Loira e o Presidente

Meimei saiu do cabeleireiro saltitante e feliz com o resultado que viu no espelho. Era uma asiática fora dos padrões de beleza do seu país, tinha a pele bronzeada aproximando-se da cor pérola e cabelos loiros de fios longos, a maioria das mulheres era alta e magra.

Meimei tinha a estatura mediana e alguns quilinhos a mais que a diferenciavam das demais e, para alongar a silhueta, usava saltos altíssimos. Sendo uma mulher além do seu tempo, mantinha os cabelos dourados chamando a atenção de todos que a viam entre os muitos amigos com quem sempre estava conversando.

Caminhava por uma movimentada avenida comercial da cidade, onde as marcas mais famosas da atualidade estampavam suas etiquetas nas vitrines das luxuosas lojas. Olhava atentamente para as vitrines, não que estivesse interessada nas caras roupas e sapatos expostos, apenas para ver refletida em tamanho real sua figura bela e diferente que sabia chamar a atenção.

Parou em frente a uma das lojas mais luxuosas da rua, para mais uma vez contemplar sua figura no espelho, ajeitou a saia, puxou a manga da blusa turquesa que protegia seus braços do sol e rearranjou a echarpe lilás que realçava seus longos cabelos loiros caídos até o meio do tronco cobrindo seus seios pequenos.

– Está linda, Meimei, vai causar uma boa impressão ao seu gato quando chegar em casa – disse a si mesma.

Os vários manequins que enfeitavam a vitrine, cobertos com riquíssimos vestidos e sapatos que valiam mais que seu salário do mês, não foram notados pela loira oriental que ficou em frente à vitrine tempo mais que suficiente para certificar-se de que estava de fato bela.

Virando-se de lado deu uma última conferida no seu reflexo e viu, de relance, um homem de terno dentro da loja que a observava por trás dos manequins, sentiu-se envergonhada e olhando para frente seguiu a passos rápidos rindo da sua distração e imaginando que aquele homem deveria estar pensado que ela era uma boba.

Virou a esquina e continuou caminhando pela calçada da rua menos movimentada, mas ainda assim com vitrines ricamente decoradas, e não se demorou diante de nenhuma delas, estava atrasada e seu gato estava preso em casa desde manhã e possivelmente estivesse sem alimento e sem água em sua vasilha.

– Senhorita! Senhorita, espere.

Olhando para trás, viu dois homem correndo em sua direção e acenando para que parasse. Sentiu medo e parou afastando-se para dar passagem aos homens, imaginando que não estivessem se dirigindo a ela.

– Senhorita, por favor, espere, precisamos lhe falar.

– Comigo?

– Sim, nosso presidente nos pediu que a alcançássemos e a levássemos para falar com ele.

– Não conheço seu presidente e não vou acompanhá-los.

– Sim, é necessário, ele deseja apenas vê-la por alguns instantes e falar-lhe.

– Quem é seu presidente?

– Presidente Taeyang.

– Não o conheço, mas já ouvi falar. Aliás quem nunca, não é? Ele está em todas as páginas de jornal ameaçando o mundo com bombas atômicas.

– Senhorita, é melhor que nos acompanhe para que o presidente a conheça, e ignore esse assunto, que é político e não lhe diz respeito.

– O assunto interessa ao mundo, e faço parte dele, portanto me diz respeito. Mas vamos lá, espero que seja rápido. Vamos conhecer esse homem belicoso.

– Senhorita, volto a pedir, esqueça esse assunto e nos acompanhe, por favor.

Meimei acompanhou os dois seguranças com um risinho triunfante nos lábios, que não foi notado por eles. Caminhou no centro da calçada escoltada pelos homens de preto que não sabia se eram orientais, pois tinham os olhos cobertos por óculos de sol e fones nos ouvidos, certamente em comunicação com uma central de segurança.

Pararam em frente à loja chiquérrima onde havia conferido sua imagem na vitrine. Seria a primeira vez que entrava na loja e assustou-se quando, no seu interior, viu pelo menos meia dúzia de homens de preto, vestidos iguais aos seguranças que a haviam escoltado pela calçada de lojas elegantes.

Um dos seguranças a segurou delicadamente pelo braço e a levou até uma segunda sala da loja onde estava o presidente Taeyang e algumas vendedoras.

– Boa tarde, senhor Taeyang, o senhor deseja me falar?

Acostumado com pessoas se curvando quando passava, o presidente sobressaltou-se diante da segurança que aquela jovem tinha ao se aproximar e falar como uma igual.

– Boa tarde, senhorita, sim, desejo falar e por isso pedi que a buscassem. Como se chama?

– Meimei, senhor. O que deseja comigo?

– Sente-se.

– Não há necessidade de sentar-me, senhor, estou bem e tenho pressa, deixei alguém em casa que precisa de alimentos e já estou bastante atrasada.

– Sente-se, um dos meus homens irá até a sua casa alimentar a pessoa a que se refere, de forma que poderá demorar o tempo que necessito para conhecê-la.

– Não desejo a presença dos seus homens na minha casa.

– Sente-se, por favor, e me dê seu endereço.

– Como eu disse, não desejo seus homens na minha casa, mas já que insiste, anotem, por favor, e levem alimento de gato, pois quem me espera é um felino. Moro há meia hora daqui.

Meimei deu o endereço para um segurança que passou para um terceiro que saiu rapidamente, acompanhado de um quarto elemento e desaparecendo da sala privada.

Sentou-se confortavelmente na poltrona em frente ao presidente que iniciou a conversa para o lado pessoal. Em nenhum momento o assunto foi direcionado para política ou economia. Perguntou seu nome completo e sem cerimônia quis saber sua idade, também quis saber por que havia parado em frente à vitrine e diante dos belos vestidos não entrou para experimentar alguns deles.

– Senhor presidente, o meu salário de um mês não compra sequer um destes vestidos e mesmo que tivesse dinheiro para tanto não os levaria, porque não creio que valham tanto quanto estão cobrando.

A gerente da loja pigarreou e se afastou alguns metros, ainda mantendo distância suficiente para ouvir a conversa, voltou minutos depois com uma bandeja luxuosa contendo dois copos com água e duas xícaras de chá, que colocou na elegante mesa ao lado da poltrona do presidente e se manteve por perto. Este pegou o copo com água e ofereceu a Meimei, que aceitou de pronto e bebeu calmamente a água oferecida num elegante copo de cristal. Terminou a água e, em seguida, o presidente estendeu em sua direção a xícara com chá que foi aceita imediatamente. As pessoas que ocupavam a sala mantinham certa distância, porém notava-se que estavam atentas a qualquer movimento do presidente e prontas para atenderem aos seus mínimos desejos.

Meimei terminou o chá e levantou-se da poltrona para levar a xícara até a mesa de apoio, e viu todos os seguranças se aproximarem como se temessem alguma atitude brusca por parte dela em direção ao presidente. Fez um movimento de cabeça para a gerente da loja, que se aproximou rapidamente.

– Senhorita, gostaria de ir ao toalete, estou aqui há 27 minutos e depois desse copo de água e do chá, que aliás está maravilhoso, necessito ir ao banheiro.

– Quase 30 minutos? Meus homens já devem ter alimentado seu gato – disse o presidente.

–Verdade, logo mais estarão aqui. Com licença.

Acompanhada pela gerente, saiu da sala grande e logo que chegou ao corredor a funcionária mostrou a Meimei onde encontraria o banheiro, deixando o ambiente com um sorriso brincalhão nos lábios não notado pelo presidente e pelos ocupantes da sala privada da loja.

O presidente chamou uma vendedora e disse:

– Escolha o vestido mais bonito da vitrine para a Meimei. Quero presenteá-la.

A vendedora saiu da sala privada indo na direção da loja feliz da vida em atender ao presidente, antecipando a gorda gorjeta e a comissão pela venda do vestido, além das peças que já estavam sendo embaladas para presente que seriam entregues para uma mulher mais magra e mais alta que Meimei, certamente.

A vendedora se aproximou da vitrine para retirar o vestido indicado pelo presidente e esta se estilhaçou inteira aos seus pés, deixando tudo que havia exposto no seu interior no chão, inclusive boa parte dos manequins ricamente vestidos, estavam destruídos e enrolados numa grande bola, como se fosse uma trouxa de roupas para lavar.

– Que é isto? O que invadiu a vitrine?

Nenhum carro ou moto havia se chocado com a vitrine, no entanto tudo que estava exposto no interior dela inexplicavelmente estava enrolado e se movimentando no chão como se tivesse vida.

Alguns seguranças do presidente se aproximaram com armas em punho, aguardando que o grande pacote de roupas misturado com manequins e objetos de decoração da vitrine fosse desfeito. Assustadas, as vendedoras e atendentes retiravam as roupas e desembaraçavam os nós até ver sair de dentro do grande pacote os dois seguranças que haviam saído para ir à casa de Meimei alimentar seu gato, conforme ordenou o presidente.

– Que aconteceu? Vocês deveriam estar alimentando o animal da senhorita que conversa com o presidente, no entanto estão aqui enrolados nas roupas da vitrine que destruíram.

– Estávamos na porta da casa dela e no momento em que colocamos a chave na fechadura, fomos arrancados por um vendaval e jogados aqui na vitrine.

– Enlouqueceram ou beberam muito saquê no almoço?

– Terão muito o que explicar ao presidente – disse um dos seguranças indo em direção à sala reservada.

Atravessou o curto corredor e quando chegou à sala reservada, viu o presidente sentado na poltrona e Meimei voltando do banheiro.

– Presidente, aconteceu algo muito estranho, os rapazes que deveriam estar alimentando o animal da sua convidada estão dentro da vitrine que foi destruída quando foram jogados contra ela. Parece que não conseguiram entrar na casa da senhorita.

– Não alimentaram meu gato? Mas não se preocupem, lembrei-me que hoje pela manhã deixei um pouco mais de ração em sua vasilha e estou certa de que não irá morrer de fome até que tenhamos terminado nossa conversa.

– Sim, agradeço por sua delicadeza em querer demorar-se na conversa. Vamos avaliar os prejuízos da loja e depois irei pedir aos meus homens que a levem para casa, não sem antes me prometer que brevemente me visitará com seu gato, assim não terá pressa em voltar.

– Certamente irei, presidente, tenho grande interesse em conhecer seus projetos e participar de alguns deles. Sou sua admiradora.

Sentindo-se encorajado pela espontaneidade da moça, o presidente gorducho se aproximou e beijou levemente o canto da boca de Meimei.

– Por ocasião da sua visita mandarei um avião buscá-la. Tenho grandes projetos e estou certo de que você desejará fazer parte deles, porque será também parte da história do mundo.

– Presidente, será um prazer imenso, não perderei por nada a oportunidade de fazer parte da sua história.

Inclinou-se diante do presidente e, saindo da sala, foi na direção da loja, acenou e agradeceu a todos e quando passou pela vitrine destruída procurou os seguranças abobalhados diante do inexplicável e, aproximando-se, tocou suavemente suas mãos dizendo:

– Não é salutar entrar onde não se é convidado.

O calafrio que percorreu a coluna dos presentes não foi sentido pelo presidente, que, cercado de seguranças, continuou na sala reservada.

Matheus e Nicolas: Os Estagiários e as Torcidas Rivais

As paredes da grande nave estavam cobertas pelos mapas mostrando os continentes do planeta Terra. Neles piscavam centenas de luzes indicando os locais onde missões interplanetárias estavam acontecendo, com o intuíto de combater eventuais desastres ou acidentes.

Apreensivo, o ancião Girri80 olhava para um ponto no mapa da América do Sul que sabia necessitar de ajuda imediata, em que detectou conflitos violentos nos próximos segundos na contagem de MAAME.

– Quem poderíamos mandar para resolver esse imbróglio? – perguntou Lousi58.

– Estamos com falta de MAAMESES experientes, temos em casa dois adolescentes estagiários em treinamento – informou NNA71.

– Não temos escolha, terão de ser eles a partirem para essa missão, que não é difícil de resolver, chame-os – pediu o ancião.

Os dois estagiários entraram na grande sala piramidal e se sentiram importantes por estarem pela primeira vez no local onde grandes conflitos eram discutidos.

– Tuda27207 e Sadnoa1202, devem partir imediatamente para esta cidade no sul do Brasil a fim de interferir em conflitos que estão prestes a acontecer – informou o ancião para os jovens estagiários apontando no mapa seus destinos.

– Lá encontrem o local onde os terrestres se juntam para assistirem a jogos, onde dois grupos com números iguais de participantes disputam um objeto redondo que rola no chão de relva baixa e ambos devem colocá-la dentro de um espaço cercado por uma tela, o evento chama-se futebol. Está programado no cosmo um grande embate entre grupos rivais e haverá mortes e muito sofrimento se não interferirmos. Estejam presentes no evento e interrompam o fluxo de violência. Haverá armas improvisadas e as agressões se darão ao final do jogo. Retirem de suas mãos os equipamentos de violência e as ocupem de forma que interrompam suas açoes agressivas.

Os estagiários partiram para a missão e o ancião Girri80, juntamente com seu mestre interestelar, se concentrou nos resultados das últimas ações dos vários membros que haviam partido para distantes países com a missão de disseminar a paz e retirar os elementos causadores de tumultos. Passando alguns segundos, observaram o mapa para onde haviam enviado os estagiários e viram que ele trazia luzes que indicavam que o conflito havia cessado.

Satisfeitos com o sucesso da missão dos estagiários, abriram a tela cósmica para visualizar os aprendizes e espiar o resultado de suas missões, que a esta altura deveriam estar infiltrados entre os mais de 40 mil torcedores dos jogos clássicos, acontecimento de grande repercussão numa das maiores capitais sulistas do Brasil. O jogo havia acabado e os primeiros tumultos com sinais claros de violência já se faziam notar, e entre os agressivos torcedores revoltados com o fracasso do seu time, estavam os dois estagiários na figura humana de Matheus e Nicolas.

Animados com o resultado do time para o qual haviam torcido, se mantiveram perto dos grupos violentos que traziam nas mãos e nos bolsos pedras, canivetes, barras de ferros e instrumentos pontiagudos prontos para desferirem golpes nos rivais. Mas a violência não se daria na frente do estádio que, bem policiado, inibia as ações dos derrotados. Os fatos se dariam distante do local, entrariam nos ônibus como era costume e quando se distanciassem, os elementos mal-intencionados fechariam as ruas bloqueando os veículos que transportavam os torcedores do time ganhador, considerados inimigos, e partiriam para a violência. Matheus e Nicolas embarcaram no ônibus dos torcedores ganhadores e participavam da alegria dos terráqueos que ocupavam os assentos do veículo em movimento. Passada meia hora, bastante afastados do estádio, sentiram quando um objeto foi arremessado contra o ônibus e, em seguida, uma saraivada de tiros estilhaçou as vidraças do veículo provocando ferimentos leves nos ocupantes.

Apavorado, o motorista acelerou, mas não avançou muito porque um carro havia atravessado a rua de forma que estava impedido de continuar, cem metros à frente. O ônibus foi cercado por homens marrentos e agressivos que gritavam palavras de ordens e convidavam os passageiros dos ônibus a descerem. Mesmo com medo alguns obedeceram, até porque o ônibus foi invadido e vários terráqueos foram retirados do se interior com violência. Rapidamente todos os passageiros desceram e se encolheram atrás do veículo tentando se defender. Dois deles foram machucados sem gravidade, e o ambiente cheio de fúria tinha tudo para desencadear uma guerra sem precedentes entre torcedores imbecilizados com o resultado de uma partida de futebol que não agradou aos perdedores. Matheus e Nicolas foram os últimos a descer do ônibus, se juntando aos demais bastante assustados diante da violência e das agressões gratuitas. Um terráqueo corpulento e desprovido da beleza padrão dos humanos avançou contra o grupo que se escondia atrás do ônibus e levantou uma grossa barra de metal e a desceu violentamente na direção de um rapaz que, indefeso, sabia que em segundos estaria gravemente ferido quando o metal alcançasse sua cabeça.

No exato momento em que a barra de metal ficou milímetros de distância da cabeça do terráqueo, os presentes foram sacudidos por um vento forte que desequilibrou grande parte deles e os jogou no chão. Atordoados sem entender o que havia acontecido, olharam para o alto esperando ver o helicóptero que provavelmente aterrissaria, esta foi a impressão que tiveram quando sentiram a forte lufada de vento, mas não havia nada no céu além das duas grandes lâmpadas fluorescentes que iluminavam o local ermo, parte da luz era sombreada por uma árvore frondosa que embelezava a avenida.

Ouviram-se frases de indignação e risinhos tímidos, e o que se viu foi algo para ficar nos anais da história do futebol. Todos os elementos que portavam armas, barras de metal e objetos que provocariam ferimentos estavam nus e com as mãos cobrindo e protegendo suas partes íntimas. As armas estavam no chão e alguns terráqueos violentos, sem entender o que havia acontecido, escondiam-se atrás dos ônibus gritando desesperados, pedindo que devolvessem suas roupas. Os terráqueos, antes valentões, estavam agachados e outros desajeitadamente tentavam com as duas mãos cobrir suas genitálias enquanto procuravam por suas roupas.

– Caralho, que porra é essa, meu?

– Quem foi o filho da puta que fez isso?

Os passageiros do ônibus atacado voltaram rapidamente para o interior e se acomodaram nos bancos, tão aturdidos quanto os rivais briguentos que não entendiam o que havia acontecido.

Matheus e Nicolas não entraram no ônibus e nenhum dos ocupantes notou suas ausências, provavelmente estariam nos outros veículos que se destinavam ao mesmo local. O momento era propício para sair dali e o motorista do veículo terrestre se apossou do volante e se retirou rapidamente.

– Tuda27207 e Sadnoa1202, como dizem os terráqueos, estagiário é estagiário em qualquer lugar do mundo. Vocês tinham inúmeras maneiras de impedir os humanos de praticarem violência e, no entanto, vocês se igualaram a eles quando os deixaram nus numa estrada à mercê da falha justiça da Terra.

– Mestre, nos disse que deveríamos ocupar suas mãos para desarmá-los e interromper a violência, e sabemos que quando estão nus protegem algumas partes dos seus corpos com elas, ainda que incompreensível para nós de MAAME seja esta atitude, achamos que talvez fosse uma boa medida – argumentou Matheus.

– Isso mesmo, mestre, só roubamos suas roupas e rapidamente largaram as armas e ocuparam as mãos para esconderem seus corpos – argumentou Nicolas com ar de riso.

– Não deixa de ter sentido, mas havia a poucos segundos do local uma habitação de pequenos insetos que produzem líquido amarelo e adocicado muito apreciado pelos humanos; bastava um sopro nessa habitação e, espalhando os pequenos insetos, manteriam todos com as mãos ocupadas.

Os estagiários adolescentes se entreolharam e, quando o ancião acompanhado do mestre se afastou, os rapazes abriram um vão na cortina do Cosmo, deram um pequeno sopro na direção da casa de abelhas na árvore perto dos homens, que ainda reivindicavam suas roupas, e ficaram muito felizes ao verem o desejo dos anciões atendido e dezenas de homens brutos abanando as mãos para defenderem seus corpos nus das ferroadas das abelhas irritadas.

– Se os mestres os vissem, certamente se sentiriam orgulhosos.

– Machucar seus semelhantes porque o time perdeu? São no mínimo abobalhados esses seres desprovidos de cérebros.

– Na próxima missão vamos colocar todos em uma arena medieval e soltar os leões, será um salve-se quem puder.

– Virtual ou de verdade, Matheus?

– De verdade, Nicolas.

– Matheus, largue seus desenhos que temos coisas importantes para fazer.

– O que, por exemplo?

– Uma *selfie* com os terráqueos pelados.